おおえ
けんざ
ぶろう

大江健三郎
文集

おおえ
けんざぶろう

奇妙な仕事

奇妙的工作

[日] 大江健三郎／著

刘德有　李硕　陈青庆／译

人民文学出版社

著作权合同登记号　图字　01—2021—7489

KIMYO NA SHIGOTO/SHISHA NO OGORI/TANIN NO ASHI/
SHIIKU/NINGEN NO HITSUJI/FUI NO OSHI
by OE Kenzaburo
Copyright © 1957/1957/1957/1958/1958/1958 OE Kenzaburo
All rights reserved.
Originally published in Japan.
Chinese (in simplified character only) translation rights arranged with
OE Kenzaburo, Japan
through THE SAKAI AGENCY.

图书在版编目(CIP)数据

奇妙的工作/(日)大江健三郎著;刘德有,李硕,陈青庆译.—北京:人民文学出版社,2022(2023.7重印)
(大江健三郎文集)
ISBN 978-7-02-016413-4

Ⅰ.①奇… Ⅱ.①大…②刘… ③李… ④陈… Ⅲ.①短篇小说—小说集—日本—现代 Ⅳ.①I313.45

中国版本图书馆 CIP 数据核字(2021)第 264014 号

责任编辑　陈　旻
装帧设计　李思安
责任印制　张　娜

出版发行　人民文学出版社
社　　址　北京市朝内大街 166 号
邮政编码　100705

印　　刷　三河市鑫金马印装有限公司
经　　销　全国新华书店等

字　　数　107 千字
开　　本　880 毫米×1230 毫米　1/32
印　　张　7.75　插页 3
印　　数　6001—9000
版　　次　2022 年 3 月北京第 1 版
印　　次　2023 年 7 月第 2 次印刷

书　　号　978-7-02-016413-4
定　　价　42.00 元

如有印装质量问题,请与本社图书销售中心调换。电话:010-65233595

"大江健三郎文集"编委会名单

(按姓氏拼音排列)

顾　问：
　　陈众议　　刘德有　　莫言　　铁凝

统　筹：
　　黄志坚　　李岩　　谭跃　　肖丽媛　　臧永清

主　编：
　　许金龙

编　委：

陈建功	陈旻	陈晓明	陈喜儒	程巍
川村凑	次仁罗布	崔曼莉	丁国旗	董炳月
高旭东	侯玮红	黄乔生	李贵苍	李浩
李建英	李敬泽	李修文	李永平	梁展
刘魁立	刘悦笛	栾栋	彭学明	平野启一郎
邱春林	邱雅芬	施爱东	史忠义	王成
王小王	王亚民	王奕红	王中忱	尾崎真理子
翁家慧	吴笛	吴晓都	吴义勤	吴岳添
吴正仪	吴之桐	小森阳一	徐则臣	徐真华
许金龙	严蓓雯	阎晶明	杨伟	叶琳
叶涛	叶兴国	于荣胜	沼野充义	赵白生
赵京华	中村文则	诸葛蔚东	朱文斌	宗仁发
宗笑飞				

代 总 序

大江健三郎——从民本主义出发的人文主义作家

许金龙

在中国翻译并出版"大江健三郎文集",是我多年以来的夙愿,也是大江先生与我之间的一个工作安排:"中文版大江文集的编目就委托许先生了,编目出来之后让我看看是否有需要调整的地方。至于中文版随笔·文论和书简全集,则因为过于庞杂,选材和收集工作都不容易,待中文版小说文集的翻译出版工作结束以后,由我亲自完成编目,再连同原作经由酒井先生一并交由许先生安排翻译和出版……"

秉承大江先生的这个嘱托,二〇一三年八月中旬,我带着与人民文学出版社外国文学编辑室负责人陈旻先生共同商量好的编目草案来到东京,想要请大江先生拨冗审阅这个编目草案是否妥当。及至到达东京,并接到大江先生经由其版权代理人酒井建美先生转发来的接待日程传真后,我才得知由于在六月里频频参加反对重启核电站的群众集会和示威游行,大江先生因操劳过度引发多种症状而病倒,自六月以来直至整个七月间都在家里调养,夫人和长子光的身体也是多有不适。即便如此,大江先生还在为参加将从九月初开始的新一波反核电集会和示威游行做一些准备。

在位于成城的大江宅邸里见了面后,大江先生告诉我:考虑到上了年岁和健康以及需要照顾老伴和长子光等问题,早在此前一年,已经终止了在《朝日新闻》上写了整整六年的随笔专栏《定义集》,在二〇一三年这一年里,除了已经出版由这六年间的七十二篇随笔辑成的《定义集》之外,还要在两个月后的十月里出版耗费两年时间创作的长篇小说《晚年样式集》(In Late Style),目前正紧张地进行最后的修改和润色,而这部小说"估计会是自己的'最后一部长篇小说'"。对于我们提出的小说全集编目,大江先生表示自己对《伪证之时》等早期作品并不是很满意,建议从编目中删去。

在准备第一批十三卷本小说(另加一部随笔集)的出版时,本应由大江先生亲自为小说全集撰写的总序却一直没有着落,最终从其版权代理人酒井先生和坂井春美女士处转来大江先生的一句话:就请许先生代为撰写即可。我当然不敢如此僭越,久拖之下却又别无他法,在陈旻先生的屡屡催促之下,只得硬着头皮,斗胆为中国读者来写这篇挂一漏万、破绽百出的文章,是为代总序。

在这套大型翻译丛书即将出版之际,我想要表达发自内心的深深谢意,也希望亲爱的读者朋友们与我一同记住并感谢为了这套丛书的问世而辛勤劳作和热忱关爱的所有人,譬如大家所敬重和热爱的大江健三郎先生,对我们翻译团队给予了极大的信任和支持;譬如大江先生的版权代理商酒井著作权事务所,为落实这套丛书的中文翻译版权而体现出良好的专业素养和极大的耐心;譬如大江先生的好友铁凝女士(大江先生总是称其为"铁凝先生"),为解决丛书在翻译和出版过程中不时出现的问题而不时"抛头露面",始终在为丛书的翻译和出版保驾护航;譬如同为大江先生好友的莫言先生,甚至为挑选这套丛书的出版社而再三斟酌,最终指出"只有人民文学出版社才是最合适的选择";譬如亦为大江先生好友的陈众议教授,亲自为组建丛书编委会提出最佳人选,并组织各语种编委解决因原作中的大量互文引出的困难;譬如翻译团队的所有成员,无一不在兢兢业业地辛勤劳作;譬如这套丛书的责编陈旻先生,以其值得尊重的专业素养,极为耐心和负责且高质量地编辑着所有译文;又譬如我目前所在的浙江越秀外国语学院,为使我安心主编这套丛书而提供了良好的工作环境并协助成立"大江健三郎文学研究中心"……当然,由于篇幅所限,我不能把这个"譬如"一直延展下去,惟有在心底默默感谢为了这套丛书曾付出和正在付出以及将要付出辛勤劳作的所有朋友、同僚。感谢你们!

另外,为使以下代序正文在阅读时较为流畅,故略去相关人物的敬称,祈请所涉各位大家见谅。

一、从民本主义出发

1.古义人:一个日本婴儿的乳名及其隐喻

日本四国岛松山地区的大濑村是座依山傍水的小山村,建于峡谷中一块纺锤形盆地。这座小村庄位于内子町之东,石锤山西南,为重峦叠嶂所围拥。小山村只有一条东西走向的街道,与从村边流淌而下的小田川大致平行。由于河流的上游和下游分别为群山所遮掩,盆地里的小村庄看似被山峦和森林完全封闭,状呈口小腹大的瓮形。一九三五年一月三十一日,一个小生命就在这个村子里的大江家呱呱坠地,曾外祖父随即为襁褓中的婴儿取了"古义人"这个含有深意的乳名。

所谓"古义人"之"古义",缘起于日本江户中期古学派大儒伊藤仁斋(一六二七年八月——一七〇五年四月)的居所兼授学之所"古义堂"。在位于京都堀川岸边的那所小院里,伊藤仁斋写出了其后成为伊藤仁斋学系重要典籍的《论语古义》《孟子古义》和《语孟字义》等论著,继而与其子伊藤东涯共同创建了名震后世的堀川学派,陆续拥有弟子多达三千余人。这位古学派大儒(或曰堀川派创始人)肯定不会想到,《孟子古义》等典籍及其奥义,会经由自己学系的后人,传给乳名为古义人的婴儿——五十九年后获得诺贝尔文学奖的大江健三郎,并被其内化为自己的道德观和伦理观,成为静静流淌于其文学作品底里的一股强韧底流,而"古义人"这个儿时乳名,则不时以"义""义兄"和"古义"以及"古义人"等人物命名,不断出现在《万延元年的 Football》(1967)、《致令人眷念之年的信》(1987)、《燃烧的绿树》(三部曲)(1993—1995)和"奇怪的二人配"六部曲(2000—2013)等诸多小说作品中。譬如长篇小说《别了,我的书!》开首第一句便开门见山地表示:"虽说已经步入老年,可长江古义人还是因暴力原因身负重伤后第一次住进了医院。"为了更清晰地暗示读者,作者大江特意在日文原版正文第一行为"長江古義人"这几个日文汉字加了旁注"ちょうこうこぎと"。这里的"ちょうこう"是固有名词,指涉中国的"长江",而"こぎと",则是"古义人"之音读,在日语中与"古義堂"谐音,作者借此清晰地告诉读者,文本内外的古义人经由曾外祖父和古义堂所接受的民本思想,其源头在于长江所象征的中国。关于"古义人"这个名字的缘起,大江本人曾在《大江健三郎口述自传》里作如此回忆:

> 古义人的名字中,就融汇了这个学派的宗师伊藤仁斋的古学思想。我从阿婆那里只听说,曾外祖父曾在下游的大洲藩教过学问。他处于汉学者的最基层,值得一提的是,他好像属于伊藤仁斋的谱系,因为父亲也很珍惜《论语古义》以及《孟子古义》等书,我也不由得喜欢上了"古义"这个词语,此后便有了"奇怪的二人配"这三部曲①中的 Kogi②,也就是

---

① 在写作《大江健三郎口述自传》时,大江已发表同以长江古义人为主人公的《被偷换的孩子》《愁容童子》和《别了,我的书!》这三部长篇小说,后三部长篇小说《优美的安娜贝尔·李 寒彻颤栗早逝去》《水死》和《晚年样式集》尚未创作和发表,故此处有"三部曲"之说。

② Kogi 为"古义"的日语读音。

古义这么一个与身为作者的我多有重复的人物的名字。①

"古义"这个字词所承载的民本思想,与其后接受的日本战后民主主义思想以及经大江本人丰富和完善过后的人文主义思想一道,浑然形成大江健三郎之宏大博深且独具特色的文艺思想——勇敢战斗的人文主义和果敢前行的悲观主义。

2. 由莫言引发的思考和回溯

大江的曾外祖父与孟子学说结下的不解之缘,要从其家族所从事的造纸业说起。大江的故乡大濑村所在地区的经济主要依靠农业和林业支撑,历史上曾是全国木蜡的主要产地,这里还生产利用森林中的黄瑞香树皮制作的纸浆,用以生产优质和纸。日本学者黑古一夫教授曾多次前往此地做田野调查,他认为"江户时代的大江家以武士身份采购山中特产,到了明治仍然继承祖业从事造纸业"②。其实,大江家作为批发商除了收购山中的柿干等山货外,从江户时代传承下来的造纸业才是其主业,自山民手中收集黄瑞香树皮并在河水中浸泡过后,将从中撕下的真皮加工为特殊纸浆,再向内阁造币局提供这种特殊纸浆以供其制造纸币。当时,日本全国一共只有几家作坊能够生产这种特殊纸浆原料。战后,由于货币用纸发生了变化,便不再使用这种纸浆原料。

为了更好地经营祖传产业,大江的曾外祖父年轻时曾前往大阪(或是京都),在古学派大儒伊藤仁斋学系开办的学堂里研习儒学,更准确地说,是研习孟子的相关学说,尤其是其中的民本思想和易姓

---

① 大江健三郎著,许金龙译《大江健三郎口述自传》,贵州人民出版社,二〇一九年三月,第10页。
② 黑古一夫著,翁家慧译《大江健三郎传说》,中国广播电视出版社,二〇〇八年三月,第22页。

革命思想。二〇〇八年二月二十一日下午,在东京都郊外小田急沿线的成城宅邸里,大江对来自中国的老朋友莫言这样解释曾外祖父专程学习儒学的原委:

> 曾外祖父年轻时曾在大阪的新兴商人间开办的私塾里学习孟子的相关学说。在当时的日本,普遍认为孔子的《论语》有利于天皇制,因而比较欢迎《论语》,同时认为孟子学说中含有反天皇制的因素,便对孟子及其学说持反对态度。不过也有个例外,那就是江户时期的儒学家伊藤仁斋对孟子持肯定态度,认为后世诸家大多根据其时的统治阶层利益来阐释儒学,比如对朱子学也是如此,这就越来越背离了儒学的真义,所以需要回到原典中去寻找古义,想要以此为据,用以构建自己的思想体系,他还写了一本题为《孟子古义》的研究类专著。相较于宣扬孔子及其《论语》的私塾古义堂所授教材《论语古义》,曾外祖父选择了《孟子古义》的学术观点,并将这些观点传给了儿时的我。早在孩童时代,我就觉得《孟子古义》中的"古义"是个好词,就接受了这其中的"古义"这个词语。①

在被莫言的同行者问及"你的曾外祖父是个商人,为什么要去学习儒学?"时,大江则这样对他的老朋友莫言解释道:

> 当时的日本商人都认为,经商是为得利,而若想得利,首先便要有义。若是不能义字当头,即便获利,也不会长久。本着这个义利观,曾外祖父就专程前去学习儒学中的"义",却不料被儒学的博大精深所深深震撼,更是与《孟子古义》中有关易姓革命的理论产生共鸣,在学习结束后,就带着据说是伊藤仁斋手书的"義"字挂轴回到家乡,却不再经商,而是在村里挂上那个"義"字挂轴,就在那挂轴下教授村里人学习儒学。再往后,就去邻近的大洲藩教授儒学去了。

---

① 根据二〇〇八年二月二十一日下午大江健三郎与莫言对谈现场所录文字整理而成。

莫言的访问引出大江对自身家学渊源的关注和回溯,那次访谈结束后,或许是认为自己未能更为透彻地向莫言阐释古学派的义利观,两年后的二○一○年三月,大江在刊于《朝日新闻》的专栏文章里,如此引用了三宅石庵①在怀德堂发表的讲义:

> 所谓利,是人的合理之判断,无外乎"正义"——义——的认识论之延长。实际上,商人绝不应考虑利用彼等职业追求利益,而应考虑从"义"这种道德原理出发之伦理性活动。义在客观世界中被转为行动之际,利无须努力追求亦不为欲望所乱便会"自然"呈现。"利者,纵然不使刻意相求,利亦将如影随形也。"②

这显然是日本近世儒学教育家对《易经》中"利者,义之和也"的解读,典出于《易经》"为乾之四德"中"元者,善之长也。亨者,嘉之会也。利者,义之和也。贞者,事之干也"。孟子在《孟子·梁惠王上》中亦曰:"王!何必曰利?亦有仁义而已矣。王曰'何以利吾国?'大夫曰'何以利吾家?'士庶人曰'何以利吾身?'上下交征利而国危矣。"我们也可以将孟子向梁惠王所作谏言,理解为孟子学说在《易经》义利观的基础上所做的寓言式诠释。

3.大江对"古义"的再阐释

与莫言的访问时隔大约一年半后的二○○九年十月六日,在台北举办的第二届"大江健三郎文学学术研讨会"上,大江对莫言、朱天文、陈众议、小森阳一、许金龙、彭小妍等中日两国作家和学者更为详尽地讲述了曾外祖父学习儒学的背景:

---

① 三宅石庵(1665—1730),日本江户中期的儒学家,曾任怀德堂第一任堂主。
② 大江健三郎著,许金龙译《定义集》,贵州人民出版社,二○一九年三月,第280页。

……我在孩童时代有个名为"古义人"的乳名。我的曾外祖父是中国哲学的研究者。……伊藤仁斋作为研究日本近世的中国哲学的学者而广为人知,他运用中国古典的正统解读法,写了"古义"(系列)的论著,准确地说,是《论语古义》和《孟子古义》等论著。

江户时代,有着基于近世的领导人和政治家的中国哲学意识形态。日本一直存在来自中国朱子的朱子学传统,及至日本近世,就出现了两个不同于朱子学的、对于古典的理解。其一,是作为学者而出现的著名的荻生徂徕这个人物,他主张把中国哲学真正视作古老的文本,遵循文本的本义进行解读。他的这种解读就成了武士和知识阶层的哲学,当德川幕府封建体制崩溃、发生明治维新、发生叫作明治维新的革命之际,就成了赋予日本知识分子力量的思想来源之一。……不过在这同一时期,另有一个对民众传授中国哲学的人,传授与政府的、权力方的解读相悖的中国哲学的人,此人就是伊藤仁斋。我的曾外祖父学习了这种中国哲学,便在自己的房间里挂起从先生那里得到的字幅,那上面有了不起的大人物手书的"羲"字。曾外祖父将其悬挂起来,就在那下面教授我们那里的人学习中国哲学。曾外祖父说,这么大的字幅,是伊藤仁斋亲手所书。

这里需要介绍一下大江所说的、在日本以天皇为中心的意识形态之下,孔子与孟子学说在日本社会受容与传承的际遇迥然相异——"普遍认为孔子的《论语》有利于天皇制,因而比较欢迎《论语》,同时认为孟子学说中含有反天皇制的因素,便对孟子及其学说持反对态度"。以此观照孔孟学说东传日本的历史,孔子学说在圣德太子时期便奠定了儒家正统的地位,演变为天皇制伦理的法理基础和伦理基础,而孟子学说,则由于民贵君轻的基本政治伦理天然违背了天皇制自上而下的尊卑观,从而成为东传日本之儒教的异端。这种尊孔抑孟的主流意识形态,直至伊藤仁斋的出现,才得到反思和受到批判。

4.不受历代天皇欢迎的孟子及其学说

《论语》早在三世纪后半叶便开始传往日本,公元二八五年,"百济博士王仁由于阿直歧的推荐,率治工、酿酒人、吴服师赴日,并献《论语》十卷、《千字文》一卷,这就是汉文字流入日本之始。其后继体天皇时(513—516)百济五经①博士段杨尔、高丽五经博士高安茂、南梁人司马达赴日,又钦明天皇时(554)五经博士王柳贵、易博士王道良等赴日,这可以说是以儒教为中心之学术文化流入日本之始"②。如果说这大约三百年间的儒学传入是时断时续的涓涓细流,那么到了七世纪,即中国的隋唐时期、日本的推古天皇时期,这涓涓细流就成了奔腾于日本本土文化这个河床中的汹涌洪流,广泛而持久地滋润着干涸的本土文化。在这个时期,有史可考的日本第一位女天皇炊屋姬,也就是推古天皇,为了抗衡把持朝政的权臣苏我马子,故而册封自己的侄儿、已故用明天皇的儿子厩户皇子为皇太子,这位皇太子便是后世盛传的圣德太子。其对内实施了一系列改革,对外则不断派遣遣隋使和遣唐使,如饥似渴地吸收和消化来自中国的先进文化,这其中就包括从中国大量引入的儒学和佛教文化。圣德太子更是学以致用,很快便基于儒佛文化亲自拟就并于六〇四年颁布旨在对官吏进行道德训诫的《十七条宪法》,试图以此为基础建立以天皇为核心的中央集权体制。该《宪法》除去第二条之"笃信三宝"和第十条之"绝忿弃嗔"取自佛教经典外,其余各条尽皆出自儒学经典和子史典籍。北京大学哲学系的朱谦之老先生曾对此做过清晰的梳理:

---

① 五经为《诗经》《尚书》《礼记》《周易》和《春秋》这五部典籍,是我国保存至今的最为古老的文献,也是我国古代儒家的主要经典。
② 朱谦之著《日本的朱子学》,人民出版社,二〇〇〇年十二月,第4页。

第一条"以和为贵"本《礼记·儒行》及《论语》"礼之用和为贵";"上和下睦"本《左传》成公十六年"上下和睦"与《孝经》"民用和睦,上下无怨"。第三条"君则天之,臣则地之"本《左传》宣公四年"君天也"与《管子》;"天覆地载"本《礼记·中庸》"天之所复,地之所载";"四时顺行"本《易·豫卦》"天地以顺动,故日月不过而四时不忒";"上行下靡"本《说苑》。第四条"上不礼而下不齐"本《韩诗外传》及《论语》"道之以德,齐之以礼,有耻且格"。第五条"有财之讼,如石投水,泛者之讼,似水投石",本《文选》李潇远《运命论》"其言如以石投水,莫之逆也"。第六条"无忠于君,无仁于民"本《礼记·礼运》"君仁臣忠";"惩恶劝善"本《左传》成公十四年。第七条"人各有任,掌宜不滥,其贤哲任官",本《尚书·咸有一德》之"任官惟贤材";"克念作圣"本《尚书·说命篇》。第八条"公事靡盬"本《诗经·唐风·鸨羽》,《鹿鸣之什·四牡》之"王事靡盬"。第九条"信是义本"本《论语》"信近于义"。第十条"彼是则我非"本《庄子》;"如环无端"本《史记·田单传》。第十二条"国靡二君,民无二主",本《礼记·坊记》"天无二日,土无二主"及《孟子》。第十五条"背私向公,是臣之道矣",本《韩非子·五蠹》篇"自环者谓之私,背私谓之公",与《左传》文公六年"以私害公非忠也";"千载以难待一圣"本《文选·三国名臣传序》。第十六条"使民以时,古之良典"本《论语·学而》篇"节用而爱人,使民以时"。[①]

由此可见,无论在形式上还是内容上,《论语》和"五经"都对《十七条宪法》带来巨大影响,从而为建立以天皇为核心的中央集权体制做了前期准备。当然,我们在这里需要关注的是,这部宪法引入《论语》者有四,而引入《孟子》者则为一。也就是说,在大规模引入中国儒学的初期阶段,或许是对孟子有关易姓革命的民本思想不甚了解,圣德太子还是对孟子表示出了敬意,尽管在《宪法》中的参

[①] 朱谦之著《日本的朱子学》,人民出版社,二〇〇〇年十二月,第5—6页。

考和引用大大少于孔子的《论语》。

圣德太子去世后,孝德天皇在大化二年(646)颁布《改新之诏》,史称大化改新,提出"公民公地",将皇族和大贵族的土地收归天皇所有,"确立天皇的最高土地所有权及以天皇为中心的中央集权制。儒学的天命观及与之相联的符瑞思想成为革新的重要理论基点"[1],由此正式成立中央集权国家,并将大和之国名更改为日本国。随着神话传说故事《古事记》(712)和编年体史书《日本书纪》(720)的问世,日本历代天皇越发强调皇权天授、万世一系,及至明治维新后由伊藤博文起草并实施的《大日本帝国宪法》,更是借助日本传统中对天皇的尊崇,以法律形式确认天皇秉承皇祖皇宗"天壤无穷之宏谟"的神意,继承"国家统治大权"的上谕,其权力神圣不可侵犯,从而被赋予国家元首和统治权的总揽者之地位[2],集统治权、军权和神权于一身。于是,"民为贵,社稷次之,君为轻",强调主权在民、人民福祉才是政治活动之最大目的等孟子的政治主张,便不可避免地与日本历代统治阶层的利益发生了猛烈碰撞。至于孟子所提"贼仁者谓之贼,贼义者谓之残。贼残之人,谓之一夫。闻诛一夫纣矣,未闻弑君也"[3]等易姓革命的政治主张,更是为日本历代统治阶层所不容,不但代表皇室利益的公家不容,即便是代表幕府利益的武家也决不能接受。于是,在孔子自被奈良朝奉为"文宣王"(768)并享有王者至尊的一千余年间,孟子非但不能享受亚圣的荣光,就连其著述《孟子》也不得输入日本,致使坊间四处流传,不可将《孟子》由唐土带回

---

[1] 刘宗贤、蔡德贵著《当代东方儒学》,人民出版社,二〇〇三年十二月,第155页。
[2] 请参阅收录于《日本国宪法》之《大日本帝国宪法》,讲谈社学术文库2201,第61—77页。
[3] 引自伊藤仁斋著《孟子古义》第34—35页之《孟子·梁惠王下·2》相关内容。

日本,否则将会在回航途中遭遇海难……这大概就是大江健三郎对莫言所说的"普遍认为孔子的《论语》有利于天皇制,因而比较欢迎《论语》,同时认为孟子学说中含有反天皇制的因素,便对孟子及其学说持反对态度"的历史背景和政治背景了吧。

5.以民意代天意的民本思想

这种尊孔抑孟的现象到了幕府时代也没有任何改变,"作为军事独裁政权的幕府政权一直提倡武士道及尚武精神,而儒家的伦理道德思想在武士道形成过程中成为一个重要的思想来源,统治者及其思想家们利用儒学阐释武士道,汲取了儒学忠、勇、信、礼、义、廉、耻等道德观念,依其统治利益所需改造儒学,冀以充实武士道"①。尤其到了德川幕府时期,"出于加强思想统治,维护并发展幕府政治、经济制度的需要,在国家意识形态方面,由佛儒并用转向独尊儒家思想学说,把儒学定为官学,同时强行禁止'异学'。……倡'大义名分',把纲常伦理绝对化的程朱理学作为占统治地位的主导思想"②。这里有两点需要注意:一是"依其统治利益所需改造儒学,冀以充实武士道";二是"把纲常伦理绝对化的程朱理学作为占统治地位的主导思想"。前者是说幕府根据其统治利益所需而任意"改造"儒学,用以"充实武士道";后者则表明被幕府选中的、可供其"改造"的儒学或曰官学,便是"把纲常伦理绝对化的程朱理学"了。由此可见,经过种种"改造"的这种所谓儒学,就只能是遭到严重篡改的"儒学",为统治阶层的伦理纲常保驾护航的"儒学"了。这种儒学,便是大江口中的"来自中国朱子的朱子学",也就是被权力中心所指定的官学。为了

---

① 刘宗贤、蔡德贵著《当代东方儒学》,人民出版社,二〇〇三年十二月,第156页。
② 同上,第167页。

对抗这种官学,"及至日本近世,就出现了两个不同于朱子学的、对于古典的理解。……有一个对民众教授中国哲学的人,教授与政府的、权力方的解读相悖的中国哲学的人,此人就是伊藤仁斋"①。

大江在这里提及的伊藤仁斋是江户时期古学派中具有代表性的重要学者,而伊藤仁斋所在的"古学派是日本儒学的重要派别,也是官学朱子学的反对派。古学派学者认为只有古代儒学才具有真义,汉唐以后的儒学全是伪说。他们尊信三皇、五帝、周公、孔子,以古典经典为依据,冀望从古典中寻找作用于社会的智慧源泉,重新构建不同于朱子学、阳明学的思想体系,实际是希望以复古的名义打破当时朱子学的一统天下。古学派的先导者是山鹿素行,另外两个著名人物分别是堀川学派的伊藤仁斋、萱园学派的荻生徂徕。他们在思想意识形态上具有共同的特点,政治上代表被闲置的贵族及中小地主阶级等在野民间势力"②。这里说的是在德川时代中期,占全国人口百分之八十多的农民附属于大小藩主,而这大大小小的藩主又附属于大名,各大名则附属于"大将军"德川幕府。随着德川幕藩制在政治方面和经济方面开始出现危机,其封建体制开始瓦解,近代思想也便从中逐渐萌发并发展起来,就这个意义而言,与朱子学对抗的古义学的出现和发展,也就是历史的必然了。尤其在享保年间,日本全国的农村经济因商业高利资本的侵入而衰落之际,风起云涌的农民暴动在震撼德川幕府封建统治基础的同时,也给维护封建等级制度和伦理纲常的朱子学带来沉重打击。正是在这种背景下,"初奉宋儒,……及年三十七八始出己见"的伊藤仁斋叛出朱子学,转而在《论语》和《孟子》等古典中寻找真义,认同孟子"天视民视,天听民

---

① 根据"大江健三郎文学学术研讨会"台北会议录音整理而成的资料。
② 刘宗贤、蔡德贵著《当代东方儒学》,人民出版社,二〇〇三年十二月,第164页。

听",即以民代天、以民意代天意的民本思想,主张以仁义为王道,所以仁者之上位,虽说是天授,其实更是人归。对于失去民心民意、引发天怒人怨的残暴之君,则认为其已被以民意为象征的天道所抛弃,从而可以对其放伐。

6.以革命颠覆不义的理想主义呼声

在详细阐释孟子的放伐理论时,伊藤仁斋更是在《孟子古义》里缜密地为孟子如此辩护道:

> 孟子论征伐。每必引汤武明之。及其疑于弒君者。乃曰闻诛一夫纣矣。未闻弒君也。盖明汤武之举。仁之至。义之尽。而非弒也。……何者。道也者。天下之公共。人心之所同然。众心之所归。道之所存也。传曰。桀放于南巢。自悔不杀汤于南台。纣诛于牧野。悔不杀文王于羑里。夫天下非一汤武也。向使桀纣自悛其恶。则汤武不必征诛。若其恶如故。则天下皆为汤武。不在彼则在此。不在此必在彼。纵令彼能于南巢牧野之前。得杀汤武。然不改其恶。则天下必复有如汤武者。出而诛之。虽十杀百戮。而卒无益。故汤武之放伐。天下放伐之也。非汤武放伐之也。天下之公共。而人心之所同然。于是可见矣。孟子之言,岂非万世不易之定论乎。宋儒以汤武放伐为权变。非也。天下之同然之谓道。一时之从宜之谓权。汤武放伐即道也。不可谓之权也。①

在当时看来,伊藤的宣言是何等的大胆。如果说在中国的历史上,易姓革命早已屡见不鲜,素有改朝换代之说的话,那么在日本这个所谓天皇万世一系的国度里,伊藤仁斋的以上话语可谓大逆不道了。所谓弒君,用日语表述便是"下克上",明显包括"犯上作乱"和"以下犯上"等道德和伦理层面的指责,但是伊藤仁斋在纣王被杀这

---

① 伊藤仁斋著《孟子古义》卷一,第35页。

件事上,却全然不做这种语义上的认可,倒是完全依孟子所言,认为武王伐纣是诛杀贼仁贼义之独夫而非弑君,可作为正义行为予以认可和鼓励,因为"夫天下非一汤武也。向使桀纣自悛其恶。则汤武不必征诛。若其恶如故。则天下皆为汤武",更是强调汤武放伐是天下之同然的"道也",而不是宋儒(或曰维护幕府等级制度的朱子学)所批评的从宜之"权变"。

伊藤仁斋笔下的"道",其后被暴动之乡的年轻商人所接受、所宣传、所传承,并取其宗师伊藤仁斋居所兼私塾的古义堂之"古义"二字,为自己的曾外孙命名为"古义人"。这个乳名为"古义人"的孩子多年后在作品里借小说人物之口讲述了这个乳名的背景:"宴会将近结束时,大黄突然说起古义人这个名字的由来。当然,这是以笛卡尔的西欧思想为原点的,然而并不仅仅如此。在与大阪——当时的大阪——有着贸易往来关系的这块土地上,不少人曾前往商人们学习儒学的学校怀德堂。古义人的名字中,就融汇了这个学派的宗师伊藤仁斋的古学思想。"①至于伊藤仁斋在上文中提及汤武放伐时所认定并高度评价的"道",时隔大约四百年之后,大江在《万延元年的Football》里做出了这样的回应:

> 关于武装暴动的原因,那位与我有书信往来的老教员乡土史家,既未否定,亦未积极肯定我母亲的意见。他具有科学态度,强调在万延元年前后,不仅本领地内,即使整个爱媛县内也发生了各类武装暴动,这些力量和方向综合在一起的矢量指向维新。他认为本藩惟一的特殊之处,就是万延元年前十余年,藩主担任寺院和神社的临时执行官,使本藩的经济发生了倾斜。此后,本藩向领地城镇人口征收所谓"万人讲"日钱,

---

① 大江健三郎著,许金龙译《被偷换的孩子》,译林出版社,二〇〇八年十月,第109页。

向农民征收预付米,接着是"追加预付米"。乡土史家在信末引用了一节他收集的资料:"夫阴穷则阳复,阳穷则阴生,天地循环,万物流转。人乃万物之灵长,若治政失宜,民穷之时,岂不生变乎!"这革命启蒙主义中有一股力量。①

在这里,大江借小说人物之口说出"人乃万物之灵长,若治政失宜,民穷之时,岂不生变乎!"其以革命颠覆不义的理想主义呼声,显然来自《孟子·梁惠王下》的相关内容及其在日本的传承者伊藤仁斋的影响。不仅如此,大江还把以上经其改写的话语定义为"革命的启蒙主义",而且特意指出其中蕴藏着"一股力量"。更具体地说,这既是对孟子"贼仁者谓之贼,贼义者谓之残。贼残之人,谓之一夫。闻诛一夫纣矣,未闻弑君也"等易姓革命主张的认同,也是在借伊藤仁斋对此所做的解读而赋予故乡暴动历史以正当性和合理性,让所有暴动者及其同情者据此获得伦理上的支撑——"夫天下非一汤武也。向使桀纣自悛其恶。则汤武不必征诛。若其恶如故。则天下皆为汤武"。显然,故乡的历史暴动史实与先祖传播的孟子有关"民本"和"革命"思想融汇在了一起,森林中的农民暴动叙事所体现的朴素村落政治观和斗争史,恰恰是"民本"古义与"革命"的现代左翼思潮相结合的表现,更是大江在未来的人生中接受战后民主主义思想的伦理基础。

二、暴动之乡的森林之子

1.大濑村的暴动历史

作为大江文学的重要构成部分,大江的革命想象不仅萌发于曾

---

① 大江健三郎著,邱雅芬译《万延元年的Football》,人民文学出版社,二〇二一年四月,第88页。

外祖父《孟子古义》之家学影响,无疑也受到故乡暴动历史世代口耳相传的浸染,将边缘与中心的权力抗衡内化为一种本土化的体悟。大江的"古义人"乳名和其接受孟子民本思想以及易姓革命思想的土壤,恰恰是故乡大濑村这块历史上暴动频发的土地,正如大江在北京的一次讲演中所言:

> 而我,则在边缘地区传承了不断深化的自立思想和文化的血脉。对于来自封建权力以及后来的明治政府中央权力的压制,地方民众举行了暴动,也就是民众起义。从孩童时代起,我就被民众的这种暴动或曰起义所深深吸引。……我曾写了边缘的地方民众的共同体追求独立、抵抗中央权力的长篇小说《万延元年的 Football》。这部小说的原型,就是我出生于斯的边缘地方所出现的抵抗。明治维新前后曾两度爆发起义(第二次起义针对的是由中央权力安排在地方官厅的权力者并取得了胜利),但在正式的历史记载中却没有任何记录,只能通过民众间的口头传承来传续这一切。……与中心进行对抗的边缘这种主题,如同喷涌而出的地下水一般,不断出现在此后我的几乎所有长篇小说之中。①

那么,作为大江革命想象的原型,故乡大濑村的革命暴动,是如何在德川幕府和其后的明治政府中央权力及其各级官吏等代理人的压制下被频频触发的呢?这些革命原型又与大江自身的文学建构有着何种关联?

当然,由于官方长年以来的持续遮蔽或改写,我们已经很难从官方记载中查阅并还原当年的暴动起因以及过程等完整信息了。大江本人在其作品以及讲述中所提供的信息亦缺乏完整性和系统性,更

---

① 大江健三郎著,许金龙译《北京讲演二〇〇〇》,《中华读书报》,二〇〇〇年十月十八日。

由于其小说的虚构性，小说叙事的史料价值也有待考鉴。与此同时，通过口耳相传的民间文学形式以及亲身参与了暴动文化之传播的老人们，亦随岁月流逝而日渐减少，其所提供的信息亦有模糊不清之处。所幸笔者在当地做田野调查时，曾获得一份非公开出版的方志。结合当地老人的回忆以及大江本人的讲述或文字记叙，得以大致瞥见当地暴动的肇因和状貌。这份由内子町志编撰委员会编写的《新编内子町志》第七节之《农民暴动》这个章节里有一个题为"大洲藩农民暴动（骚動）"的列表 2-7：

年　号	公元	暴动名称
寛保元年	1741	久万山騒動
延享四年	1747	御蔵騒動
寛延三年	1750	内子騒動
宝暦十一年	1761	麻生騒動
明和七年	1770	蔵川騒動
明和八年	1771	麻生騒動
寛政元年	1789	柳沢騒動
文化六年	1809	阿蔵騒動
文化七年	1810	横峰騒動
文化十三年	1816	大洲紙騒動
文化十三年	1816	村前騒動
文政十一年	1828	菅田騒動
天保八年	1837	柳沢騒動
天保八年	1837	横峰騒動
文久二年	1862	小薮騒動
文久三年	1863	宇和川騒動
慶応二年	1866	奥福騒動
明治四年	1871	廃藩置県騒動

| 明治四年 | 1871 | 郡中騷動 |
| 明治四年 | 1871 | 臼杵騷動 |

——以上为发生于大洲藩或与藩相关联的暴动。其资料来源于影浦勉「伊予農民騷動史話」「愛媛鼎史」『大洲市誌』和「高橋文書」。①

这份列表清晰标注了大濑村所在的大洲藩地区,自一七四一年至一八七一年这约一百三十年间,发生被官方蔑称为"骚动"的暴动共计二十次。也就是说,暴动平均每六年半便会爆发一次。这里需要说明的是,图表所列远不及实际曾经发生的暴动次数,譬如一七八八年肇始于大江家所在小山村的大濑暴动,就未能列入其中。在这片范围有限的区域内,如此高频度(有的地方甚至重复数次)发生暴动的原因不一而足,不过其主因不外乎来自各级官府的压榨、商人投机、官商勾结、粮食歉收、物价(尤其是粮食价格)高涨等等,这一点从大米和大豆在一八六一年至一八七〇年这十年间的涨幅便可略见一斑(2-8):

年 号	公元	大米	大豆
文久元年	1861	205 錢	218 錢
二年	1862	250 錢	272 錢
三年	1863	290 錢	260 錢
元治元年	1864	400 錢	364 錢
慶応元年	1865	650 錢	540 錢
二年	1866	2000 錢	1140 錢
三年	1867	1800 錢	869 錢
明治元年	1868	6000 錢	5700 錢

① 内子町志编撰委员会著《新编 内子町志》,一九九六年十月,第161页。

| 二年 | 1869 | 12000钱 | 10000钱 |
| 三年 | 1870 | 14500钱 | 21000钱 |

——以上为一石粮食之价格。其资料由知清吉冈文书所作。①

正如大江自述的"明治维新前后曾两度爆发起义(第二次起义针对的是由中央权力安排在地方官厅的权力者并取得了胜利)"②，即列表2-7分别发生于一八六六年的奥福暴动③和一八七一年的废藩置县暴动。从列表2-8可以看出，在大江经常提及的这两场暴动前后短短十年时间内，大米价格从一八六一年的二百零五钱猛涨至一八七〇年的一万四千五百钱，同期的大豆价格则从二百一十八钱猛涨至二万一千钱，前者涨至七十点七倍，后者更是狂涨至九十六点三倍。按照这个势头，未能列入的一八七一年(即发生废藩置县暴动之年)的涨幅估计越发让人心惊肉跳。至于物价何以如此疯涨的主要原因大致如下：首先是江户末期农民阶层开始分化，大量贫困农民为借钱度日而将农地转手他人，只能依靠佃耕勉强糊口；其二则是巧取豪夺了大量土地的地主和富商与藩府加强勾结，通过向藩府提供金钱而获得更多特权，转而利用这些特权变本加厉地盘剥贫困农民；再就是大厦将倾的德川幕府在政治上开始出现崩溃迹象，在经济方面则出现全国性物价高涨，尤其是猛涨的大米价格更使得贫困农民和底层民众的生活越发艰难；第四，雪上加霜的是，在庆应二年

---

① 内子町志编撰委员会著《新编　内子町志》，一九九六年十月，第190页。
② 大江健三郎著，许金龙译《北京讲演二〇〇〇》，《中华读书报》，二〇〇〇年十月十八日。
③ 一八六六年七月十五日发生在包括大江健三郎故乡大濑村在内的奥筋地区的、规模达万余人的农民暴动。因暴动领导人名为福五郎(亦有福太郎、福二郎、福次郎之说)，当地人便取奥筋中的奥以及福五郎中的福，将该暴动称之为奥福暴动。

(1866),遭遇了前所未有的大歉收,与藩府素有勾结的投机商人乘机将大米价格猛涨。正如大江在作品里所总结的那样:"人乃万物之灵长,若治政失宜,民穷之时,岂不生变乎!"于是,这一年的七月十五日,大江家所在的大濑村便爆发了名为"奥福骚动"的大暴动,前后历时三天,至十七日时共计波及三十余村庄,参与者多达一万余人。

这次暴动的经纬大致如下:该年七月某日,大濑村村民福五郎(亦有福太郎、福二郎、福次郎之说)因家中无粮,向村吏提出借用村中存米,随即遭拒,却发现村吏将米借给来村里出差的医生成田玄长,便与村吏发生激烈争执。福五郎由此痛恨贪图暴利的商人,决定发动村民一同上访,同村的神职人员立花丰丸于是承担其参谋,以福五郎之名撰写檄文并广泛散发于周围数十村庄,呼吁大家奋起暴动,不予合作之村庄则予烧毁!早已对为富不仁的富商心怀怨恨的数十村庄的农民纷纷加入暴动队伍。七月十五日晚间,赞成福五郎主张的大濑村村民捣毁村里的酒铺,在福五郎号令下开往内子镇,中途参加者络绎不绝,至十六日暴动队伍已达三千余人,当天在内子镇打砸店铺约四十间,继而在五十崎打砸店铺约二十间。及至十七日,共有三十个村庄、一万余人参加暴动。大洲藩府急遣信使往江户幕府报警,同时不断派人游说福五郎等三四位暴动头领,至当日晚间,福五郎等人被说服,继而解散暴动队伍。在参加暴动的农民相继回村后,三位暴动头领遭到抓捕,其中大濑村的福五郎以及同村的立花丰丸其后死于狱中……

诸如此类的暴动景象,通过世代的传述,在民间文学的传承下,从历历在目的口头讲述,化为跃然纸上的文学形象。这些暴动记忆和历史人物原型,促动大江以大濑为革命对峙的中心向压迫性体制发出挑战,而将暴动革命历史传承给大江的媒介,正是阿婆这位民间文学的讲述者,暴动革命故事则作为元文本化入大江对于村庄暴动的文学虚构之中。

2.阿婆的暴动故事元文本

为儿时大江栩栩如生地讲述奥福其人和奥福暴动这段历史的人,是大江家里名为毛笔的阿婆。多年后,《读卖新闻》记者尾崎真理子采访时曾提及大江面对阿婆栩栩如生的讲述而心神荡漾的过往:"那个'奥福'物语故事,当然也是极为有趣,非同寻常。据说您每当倾听这个故事时,心口就扑通扑通地跳。由于听到的只是一个个片段,便反而刺激了您的想象。"①于是大江便这样对记者回忆了当年的情景:

> 是啊,那都是故事的一个个片段。阿婆讲述的话语呀,如果按照歌剧来说的话,那就是剧中最精彩的那部分演出,所说的全都是非常有趣的场面。再继续听下去的话,就会发现其中有一个很大的主轴,而形成那根大轴的主流,则是我们那地方于江户时代后半期曾两度发生的暴动,也就是"内子骚动"(1750)和"奥福骚动"(1866)。尤其是第一场暴动,竟成为一切故事的背景。在庞大的奥福暴动物语故事中,阿婆将所有细小的有趣场面全都统一起来了。
>
> 奥福是农民暴动的领导者,他试图颠覆官方的整个权力体系,针对诸如刚才说到的,其权力及至我们村子的那些权势者。说是先将村里的穷苦人组织起来凝为强大的力量,然后开进下游的镇子里去,再把那里的人们也团结到自己这一方来,以便聚合成更强大的力量。那场暴动的领导者奥福,尽管遭到了滑稽的失败,却仍不失为一个富有魅力的人。我就在不断思考奥福这个人的人格的过程中,度过了自己的少年时代。②

---

① 大江健三郎著,许金龙译《大江健三郎口述自传》,贵州人民出版社,二〇一九年三月,第8页。
② 同上,第8—9页。

……

是祖母和母亲讲述给我并滋养了我的成长的乡村民间传说。在写作《万延元年的Football》时,我的关心主要集中在那些叙述一百年前发生的两次农民暴动的故事。

祖母在孩提时代,和实际参与这些事件的人们生活在同样的社会环境里,所以,她所讲述的民间故事,常常会添加进她当年亲自见过的那些人的逸闻趣事。祖母有独特的叙事才能,她能像讲述以往那些口耳相传的民间故事那样讲述自己的全部人生经历。这是新创造的民间传说,这一地区流传的古老传说也因为和新传说的联结而被重新创造。

她是把这些传说放到叙述者(祖母)和听故事的人(我)共同置身其间的村落地形学结构里,一一指认了具体位置同时进行讲述的。这使得祖母的叙述充满了真实感,此外,也重新逐处确认了村落地形的传说/神话意义。[①]

病迹学(Pathographie)研究成果表明,儿时的生长环境对于成人后的价值取向和审美取向都将产生重要影响,这对于川端康成和三岛由纪夫来说如此,对于大江健三郎来说也并不例外。在"心口扑通扑通地跳"着倾听阿婆讲述奥福故事的过程中,少儿大江的情感却在不知不觉间开始倾向遭到压榨的暴动者一方,从而产生了与弱势群体共情的义愤,以至于"在不断思考奥福这个人的人格的过程中,度过了自己的少年时代"。然而,这种感情倾向却面临一个无法回避的尴尬,那就是在日本这个国度里,被称为"骚动"的农民暴动明显带有被官方蔑视的语感,而暴动本身更是被认为是"下克上"的大不敬,亦即中文语感中的"以下犯上"和"犯上作乱"之负面语义。这显然是儿时大江的情感所不愿接受的,正是在这种情感冲突的背

[①] 大江健三郎著,王中忱译《在小说的神话宇宙中探寻自我》,引自《我在暧昧的日本》,南海出版公司,二〇〇五年十一月,第7—8页。

景下,经由曾外祖父传承的易姓革命思想和民本思想才开始具有意义,才能为暴动之乡的这个小童提供了伦理上的支撑,用以抗拒"下克上"所带来的道德和伦理层面的负面指责,从而"在不断思考奥福这个人的人格的过程中,度过了自己的少年时代"之际,顺理成章地"在边缘地区传承了不断深化的自立思想和文化的血脉",将《孟子古义》中的易姓革命思想和民本思想内化为自己的道德观和伦理观,为其于日本战败后接受战后民主主义作了道德、伦理和理论上的前期准备。

另一方面,由于阿婆"在孩提时代,和实际参与这些事件的人们生活在同样的社会环境里,所以,她所讲述的民间故事,常常会添加进她当年亲自见过的那些人的逸闻趣事",而且阿婆"给我讲述(奥福)故事中的人物。故事情节只是一些片段,所以能够激发我勾连故事的能力。奥福是本地农民起义的故事中一个无法无天而且非常可爱的人物,用我后来遇到的语言来说是一个 trickster①"②,故而在引发少儿大江倾听兴趣的同时,还培养了其进行再创作的能力。

如果说,经由曾外祖父传承的《孟子古义》中的易姓革命思想和民本思想,从道德和伦理上支撑少儿大江"在边缘地区传承了不断深化的自立思想和文化的血脉"的话,那么,熟稔戏剧演出的阿婆用"独特的叙事才能"对儿时大江讲述当地暴动故事,在培养其勾连故事之能力的同时,亦为大江进行了一场文学启蒙,使得"从孩童时代起,我就被民众的这种暴动或曰起义所深深吸引。……我曾写了边缘的地方民众的共同体追求独立、抵抗中央权力的长篇小说《万延元年的 Football》。这部小说的原型,就是我出生于斯的边缘地方所

---

① 意为神话和民间传说中的精灵、既有社会秩序的破坏者。
② 大江健三郎著,王成译《我的小说家修炼法》,中央编译出版社,二〇一九年十一月,第6页。

出现的抵抗",而且"与中心进行对抗的边缘这种主题,如同喷涌而出的地下水一般,不断出现在此后我的几乎所有长篇小说之中"!由此可见,从发表于一九六七年的《万延元年的 Football》到晚近创作的长篇小说《优美的安娜贝尔·李 寒彻颤栗早逝去》(2007)以及《晚年样式集》(2013),随处可见的有关历史暴动叙事,既是大江的儿时记忆,也是其文学母题,还是其抗拒权力中心、用以构建根据地/乌托邦的重要依据。当然,这种叙事策略也使得其文学中的历史维度具有越来越开阔的空间。

3."我在文学作品中构建的根据地/乌托邦确实源自毛泽东"

仍然是在大江文学的历史叙事空间里,早在大江的少年时代,曾有两个于日本战败后从中国遣返回故乡大濑村的退伍老兵帮助大江家修缮房屋,在小憩期间,这两个退伍老兵盘膝而坐,聊起侵华期间所执行的杀光、烧光和抢光之三光政策,让少年大江第一次知道"皇军"在中国期间犯下的累累战争罪行,在其为之深感愧疚和惊恐不安的同时,也对战争时期的军国主义教育之虚伪有了更为深刻的认识。这两位老兵还说起在中国战场攻打八路军根据地时狼狈情状,他们告诉在一旁倾听的少年:八路军的根据地大多建在地势险要之处。由于八路军与中国老百姓是鱼水之情,所以攻打根据地的日军部队尚未到达目的地,就有发现日军行踪的老百姓向八路军通风报信,于是八路军便在根据地设好埋伏,待日军进入伏击圈后就枪炮大作,打得日军如何丢盔弃甲、如何死伤狼藉、如何狼狈逃窜……

村里这两个退伍老兵的无心之言,却在少年大江的内心掀起巨浪:如果本地历史上多次举行暴动的农民也像八路军那样,在家乡深山老林里的险要处构建根据地的话,那么家乡的历史会如何演变?日本的历史是否会是另一种模样?带着这个久久萦绕于心的思考,

25

大江在东京大学仔细且系统地研读了《毛泽东选集》四卷本,尤其关注第一卷里《中国的红色政权为什么能够存在?》。这篇文章是毛泽东于一九二八年十月五日所作,在第六章《军事根据地问题》中第一次提及"根据地"并做了如下阐释:

> 边界党还有一个任务,就是大小五井和九陇两个军事根据地的巩固。……这两个地形优越的地方,特别是既有民众拥护、地形又极险要的大小五井,不但在边界此时是重要的军事根据地,就是在湘鄂赣三省暴动发展的将来,亦将仍然是重要的军事根据地。巩固此根据地的方法:第一,修筑完备的工事;第二,储备充足的粮食;第三,建设较好的红军医院。把这三件事切实做好,是边界党应该努力的。①

所谓"根据地"是军事术语,而且从以上引文中可以发现其历史并不悠久,是军事对峙中处于弱势的红军为更好地保护己方有生力量而于险峻之处据险而守,同时争取时间和空间发展和壮大己方力量。中国第一次国内革命战争时期由红军创建的根据地如此,抗日战争时期由八路军所建的根据地也是如此,同时辅以游击战、麻雀战、坚壁清野、储存粮食、建立伤兵医院以及灵活运用"敌进我退、敌驻我扰、敌疲我打、敌退我追"等游击战术,与强敌进行周旋。

在东京大学就读期间学习了《毛泽东选集》中有关根据地的相关论述后,大江开始将这些论述与家乡的暴动史乃至日本的近代史联系起来加以思考。当然,历史不可复制,故而大江开始考虑在自己的文学作品中构建根据地,构建以中国革命模式复制的根据地。于是,"暴动"和"根据地"字样开始频繁出现在大江的小说文本里。譬如在不足十万字的小长篇《两百年的孩子》中译本里,如果用电脑检

---

① 毛泽东著《毛泽东选集》(第一卷),人民出版社,一九九一年六月第二版,第53—54页。

索"暴动"/"一揆",可以发现共有二十二处。对"逃散"进行检索,则有五十三处。两者相加,总共七十五处。这里所说的"逃散",是指在日本的中世和近世,农民为反抗领主的横征暴敛而集体逃亡他乡。这种逃亡有两个特征,一是数个、数十个村庄集体逃亡;二是这种有时多达数千、数万人的逃亡,往往伴随着与领主武装的战斗。同样使用电脑检索的方法对《两百年的孩子》进行检索,还可以发现含有"根城"和"根据地"的表述各有二十处,一共四十处。这里所说的"根城",在日语中主要有两个语义,其一为主将所在城池或城堡;其二则是暴动民众的据守之地,或是盗贼的巢穴。"根据地"的语义为"军队等队伍为修整、修养或补给而设立的据点",在大江的文学词典里,这个单词显然源于中国第一次国内革命战争时期创建的根据地,抗日战争期间用以抵御侵华日军、争取抗战胜利的根据地;当然,这也是大江赖以在小说中构建根据地/乌托邦的原型。

二〇〇六年八月,笔者曾在东京对大江做过一次采访,现摘录其中涉及"根据地"的内容引用如下:

　　许金龙:您于一九七九年发表了长篇小说《同时代的游戏》,相较于中国传统文化中桃花源式的那种逃避现实的理想,这部作品中的乌托邦则明显侧重于通过现世的革命和建设达到理想之境。从这个文本的隐结构中可以发现,您在构建森林中这个乌托邦的过程中,不时以中国革命和建设为参照系,对以毛泽东为首的老一辈革命家所进行的艰苦卓绝的长征、建立根据地并通过游击战反击政府军的围剿、发展生产以提高物质生活水平等给予了肯定,也对江青等"四人帮"在"文化大革命"中祸国殃民的举止表示了谴责,同时也在思索中国在革命和建设过程中遇到的一些问题以及解决方法,试图从中探索出一条由此通往理想国的具有普遍意义的通途。当然,您在自己的文学世界里建立根据地的尝试,《同时代的游戏》显然不是第一次,也不会是最后一次。其实,早在《万延元年的 Football》中，甚至更早的《掐芽打仔》等作品中，就已经出现了"根据地"的雏形。我想知道的是，您在文本中构建的根据地/乌托邦是否是以毛泽东最初创建的根据地为原型的？当然，您在大学时代学习过毛泽东的著作，那些著作里有不少关于根据地的描述，您是从那里接触到根据地的吗？

大　江：正如你所指出的那样，我在文学作品中构建的根据地/乌托邦确实源自毛泽东的根据地。而且，我也确实在毛泽东的著作中接触过根据地，记得是在《毛泽东选集》第一卷的前半部分。

许金龙：是在《中国的红色政权为什么能够存在？》那篇文章里？

大　江：是的，应该是在这篇文章里。围绕根据地的建立和发展，毛泽东在文章里做了很好的阐述。不过，我最早知道根据地还是在十来岁的时候。战败后，一些日本兵分别被吸收到国民党军队和共产党的八路军里。参加了八路军的日本人就暗自庆幸，觉得能够在中国的内战中存活下来，而参加国民党军队的日本人却很沮丧，担心难以活着回日本。他们之所以这么想，是因为在侵华战争中，他们分别与八路军和国民党军队打过仗，说是国民党军队没有根据地，很容易被打败，而八路军则有根据地，一旦战局不利，就进入根据地坚守，周围的老百姓又为他们提供给养和情报，日本军队很难攻打进去。后来在大学里学习了毛泽东著作后，我就在想，我的故乡的农民也曾举行过几次暴动，最终却没能坚持下来，归根结底，就是没能像毛泽东那样建立稳固的根据地。可是日本的暴动者为什么不在山区建立根据地呢？如果建立了根据地，情况又将如何？这是我一直在思考的问题，并且在作品中表现了出来。①

在以上引文中提及的长篇小说《同时代的游戏》第五章所叙述的故事发生在明治初年，村庄＝国家＝小宇宙这个共同体决心独立

---

① 大江健三郎与许金龙对谈：《大江健三郎将访中国，深受鲁迅及毛泽东影响》，《环球时报》，二〇〇六年九月一日。

于"大日本帝国",准备抗击帝国陆军的讨伐。长期以来,人们根据共同体的创始者破坏人通过梦境传达的指示,利用山里的特产木腊与海外进行贸易的盈余做了大量的战争准备,构筑起巨大的堤堰,蓄水淹没自己的村庄,并在堤坝上用沥青写上"不顺国神,不逞日人"的标语,以示与天皇治下的"大日本帝国"决裂的决心,同时进行坚壁清野,在山上的森林里储存粮食,建起野战医院,把壮年男女武装起来组织成游击队,还建立兵工厂以制造武器……除此以外,有人还考虑以各种语言致信各国,呼吁世界上被压迫的民族团结起来,说是"尤其是致中国的信,真想面交很快就将与大日本帝国军队开始全面战争的中国共产党军队"[①]。

在这些准备工作大致就绪后,政府派遣的"大日本帝国陆军混成第一中队"也临近了。这支武装到牙齿的正规军常年在这一带镇压农民暴动,现在受命前来攻打这个共同体,以将其纳入天皇统治下的"大日本帝国"势力范围。由于这一带山高林密,又是连日滂沱大雨,部队便艰难地沿着略微平坦一些的河滩溯流而上。在村庄这个共同体派出的侦察人员发现"皇军"已临近时,水库里的水也蓄到了最高水位,于是,村庄=国家=小宇宙的人们点燃预先埋置的炸药炸开堤堰,开始了长达五十天之久的、抗击"大日本帝国"陆军的游击战。

呼啸而下的洪水瞬间便吞噬了混成第一中队的所有官兵及其携带的军马。政府第一次派遣来的军队遭到了全军覆没的彻底失败。于是,其后又派遣了由一位作战经验丰富的大尉率领的中队前来攻打。共同体由此正式开始了抗击"皇军"的游击战争。

---

① 大江健三郎著,李正伦等译《同时代的游戏》,作家出版社,一九九六年四月,第232页。

当大尉率领的部队占领村庄时,却发现这是座空无一人的村庄,甚至看不到一条狗。也就是说,共同体实行了最为彻底的坚壁清野。部队在这个被废弃的村子里,连洁净的水都找不到一口,便派出小部队寻找水源,却被游击队打了埋伏。于是,被缴了枪械后释放回来的士兵报告说,游击队就在这山中的森林里。到了夜间,共同体放出的老狼以及野狗让士兵们感到惊恐,而游击队设置的、可以切割下双腿的陷阱,更是让士兵们不敢轻易进入山林。

不久,大尉便开始了他的第一次搜山清剿,部队排成横列,每隔五米站上一个士兵。而游击队方面则在转移非战斗人员的同时,由青壮村民组成若干三人战斗小组,利用有利地形埋伏下来,相机射击某一个搜山士兵,然后再将其两侧的士兵引诱过来一并射杀,使得"皇军"遭受巨大伤亡,不得不铩羽而归。

大尉指挥的第二次大规模战斗,是吸取前次横向搜山失败的教训,命令士兵纵向攻入森林深处,以破解"堪称游击战之基础的原始森林的神秘力量",并伺机破坏密林里的兵工厂,却被共同体的孩子们以迷路游戏的方式引入迷魂阵……当"皇军"士兵们被诱入伏击圈后,"游击队员从藏身之处用西洋弓射出的箭没有声音,突如其来的袭击防不胜防。森林里的大树很高,日光像雾一般从枝叶的缝隙泻下,难以计数的蝉发出震耳的蝉鸣,弓箭的声音根本听不到。埋伏者瞄准出现在树枝所限的狭窄空间处的敌人,箭无虚发。在惟蝉鸣可闻的巨大静默里,大日本帝国军队的士兵中有十二人中箭身亡,另有十二人身受重伤。没有一个士兵发现新设置的兵工厂"[①]。

由于游击队控制了水源,大尉怀疑水源被施放了毒药,不敢再使

[①] 大江健三郎著,李正伦等译《同时代的游戏》,作家出版社,一九九六年四月,第253—254页。

用那里的泉水,转而组织运输队从山外连同粮食一同运往驻地,从而加重了运输队的负担,致使行动迟缓,被游击队在途中趁天黑夜暗之机混入运输队,"结果是担任护卫的士官和两个士兵扔下运粮队逃跑了。于是,大量粮食就被运进了密林里游击队的帐篷"①。

在大尉审问游击队的俘虏时,这些俘虏提供的信息更是让大尉心智混乱。第一个俘虏状似老实地交代说:"这个抵抗战争是从整个中国以及藏在长白山山脉的朝鲜反日游击战传过来,组织了共同战线,甚至不久就有援军到达,实际上自己就是负责和海外联系的负责人……"②在他的话语中,不时还"夹杂着一些他瞎编乱造的中国话和朝鲜话"③。第二个俘虏的交代更是玄乎,说是把森林里新发现的矿物质送到德国加以精炼,以其为原料,即将研制出新型炸弹,如果炸弹中的化学物质出事,"半个森林就可能一扫而光"④……

在屡屡失败的压力下,大尉决定用最狠毒的手段镇压这些"为了反抗大日本帝国而钻进森林"⑤的顽固山民,那就是运来大量汽油,准备火烧森林,"漆黑之夜充血的眼珠上,也许映现出了他们追赶着躲避大火而东奔西跑的半裸的女人们,也许映现出他们自己正在强奸或杀人的自我影像。直到此刻为止毫无趣事可言的战争,使他们的意识浓缩为一个观念——战争就是血腥欲望的爆发,他们今天晚上得出了这个结论,并且决定今后一定照此实行。不久之后,在转战于中国和南洋各地时,他们的这个血腥欲望果然就得到满足了"⑥。

---

① 大江健三郎著,李正伦等译《同时代的游戏》,作家出版社,一九九六年四月,第260页。
② 同上,第263页。
③ 同上,第263页。
④ 同上,第264页。
⑤ 同上,第266页。
⑥ 同上,第271页。

面对火烧森林的严峻局面,共同体在疏散了儿童后便集体投降了,其中大约一半人口得到的却是大尉的如下话语:"你们是真正地对大日本帝国发动叛乱、掀起内战的人,你们犯下的叛国罪行必须受到应得的处罚,我以军事法庭的名义宣布你们的死刑!"在进行了五十天的抵抗之后,共同体中的大约一半村民被血腥屠杀了,死在大日本帝国的淫威之下……幸运的是,共同体的半数儿童却随着徐福式的大汉逃离了杀戮,踏上寻找希望的远方。

4."我在小说里想要表现的确实不是绝望"!

从以上梗概的隐结构中不难看出,对于《同时代的游戏》第五章中关于创建根据地和开展游击战的内容,中国的读者都会比较熟悉,准确地说,应是"似曾相识"。在《毛泽东选集》第一卷之《中国的红色政权为什么能够存在?》、第六章《军事根据地问题》中,毛泽东早在一九二八年就曾准确地指出:"巩固此根据地的方法:第一,修筑完备的工事;第二,储备充足的粮食;第三,建设较好的红军医院。"① 大江在《同时代的游戏》中修筑水淹敌军的水库,正是第一条所说的工事,而且还是大型工事。而预先储备粮食以及抢夺敌军运粮队,则是第二条的完美体现。对于设立野战医院以及转送难以救治的伤员这一措施,我们完全可以理解为是对第三条"建设较好的红军医院"的模仿和再现。至于文本中更为具体的彻底疏散人口、切断敌军水源、深夜放狼以及野狗骚扰敌人、引诱敌军深入密林以便相机袭击等内容,恐怕中国的中学生都可以将其精准地概括为"坚壁清野""诱敌深入""敌进我退,敌驻我扰,敌疲我打"……这些战术是战争中弱

---

① 毛泽东著《毛泽东选集》(第一卷),人民出版社,一九九一年六月第二版,第53—54页。

势一方因地制宜地抗击强势一方的战术,在中国战争史上最早提出以上战术的是朱德,而根据国内战争的严峻局面对此予以总结并将其上升到理论和战略高度的则是毛泽东。尤其在抗日战争期间,八路军和新四军依据这个战略战术不断发展壮大,创建、依托根据地展开游击战,最终为赢得抗日战争做出了自己的贡献。

另一方面,从《同时代的游戏》这个文本中有关"尤其是致中国的信,真想面交很快就将与大日本帝国军队开始全面战争的中国共产党军队""这个抵抗战争是从整个中国以及藏在长白山山脉的朝鲜反日游击战传过来,组织了共同战线"等等表述,清楚地表明其作者大江健三郎非常了解中国共产党领导的八路军、新四军所进行的抗日战争及其战略、战术,这个了解既有少年时代的记忆,也有大学时代对毛泽东相关军事理论的学习,恐怕还与大江于一九六〇年夏天对中国进行为时一月有余的访问时所接受的相关影响有关。由此可见,大江在写作《同时代的游戏》这部小说前,曾充分接受中国有关根据地和游击战的影响,因而当其考虑在政治和文化意义上的边缘之地,也就是故乡的森林里构建根据地/乌托邦时,大量引入了中国式游击战的因素也就不足为奇了。

由此我们可以确定,作者大江健三郎在构建位于边缘的森林中这个根据地/乌托邦的过程中,确实在以中国革命和建设的模式为参照系,对以毛泽东为首的老一辈革命家所进行的艰苦卓绝的长征、建立根据地并通过游击战反击政府军围剿、发展生产以提高物质生活水平等给予了充分肯定,同时也在思索中国在革命和建设过程中遇到的一些问题及其解决方法,希望从中探索出一条由此通往理想国的具有普遍意义的通途,并试图在自己文本里设计出一个更具普遍性的乌托邦。

在此后出版的《致令人眷念之年的信》《两百年的孩子》《愁容童

子》《别了,我的书!》以及《水死》和《晚年样式集》等长篇小说中,大江对权力中心改写乃至遮蔽边缘地区弱势群体之历史的做法进行了无情的嘲讽,借助森林中口耳相传的神话/传说和历史复制乃至放大遭到政府遮蔽的山村和森林里的历史,把那座神话/传说的王国进一步拓展为森林中的根据地/乌托邦——超越时空的"村庄=国家=小宇宙",清晰地提出了文化人类学意义上的边缘与中心的概念,使其"得以植根于我所置身的边缘的日本乃至更为边缘的土地,同时开拓出一条到达和表现普遍性的道路"①。这种从边缘和历史出发的叙事策略显然与"马克思主义批评理论一直在努力使文学批评具有历史维度"的主张高度契合,因为这种主张"认为需要返回历史,把历史当作重要的出发点来理解文化生产、批评概念、意识形态、政治和社会的范畴"②。就这个意义而言,大江在小说文本中频频引入暴动历史以展开边缘叙事也就不难理解了。这里还有一个需要关注的地方,那就是从这一时期开始,大江在表述森林中那些神话/传说和历史时,清醒地意识到在日本这个封建意识和保守势力占据强势的国度里,包括森林中那些山民在内的弱势者的历史,一直被强势者所改写、遮蔽甚或抹杀。譬如发生在大江故乡的几次农民暴动,就完全没有被记载在官方的任何文件中。为了抗衡强势者/官方所书写的不真实历史,大江以《同时代的游戏》和其后的《M/T与森林中的奇异故事》《致令人眷念之年的信》和《优美的安娜贝尔·李 寒彻颤栗早逝去》等晚近小说为载体,从"根据地"民众的记忆而非官方记载中,把故乡的神话/传说乃至当地历史中一些具有重大意义的部分

---

① 大江健三郎著,许金龙译《我在暧昧的日本》,引自《我在暧昧的日本》,南海出版公司,二〇〇五年十一月,第96页。
② 张京媛著《新历史主义与文学批评·前言》,《新历史主义与文学批评》,北京大学出版社,一九九七年,第2—3页。

剥离、复制乃至放大出来,试图以此在某种程度上还原历史真实,回归历史原貌,进而抗衡官方书写或改写的不真实历史。

我们还需要注意的是,这种根据地/乌托邦叙事在大江的文学作品中也是在"与时俱进"——最初近似于中国国内革命战争时期和抗日战争时期的军事根据地,譬如《同时代的游戏》里的根据地和游击战;当其长篇小说《愁容童子》中的边缘性特征被中心文化逐步解构之后,在故乡森林里建立根据地的基本条件便不复存在,于是在《别了,我的书!》中,大江就通过因特网建立新型根据地,将根据地建立在边缘地区那些拥有暴动历史记忆的边缘人物的内心里,同时吸收和团结共同传承历史记忆的年轻人;及至在《水死》中,大江更是将抨击的矛头直接指向国家权力的象征:以修改历史教科书的形式强奸一代代青少年的日本文部科学省高级官员……

儿时的暴动记忆就这样在大江健三郎的诸多小说中不断变形,作者据此在绝望中发出呼喊,试图由此探索出一条通往希望的小径,正如大江在一次接受采访时所说的那样,"我在小说里想要表现的确实不是绝望"①!

三、一九六〇年的访华:由民本主义向人文主义嬗变

一九六〇年初夏时节,这个世界正处于躁动和不安之中——在亚洲的韩国,推翻李承晚政权的学生运动轰轰烈烈;在非洲,被西方大国长期殖民的诸多国家正全力争取民族独立,以摆脱殖民统治;在南美洲的古巴,反美浪潮一浪高过一浪;在拉美地区,同样正在兴起

---

① 大江健三郎与许金龙对谈:《我在小说里想要表现的确实不是绝望》,《作家》,二〇二〇年八月号,第54页。

争取民族独立的群众运动;在苏联,则因美国U2间谍飞机事件而怒火冲天;也是在这个时期,东西方首脑会谈正式决裂。六十年代冷战背景下的左翼反文化(counter culture)运动,更是使得全球青年先后掀起运动狂潮。众所周知,当时的日本更不是桃花源,反对《日美协作与安全保障条约》的全国性群众运动如火如荼,年轻学生们在这场运动风潮中纷纷走上街头。

一九六〇年,大江健三郎年届二十五岁,在校期间曾参加被称为"安保斗争"前哨战的"砂川斗争"。这里所说的"砂川斗争",是指一九五五年以农民、工会会员和学生为主体的日本民众反对美军扩建军事基地的群众斗争,也是日本社会在战后迎来的第一场大规模反战运动。在此后的一九六〇年一月十九日,日本政府与美国正式签署经修改的《日美协作与安全保障条约》(简称为《日美安全保障新条约》),以取代日美两国政府于一九五一年与《旧金山和约》一同签署的《日美安全保障条约》。在国会审议过程中,有人对条约中"为了维持远东地区的和平安全"之"远东"的范围表示质疑时,时任外相的藤山爱一郎表示这个范围"以日本为中心,菲律宾以北,中国大陆一部分,苏联的太平洋沿海部分"。藤山对《日美安全保障新条约》之"范围"的解释,几乎立刻就引发人们对战前和战争期间的所谓"大东亚共荣圈"的痛苦记忆,不禁怀疑日本政府是否试图再次侵略包括"中国大陆一部分"的亚洲诸国。不同于砂川斗争时期以学生为主体的抗议活动,这时不仅学生对政府的意图产生怀疑,就连绝大部分民众也都对此产生了怀疑,从而相继投身到反对缔结《日美安全保障新条约》的群众运动中来。大江健三郎此时刚刚从东京大学毕业,在文坛上已经小有名声,却从不曾淡忘将人文主义传授给自己的渡边一夫教授所引用的丹麦语法学家克利斯托夫·尼罗普之名言"不抗议(战争)的人,则是同谋",当然也必然地出现在了这数百万的示威群众之中。

二〇〇六年九月,在访问中国社会科学院的主题演讲中回忆当年这场大规模抗议活动时,大江表示"当时我认为,日本在亚洲的孤立,意味着我们这些日本年轻人的未来空间将越来越狭窄,所以,我参加了游行抗议活动。正是在这个过程中,我和另一名作家被作为年轻团员吸收到反对修改安保条约的文学代表团里"①。这里所说的文学代表团,是以野间宏为团长的日本第三次访华文学代表团。在这个大动荡的历史时期,在反对签署《日美安全保障新条约》的大规模游行示威活动中,青年作家大江健三郎开始了他的第一次出国之旅,与"另一名作家"开高健一同对尚未与日本恢复外交关系的中国进行了为期三十八天的访问。大江参加的这个访华团全称为"访问中国之日本文学家代表团",团长为野间宏(作家),团员计有龟井胜一郎(文艺评论家)、松冈洋子(社会评论家)、竹内实(随团翻译)、开高健(青年作家)、大江健三郎(青年作家),另有担任代表团秘书长的白土吾夫(时任日中文化交流协会事务局主任)。访问结束后,白土吾夫公布了一行七人计三十八日访华之旅的大致日程。这里需要说明的是,应该是顾虑到复杂的日本国内情势,出于安全考虑,这个日程并未列入当时被视为敏感的内容,譬如六月一日,日本文学代表团在广州参观毛泽东于一九二四年创办的农民运动讲习所;六月十六日,周恩来总理突然出现在代表团所在的王府井全聚德烤鸭店,对从东京大学毕业不久的大江健三郎进行慰问;六月十七日,代表团全体成员怀着悲痛心情,为悼念六月十五日晚间在国会大厦被警察殴打致死的东京大学女生桦美智子,前往人民英雄纪念碑

---

① 大江健三郎著,李薇译《北京讲演二〇〇六》,引自《大江健三郎文学研究》,百花文艺出版社,二〇〇八年七月,第1页。

敬献花圈并由团长野间宏致悼词……

就在日本文学代表团访华期间,反对岸介信政府签署《日美安全保障新条约》的日本民众在东京连日举行大规模示威抗议,六月五日,多达六百五十万示威者参加抗议活动;六月十日,为阻止美国总统艾森豪威尔于九月十九日访日,示威群众在羽田机场团团包围为艾森豪威尔如期访日打前站的总统秘书 James Hagerty,致使其最终被美军直升机救出;六月十五日,五百八十万示威群众参加反对《日美安全保障新条约》签字和阻止美国总统访日的活动;当天晚间,七千余名示威学生冲入国会,与三千名防暴警察发生激烈冲突,东京大学女生桦美智子被殴打致死,示威群众与政府之间的矛盾进一步激化;六月十六日,焦头烂额的岸信介政府请求艾森豪威尔延期访日,最终被迫取消访日安排。在条约即将生效的当天夜晚,三十三万示威群众再次包围国会,试图阻止条约生效。然而,声势浩大的日本安保斗争终究未能阻止条约自动生效,却也迫使岸信介内阁于六月二十三日下台,艾森豪威尔总统则终止访日。这里需要重点提请注意的是,随着岸介信内阁的倒台,其准备修改于一九四七年生效的《日本国宪法》第九条的计划也随之束之高阁,为日本战后持续维护和平宪法、走和平发展道路打下了良好基础。正因为如此,大江才能在半个多世纪后自豪地表示:"在战后这七十年间,日本人拥有和平宪法,不进行战争,在亚洲内部坚定地走和平发展的道路,也就是说,在战后这七十年里,我们一直在维护这部民主主义与和平主义的宪法。其中最大的一个要素,就是有必要深刻反省日本如何存在于亚洲内部,包括反省那场战争,然后是面向和平……在战后这七十年里,日本没有发动战争,关于这一点,日本人即便得到积极评价也是可以理解的。"①"反省"是上述话语的关

---

① 大江健三郎与许金龙对谈:《我在小说里想要表现的确实不是绝望》,《作家》,二〇二〇年八月号,第54页。

键词，也是大江从人文主义者渡边一夫那里继承、坚守并内化了的道德和伦理——"保持具有人性的反省……因为我们已经决定将这种反省置于正面而去思考"①。当然，和平宪法第九条能维系至今日，也是有赖于大江等当年参加反对签署《日美安全保障新条约》的这一批抗议者以及后来者，尤其是民众组织"九条会"长年间的不懈努力。

就在这如火如荼的抗议活动中，青年作家大江健三郎受邀参加以老一辈作家野间宏为团长的日本文学代表团，前往中国进行为期一月有余的访问，以获得中国对这场大规模群众抗议运动的支持。在羽田机场与新婚刚刚三个来月的妻子由佳里以及作家安部公房等朋友话别时，大江特地叮嘱妻子：为了使八十年代少一个因对日本绝望而跳楼自杀的青年，因此不要生孩子。时隔三十八天后，还是在羽田机场，刚刚结束中国之旅回到日本的大江却对前来机场迎接的妻子说：还是生一个孩子吧，未来还是有希望的。那么，这一个来月的中国之旅到底发生了什么，竟使得大江的态度发生如此之大的变化？而且，发生变化的仅仅是对待生孩子的态度吗？我们不妨回顾一下大江访华的大致经过。

在这一个多月的访问中，代表团一行先后访问了广州、北京、上海和苏州等地，与中国各界进行了广泛接触和交流，参观了工厂、机关、人民公社、学校、幼儿园、展览馆等，并多次参加声援日本人民反对《日美安全保障新条约》的集会和游行。在此期间，大江应邀为《世界文学》杂志撰写了特邀文章《新的希望之声》，表示日本人民已经回到了亚洲的怀抱，并代表日本人民发誓永远不背叛中国人民的深情厚谊。此外，他还在一篇题为《北京的青年们》的通信稿中表

---

① 大江健三郎著《解读日本当代的人文主义者渡边一夫》，岩波书店，一九八四年，第79—80页。

示,较之于以人民大会堂为首的十大建筑,万里长城建设者的子孙们话语中的幽默和眼睛中的光亮,更让他对人民共和国寄以希望。大江发现,无论是历史博物馆讲解员的眼睛,钢铁厂青年女工的眼睛,郊区青年农民的眼睛,还是光裸着小脚在雨后的铺石路面上吧嗒吧嗒行走着的少年的眼睛,全都无一例外地清澈明亮,而共和国青年的这种生动眼光,大江在日本那些处于"监禁状态"的青年眼中却从不曾看到过。这个发现让大江体验到一种全新的震撼和感动,一如他在同年十月出版的写真集里所表述的那样:"我在这次中国之行中得到的最为重要的印象,是了解到在我们东洋的一个地区,那些确实怀有希望的年轻人在面向明天而生活着。我不认为他们中国年轻人的希望就会原样成为日本人的希望。我同样不认为他们中国年轻人的明天会原样与日本人的明天相连接。不过,在东洋的这个地区,那些怀有希望的年轻人面向明天的姿态却给我带来了重要的力量。"①

当然,更让大江为之震撼和感动的,是中国人民在真诚和无私地支持日本人民反对修改《日美安全保障新条约》。六月中上旬,东京连日来爆发了数百万人参加的大规模示威活动,而在上海和北京,大江一行则先后参加了一百二十万人和一百万人规模的示威游行,以声援日本国内的抗议活动。或许是出于保护大江健三郎这个青年作家的考虑吧,白土吾夫的日程记录里没有列入周恩来总理得知东京大学女生桦美智子于十五日夜晚被警察殴打致死的消息后,于十六日放下手中工作特地前来慰问大江健三郎事宜——这一天,周恩来总理及其随从人员赶到王府井全聚德烤鸭店的二层,就桦美智子在国会大厦被警察殴打至死、另有千余示威者被逮捕一事,向正在与赵

---

① 大江健三郎著,许金龙译「中国の若い人たち、子供たち」,『写真 中国の顔』,現代教養文庫,一九六〇年十月,第146页。

树理等人同桌就餐、尚不知情的大江健三郎表示慰问。四十六年后，在回忆当时的情形时，大江这样说道：

> 在门口迎接我们一行的周总理特别对走在最后的我说：我对于你们学校学生的不幸表示哀悼。总理是用法语讲这句话的。他甚至知道我是学习法国文学专业的。我感到非常震撼，激动得面对着闻名遐迩的烤鸭连一口都没咽下。
>
> 当时，我想起了鲁迅的文章。这是指一九二六年发生的三·一八事件。由于中国政府没有采取强硬态度对抗日本干涉中国内政，北京的学生和市民组织了游行示威，在国务院门前与军队发生冲突，遭到开枪镇压，四十七名死者中包括刘和珍等鲁迅在北京女子师范大学教授的两名学生。……我回忆着抄自《华盖集续编》中的一段话，看着周总理，我感慨万分，眼前这位人物是和鲁迅经历了同一个时代的人啊，就是他在主动向我打招呼……鲁迅是这样讲的：
>
> "我目睹中国女子的办事，是始于去年的，虽然是少数，但看那干练坚决，百折不回的气概，曾经屡次为之感叹。至于这一回在弹雨中互相救助，虽殒身不恤的事实，则更足为中国女子的勇毅，虽遭阴谋秘计，压抑至数千年，而终于没有消亡的明证了。倘要寻求这一次死伤者对于将来的意义，意义就在此罢。
>
> "苟活者在淡红色的血色中，会依稀看见微茫的希望；真的猛士，将更奋然而前行。……"
>
> 那天晚上，我的脑子里不断出现鲁迅的文章，没有一点儿食欲。我当时特别希望把见到周总理的感想尽快告诉日本的年轻人。我想，即便像我这种鲁迅所说的"碌碌无为"的人，也应当做点儿什么，无论怎样，我要继续学习鲁迅的著作。①

---

① 大江健三郎著，李薇译《北京讲演二〇〇六》，引自《大江健三郎文学研究》，百花文艺出版社，二〇〇八年七月，第2—3页。

在大江的头脑里,血泊中的桦美智子与血泊中的刘和珍叠加在了一起,化为"虽殒身不恤"的女子英雄。中国人民的真诚支持,周恩来总理的亲切慰问,陈毅副总理的会见,尤其是其后第五天(即六月二十一日)晚间,毛泽东主席于上海接见日本文学代表团时所表示的"像日本这样伟大的民族,是不可能长期接受外国人统治的。日本的独立与自由是大有希望的。胜利是一步一步取得的,大众的自觉性也是一步一步提高的"①等勉励,给了日本文学代表团中最年轻的大江以极大的震撼和感动。多年后,大江曾对笔者表示:早在大学时代,自己就已熟读《毛泽东选集》四卷本,对其中的《湖南农民运动考察报告》《星星之火,可以燎原》《实践论》和《矛盾论》尤为熟悉,所以毛主席在会谈中的不少话语刚刚被翻译出来,自己便随即知道这些话语出自《毛泽东选集》哪一卷的哪一篇文章。会见结束后,毛主席等中国领导人站在门口,与日本朋友一一握手话别。当时,从东京大学毕业不久的青年作家大江照例排在日本代表团的队尾,终于轮到大江上前告别时,毛主席一手握住大江的手,用另一只手指点着大江说道:你年轻,你贫穷,你革命,将来你一定会成为伟大的革命家。这段话语其实是毛主席在会见期间对日本客人所说内容的一部分,大意是一个成功的革命家必须具备几个条件:一是要贫穷,穷则思变,才会参加革命;二是要年轻,否则很可能在革命成功之前就已经牺牲;三是要有革命意志,否则就不会参加革命。多年后当大江获得诺贝尔文学奖并接受德国一家媒体采访之际回想起了毛主席的这段话语,便对这家媒体不乏幽默地表示:毛泽东主席曾于一九六〇年预言自己将会成为伟大的革命家,现在看来,毛主席只说对了一半——自己虽

---

① 白土吾夫著「中国訪問日本文学代表団の三十八日の旅」,『写真 中国の顔』,現代教養文庫,一九六〇年十月,第178頁。

未能成为伟大的革命家,却也成了伟大的小说家。在二〇〇八年八月接受另一次采访时,大江对采访者回忆道:与毛主席握手时,感到毛主席的手掌非常大,非常绵软,非常温暖,这种感觉已经连同毛主席当时所说的话语一道,早已固化在自己的头脑里,在每年临近六月二十一日的时候,就会提前嘱咐妻子订购茉莉花,因为日本原本没有这个物种,是从中国移植到日本来的,所以并不多见。及至到了二十一日这一天,自己就会停下所有工作,面对那盆订购来的茉莉花,缅怀一九六〇年六月二十一日夜晚聆听毛泽东主席和周恩来总理教诲时的情景。讲述这段话语的这一天恰巧也是六月二十一日,大江便对采访者指着花盆中绿叶掩映的小小白色花蕾如此说道:

> 今天,我妻子买来三盆白色的茉莉花(把"茉莉花"念成了"毛莉好"),是从中国移植来的,就摆在客厅的中央。花开得非常可爱,经常传来阵阵幽香。我想起自己二十五岁的时候,中国领导人在上海接见了我。我记得自己在见到毛主席和周总理之前,前方有一条狭长的走廊,走廊两旁开满了洁白的花。花的浓郁幽香从两侧沁入鼻腔(用左、右手的食指分别指向两个鼻孔),我们就沿着茉莉花曲曲折折地向前深入。走廊的尽头就是毛泽东主席、周恩来总理、陈毅副总理,还有当时的上海市负责人柯庆施。在我的记忆中,毛泽东主席、周恩来总理、陈毅副总理,还有茉莉花,都是紧紧联系在一起的。这就是亚洲伟大的人物给我留下的最美好的记忆。我和帕慕克见面时,经常对他说:"帕慕克,你记着,我是毛泽东主席的一位朋友!"(大笑起来)其实也不能算朋友,但我见过他![1]

鲁迅的启示,周恩来总理的慰问,毛泽东主席的勉励,不可避免地为大江的人生观带来重大影响。这种影响首先显现在回国时在羽

---

[1] 大江健三郎与许若文对谈:《卡创作了一个灵魂,并思索着诗歌……》,《当代作家评论》,二〇〇九年第一期,第95页。

田机场对新婚妻子由佳里所说的那番话语——"还是生一个孩子吧,未来还是有希望的"。这种对未来抱持希望的积极变化当然也反映在了其后的创作态度中。相较于初期作品中在"铁屋子"里发出的"含着大希望的恐怖的悲声",在相继发表于《文学界》一九六一年一月号和二月号的中篇小说《十七岁少年》和《政治少年之死》中,大江简直就是在呐喊了。这两部短篇小说为姐妹篇,前者叙述了一个十七岁少年为摆脱孤独和焦躁,受雇于右翼分子,成为所谓"纯粹而勇敢的少年爱国者"。后者仍然以独白的口吻,叙述这个十七岁的主人公在忠君的迷幻中,"为了天皇而刺杀"了反对封建天皇制的"委员长"。这两部无情抨击封建天皇制之虚幻、右翼团体之虚伪的姐妹篇一经发表,随即受到右翼团体的威胁。在右翼的巨大压力下,刊载该作品的《文学界》没有征得大江本人同意,便在该刊三月号上发表谢罪声明。从此,《政治少年之死》在日本被禁止刊行,直至二〇一八年七月被收入讲谈社版"大江健三郎全小说"之前的这半个多世纪里,未能被收录在大江的任何作品集里。对于标榜言论自由和出版自由的日本这个所谓的民主国家,这个事实本身不能不说是个绝妙讽刺。当然,这两篇作品的创作对于大江本人来说也是一个历史性转折,此后,作为一名知识分子,大江总是有意识或下意识地站在边缘角度,开始用审视甚至批判的目光注视着权力和中心,越来越靠近鲁迅所坚持的批判立场。

这次访问中国给大江带来的另一个重大影响,就是亲眼看到了革命获得成功的中国,并了解到中国革命的全过程。这已经不是此前空泛的革命想象,而是一个实实在在的成功范例,是中国自古以来的以民为本的最佳实践范例,是使得亿万民众得以摆脱战乱、贫困和屈辱,逐步走向富裕与和平的最佳实践范例。无疑,这是人道主义(由于人道主义和人文主义同出法语"humanism"之词源,我们当然可以认为这也是人文主义)在中国这片辽阔土地上获得的巨大成功。这个范例之所以成功,在很大程度上取决于在革命初期,毛泽东等革命家在实践中摸索和总结出"以农村包围城市,最终夺取全国胜利"的革命道路。中国革命的这个成功经验给了青年作家大江健三郎以极大启示,在思考故乡的暴动历史时便有了一个很好的参照系,同时开始考虑将这个策略移入自己的文学创作之中。也是在这一时期,在中国宏大革命愿景的反衬下,大江开始觉察自己"陷入了作为作家的危机,因为,我在自己写作的小说里看不到积极的意义……自己未能在作品中融入积极的意义并向社会推介。我意识到了这个问题,开始怀疑将自己人生的时光倾注到作家这个职业中是否值得"①。也就是说,为了迎合高度商业化的新闻界,刚刚踏足文坛的青年作家大江不得不接二连三地创作"有趣的小说"而非具有"积极的意义"的小说。倘若不如此,就可能像诸多崭露头角不久便被高度商业化的媒体短期使用后无情抛弃的新作家那样退出文坛。然而,无论是少年时代接受的战后民主主义教育,还是大学时代学习的欧洲人文主义,尤其是这次访问中国、亲眼看见人文主义在中国获得巨大成功后引发的诸多思考,都让大江开始怀疑是否值得用自己的整个人生来迎合新闻界的商业价值取向而不断写作以往那种"有趣的小说"。答案当然是否定的,因为这些"有趣的小说"对于深陷艰难困境的人类个体乃至群体完全不具备人文主义价值!大江由此开始有意识地把故乡的山林作为根据地/乌托邦,借《万延元年的Footabll》中的农村暴动叙事抗衡官方话语体系中的"明治维新百年纪念活动";尤其在《两百年的孩子》里,运用转换时空的科幻手法,

---

① 大江健三郎著,许金龙译《作为〈广岛札记〉的作者》,引自《广岛札记》,翁家慧等译,中国广播电视出版社,二〇〇九年,第1页。

让自己三个孩子的分身往来于以往、现在和未来,让他们目睹历史上的暴动,并经历未来日本复活国家主义之际,孩子们在故乡的山林中找到具有共产主义特征的、彼此友爱的乌托邦。这个故事的梗概大致如下:

三个小主人公决定在暑假结束前,再进行最后一次冒险,而这次冒险的目的地,则是八十年后的当地山林。当他们来到未来之后感到震惊的是,原本茂密的大森林由于人为原因而开始颓败,在他们无意中闯入一座超大型建筑物附近时,却因未携带所谓输入个人详细信息的 ID 卡,而被戒备森严的保安队关在屋子里,其后送交县知事进行讯问。这时他们才知道,县知事正在这里举办一个大型集会,奇怪的是,出席集会的那些动作整齐划一、鱼贯而入的少男少女们穿戴的却是迷彩服和贝雷帽。后来他们在农场/根据地询问千年老树遭焚毁之事时了解到一个让他们不寒而栗的事实:在所谓"国民再出发"的口号下,未来的日本政府"掀起了精神纯化运动"的国家宗教,利用被修改的宪法烧毁国家宗教之外的所有教会、寺院和神社,以取消人们原先无论是基督教、佛教还是神道教的宗教信仰,试图从精神上对国民进行高度控制。作为具体措施,则强制性地要求人们必须随身携带输入个人详细信息的 ID 卡。同样可怕的是,政府动员了全国百分之九十的青少年参加了这场运动,并让这些少男少女头戴贝雷帽、身穿迷彩服,组建为一支规模庞大、组织严密的准军事组织……

显而易见,大江是在借助专门为孩子们创作的这部小说教导他们和她们如何与过往的历史进行对话,如何了解历史事件在其发生之时意味着什么,如何理解该历史事件对于当下甚或未来具有怎样的意义。

或许是担心在这部小说里对孩子们提出的预警不够充分,还不足以引起孩子们的足够重视和警觉,大江在其后第三年出版的长篇小说《别了,我的书!》里,更是借用与其在文本内的分身"长江"之日语发音相谐的"征候"来表征自己的工作:"我要做的工作,是在某些事件发生之前,就收集其细微的前兆。在那些前兆堆积的前方,一条无可挽救的、不可返回的、通往毁灭方向的道路延伸而去。……我所要写作的'征候',则要以全世界为对象,预先摸索出它前进的方向和道路。"①而且,这位由民本主义出发的人文主义作家为了让大多数孩子们都能阅读到这些"征候",特意提出要把记载这些"'征候'的书架调到适当的高度,以便十三四岁的孩子谁都能打开箱子阅读其中资料。因为,惟有他们才是我所期待的阅读者,而且,有关'征候'的我的想法,也都是试图唤起他们颠覆记录于其中的所有毁灭的标志的想法"②。大江将自己的人文主义课程对孩子们阐释得非常清晰且浅显易懂:他要将通往"无可挽救的、不可返回的、通往毁灭方向的道路"之"征候"和"预兆"告知孩子们,以期让他们产生"想法",去颠覆"其中的所有毁灭的标志",以便"创造出明亮、生动、确实体现出人的尊严的未来",而非"充满黑暗、恐怖和非人性的未来"③! 我们可以将这段话语视作大江对孩子/新人的热切期许,还可以将其视为大江及其文学的人文主义核心价值观。

当然,未来也不是全无希望。还是在那片森林里,在两百年前农民举行暴动的旧址上,从南美以及亚洲各国来到此地的劳动者们以农场为基础,重新建立起了"豳根据地"。在这个根据地里,"由于成

---

① 大江健三郎著,许金龙译《别了,我的书!》,译林出版社,二〇〇八年十月,第318页。
② 同上。
③ 大江健三郎著,许金龙译《走的人多了,也便成了路!》,引自《大江健三郎文学研究》,百花文艺出版社,二〇〇八年七月,第21—22页。

年人在农场和食品加工厂里忙于工作,孩子们便依据'龋根据地'从创始之初便传承下来的志愿工作制度过着集体生活。有趣的是,这里的语言是混有日语和父母祖国语言的各种话语,而孩子们则只使用自己的语言……"①

　　或许有人会认为故事并不能代表现实,更不可能是未来的真实再现,对于二○六四年那个未来所显现出来的可怕前景,我们大可不必在意。遗憾的是,东京大学学者小森阳一教授肯定不会同意这样的看法。在讨论《两百年的孩子》这个故事里未来的可怕前景时,小森教授表示,大江在作品里描绘的可怕未来,实际上现在已经开始出现——日本政要不顾曾遭受侵略战争伤害的亚洲各国人民反对,接连参拜供奉着甲级战犯的靖国神社;日本政府强行通过所谓国旗国歌法,要求学校的教职员工和所有学生在开学和毕业仪式上起立,在国歌声中向国旗致礼,而不愿向那面曾侵略过亚洲诸国的国旗敬礼者,轻则影响升职,重则被开除公职,在右翼政客石原慎太郎任东京都知事期间,这种处分更是严厉,据小森教授说,他的几个朋友已经因此而被开除公职;就在前几年,日本数十位国会议员在美国报纸上刊载大幅广告,说是不存在慰安妇问题,还恬不知耻地说什么那些慰安妇是自愿卖淫者,其收入有时甚至超过日本军队里的将军;更让人忧虑的是,日本保守派正在竭力修改和平宪法,尤其是这部宪法中的第九条有关日本永久性放弃战争、不成立海陆空三军的条款,试图为全方位复活国家主义清除最大的障碍。日本筑波大学学者黑古一夫教授的观点与小森教授相近,他认为日本的政治主导权始终掌握在保守派手中,他们期望从根本上改变日本战后开始实施的民主主义,复活战前的价值观……

---

① 大江健三郎著,许金龙译《两百年的孩子》,百花文艺出版社,二○○七年九月,第254页。

综上所述,大江所描述未来社会的阴暗前景,就不是毫无根据的空穴来风了,而是基于对现实的忧虑甚或预警。为了大多数人的希望,大江通过《两百年的孩子》这个故事,以艺术手法为人们展示了以往(被官方遮蔽了的暴动史)、现在(日本当下试图修改和平宪法的政治现状甚或准备违宪参战)和未来(日本几十年后极可能出现全面复活国家主义的阴暗前景),并借法国诗人、哲学家和评论家保尔·瓦莱里之口,向我们表明了历史、当下和未来的关系。尽管未来的前景是黯淡的,但是这位老作家也明确地告诉人们,情况并没有糟糕到绝望的地步,那里毕竟还有一群心地善良的人在农场/根据地里坚持自己的操守,抵制来自官方的高压,烧毁严重侵犯人权的ID卡,以各种方式不让孩子们参加那个准军事组织,等等。至于如何在了解历史的基础上创造美好的未来,不妨以大江在北大附中结束演讲时的一段话语来提供一种参考:

> 你们是年轻的中国人,较之于过去,较之于当下的现在,你们在未来将要生活得更为长久。我回到东京后打算对其进行讲演的那些年轻的日本人,也是属于同一个未来的人们。与我这样的老人不同,你们必须一直朝向未来生活下去。假如那个未来充满黑暗、恐怖和非人性,那么,在那个未来世界里必须承受最大苦难的,只能是年轻的你们。因此,你们必须在当下的现在创造出明亮、生动、确实体现出人的尊严的未来,而非前面说到的那个充满黑暗、恐怖和非人性的未来。我憧憬着这一切,确信这个憧憬将得以实现。为了把这个憧憬和确信告诉北京的年轻人以及东京的年轻人,便把这尊老迈之躯运到北京来了。之所以这么做,是因为已然七十一岁的日本小说家,要把自己现在仍然坚信鲁迅那些话语的心情传达给你们。①

---

① 大江健三郎著,许金龙译《走的人多了,也便成了路!》,引自《大江健三郎文学研究》,百花文艺出版社,二〇〇八年七月,第21—22页。

对于这段话语中出现的通往"充满黑暗、恐怖和非人性的未来"之可能性，大江无疑是悲观的，却决不是绝望的，更是在鼓励中国和日本的孩子们"必须在当下的现在创造出明亮、生动、确实体现出人的尊严的未来"，坚定不移地憧憬着孩子们通过自己的努力，将免于陷入"充满黑暗、恐怖和非人性的未来"，并且借助鲁迅的话语引导孩子们"希望是本无所谓有，无所谓无的。这正如地上的路；其实地上本没有路，走的人多了，也便成了路"。由此可见，大江既是果敢前行的悲观主义者，更是勇敢战斗的、由民本主义升华的人文主义者。

四（上）、源自鲁迅的"始自于绝望的希望"

1. 初识鲁迅

在论及大江文学中的世界文学影响时，学界一直关注来自拉伯雷及其鸿篇巨制《巨人传》、但丁及其不朽长诗《神曲》（全三卷）、布莱克及其神秘长诗《四天神》和《弥尔顿》、萨特及其存在主义代表作《自由之路》、巴赫金及其狂欢化和大众笑文化系统之论著、艾略特及其长诗《荒原》和《四个四重奏》、奥登及其短诗《美术馆》、本雅明及其论著《论历史哲学纲要》等作家、诗人和学者以及他们的作品之影响，却很少有人注意到鲁迅和他的文艺思想在大江文学生涯中的存在和重要意义。其实，早在少年时期、学生时代乃至成为著名作家之后，大江都一直在阅读着鲁迅，解读着鲁迅，以鲁迅的文学之光逆行于精神困境和现实阴霾中。

正如大江在晚年间（二〇〇九年一月十七日）对铁凝和莫言追忆其所传家学时所言："我的妈妈早年间是热衷于中国文学的文学少女……"[1]大江的母亲，彼时的日本女青年小石非常熟悉并热爱中

---

[1] 大江健三郎、莫言、铁凝著，许金龙译《中日作家鼎谈》，《当代作家评论》，二〇〇九年第五期，第52页。

国现代文学。在一九三四年的春日里,小石偕同对中国古代文化颇有造诣的丈夫大江好太郎由上海北上,前往北京大学聆听了胡适用英语发表的演讲。在北京小住期间,这对夫妇投宿于王府井一家小旅店,大江的父亲大江好太郎与老板娘的丈夫聊起了自己甚为喜爱的《孔乙己》,由此得知了茴香豆的"茴"字竟然有四种写法。在人生的最后一天,大江好太郎将这四种写法连同对"中国大作家鲁迅"的敬仰之情,一同播散在自己的三儿子大江健三郎稚嫩和好奇的内心底里,使其随着岁月的流逝在爱子的内心不断萌发和成长。

二〇〇八年二月二十一日下午,仍然是在位于小田急沿线的成城别墅区的大江宅邸,大江对来访的老友莫言讲述家世时曾如此提及自己邂逅鲁迅的缘起:

……那是一九四四年十一月的一个冬日,是父亲在世的最后一天,恰逢一个传统节气,当时自己家里的经济条件还算不错,不少孩子依循旧俗到家里来讨点儿小钱,父亲坐在火盆旁喝酒,把零钱放在手边,邻居的孩子用草绳裹着的棒子在屋里叭叭叭地跳上一圈以示驱鬼,父亲就给几个小钱以作酬谢。冬日里天气很冷,自己陪坐在父亲身边,没人来的时候就陪父亲聊天。父亲便说起中国有个叫作鲁迅的大作家非常了不起。自己由此知道,父母曾于整整十年前的一九三四年经由上海去了北京,住在东安市场附近,小旅店老板娘的丈夫与父亲闲聊时得知眼前这位日本人喜欢阅读鲁迅作品,还曾读过《孔乙己》,便告知作品里的茴香豆的茴字有四种写法,并把这四种写法教给了父亲。父亲在世的这最后一天很长一段时间里,自己一直在倾听父亲讲述鲁迅及其小说《孔乙己》。父亲介绍了鲁迅这位"中国大作家"及其小说《孔乙己》之后,也说起了"茴香豆"的"茴"字的四种写法,边说边随手用火钩在火盆的余烬上一一写下四个不同的"茴"字,使得第一次听说鲁迅和《孔乙己》的自己兴奋不已,"觉得鲁迅这个大作家了不起,《孔乙己》这部小说了不起,知道这一切以及茴香豆的茴字有四种写法的父亲也很了不起,遗憾的是自己现在只记得其中三种写法，却无论如何也记不得那第四种写法了"。母亲后来告诉自己，父亲当晚回房睡觉时，说是以前认为老大老二有出息，现在想来是看错了，以后健三郎肯定会有大出息，自己讲到鲁迅的时候，健三郎眼睛都是直的，都放出光来，这孩子对学问抱有强烈的欲望，其他几个孩子却没这种感觉，这孩子将来不会是普通人……

从以上这些文字可以看出，一九三五年一月三十一日出生的健三郎是在将近十岁时第一次听说鲁迅及其作品的，当时的情景连同对父亲的追忆一同深深地印在自己的记忆里，为其后阅读和理解鲁迅创造了条件。根据大江的口述，当年在上海小住期间，大江好太郎和小石夫妇购买了由鲁迅等人于一九三四年九月十六日刊发的《译文》杂志创刊号，那是一本专门翻译介绍和评论外国优秀文学作品的杂志，由鲁迅本人和茅盾等优秀翻译家承担翻译任务。在后来的漫长岁月里，那本杂志就成了母亲爱不释手的书刊之一。再后来，这本创刊号就成了其爱子大江健三郎的珍藏。

大江夫妇还在上海一家旧货铺各为自己选购了一只红皮箱。一大一小这两只红皮箱陪伴他们走完了其后的生涯，最终进入他们的爱子大江健三郎晚年创作的长篇小说《水死》，成为该小说具有隐喻意味的重要道具。

在中国旅行期间，这对夫妇正孕育着一个小小的生命，那就是在他们回到日本后不久便呱呱坠地的大江健三郎。诞下健三郎之后，母亲小石"一直没能从产后的疲弱中恢复过来"，于这一年的年底前往东京的医院住院治疗，其间收到正在东京读大学的同村好友赠送的、同年一月出版的《鲁迅选集》（岩波文库版，佐藤春夫、增田涉译）。七十多年后，大江面对北大附中初一年级和高一年级近千名新生回忆儿时情景时曾这样说道："母亲是一个没什么学问的人，可是她的一个从孩童时代起就很要好的朋友却前往东京的学校里学习,母亲以此作为自己的骄傲。此人还是女大学生那阵子,对刚刚被介绍到日本来的中国文学比较关注,并对母亲说起这些情况。我出生那一年的年底,母亲一直没能从产后的疲弱中恢复过来,那位朋友便将刚刚出版的岩波文库本赠送给她,母亲好像尤其喜欢其中的《故乡》。"①十二年后的春天,当健三郎由小学升入初中之际,作为贺礼,从母亲那里得到在战争期间被作为"敌国文学"而深藏于箱底的这部《鲁迅选集》,由此开始了对鲁迅文学从不曾间断的、伴随自己其后全部生涯的阅读和再阅读,并将这种阅读感悟内化为自己的价值取向,不断显现于从处女作《奇妙的工作》(1957)直至最后一部长篇小说《晚年样式集》(2013)等诸多作品之中。

2."我从十二岁开始阅读鲁迅作品"

一般读者阅读大江文学,初时可能会感到大江的小说天马行空、时空交错,从而很难将其统合起来。如果坚持读下去,最好多读几本大江小说,就会发现这其中有一个似曾相识的共性,那就是作者始终立足于边缘,不懈地对权力和中心提出质疑甚或挑战,为处于边缘的民众大声呐喊。换句话说,特别是对于熟悉中国现代文学的读者而言,在阅读大江小说或是解读大江文本之际,经常会隐约感觉到鲁迅的在场。二〇〇六年八月里的一天,笔者陪同中国社科院外文所所长陈众议教授前往位于东京郊外的大江宅邸,协调其将于翌月访华的日程安排。处理完工作后,出于研究者的职业习惯,笔者便对大江提出了自己的困惑:在您的小说文本中总能隐约感觉到鲁迅的在场,最初阅读鲁迅作品时您大概多大岁数?您阅读的第一批鲁迅作品都

---

① 大江健三郎著,许金龙译《走的人多了,也便成了路!》,引自《大江健三郎文学研究》,百花文艺出版社,二〇〇八年七月,第14页。

有哪些?哪些作品让您欢悦?哪些作品让您难受?哪些作品让您长久铭记?您是从哪里得到那些鲁迅作品的?……

大江坐在专属于他的单人沙发上,照例安静地低着头在笔记本上记录下所有问题,然后抬起头来回答说:自己从不曾想过这个问题,也从不曾有人提过这个问题,在记录的过程中,自己已经在回忆并且思考这些问题了。现在有的问题可以回答,有的问题则因为年代久远,记忆已经模糊不清,需要进一步调查过后,待去北京访问期间再一并作答。现在可以回答的问题如下:自己确实读过鲁迅作品,而且早在少年时代就开始阅读,至于具体是几岁开始阅读鲁迅作品,还需要进一步回忆。第一批阅读的鲁迅作品有《孔乙己》《故乡》《药》《社戏》《狂人日记》……

为了更好地梳理当时情景,这里需要用对谈的形式还原这次谈话的经过和大致内容:①

> 许金龙:我知道您在儿时就从母亲那里接受了鲁迅、郁达夫等中国作家的影响,这从您的一些作品和谈话里可以感觉出来。我还注意到您在一九五五年写了一首题为《杀狗之歌》的自由体诗,也就是被您称为"像诗一样的东西"的习作,这首自由体短诗只有几行,全文是这样的:
>
> 　　为了杀掉足以咬死你的大狗
> 　　你首先要摸弄自己的睾丸
> 　　再让你想杀死的狗嗅那手掌
> 　　在狗上当之际,乘机打杀
> 　　* 发出含着大希望的恐怖的悲声
> 　　狗(A)

---

① 大江健三郎与许金龙对谈:《大江健三郎将访中国,深受鲁迅及毛泽东影响》,《环球时报》,二〇〇六年九月一日。

抑或你(B)

死去

或者你们结婚(C)

* ……鲁迅《野草》①

您在这里引用了《呐喊》中《白光》的这样一句话:发出"含着大希望的恐怖的悲声"。从您的这处引用可以看出,您在很年轻(或者很小)的时候就接触了鲁迅文学,我想知道的是,您最初阅读鲁迅作品是在什么时候?您又是在哪里接触到这些作品的?

大　江:现在回想起来,应该是在很小的时候开始阅读的。一下子说不清当时的具体年龄了,大概是在十二岁左右吧。《孔乙己》中有一段文字给我留下了非常深刻的印象,就是"我从十二岁起,便在镇口的咸亨酒店里当伙计"。这里所说的镇子,就是经常出现在鲁迅小说中的鲁镇。记得读到这段文字时,我就在想:"啊,我们村子里成立了新制中学,真是太好了!否则,刚满十二岁的自己就去不了学校,而要去某一处的酒店当小伙计了。"②这一年是一九四七年,读的那本书是由佐藤春夫、增田涉翻译的《鲁迅选集》。当时读得并不是很懂,就这么半读半猜地读了下来。是的,我是从十二岁开始阅读鲁迅作品的。

关于这本书的来历还有一个故事。我是一九三五年一月出生的,母亲生下我以后,她的身体一直到年底都难以恢复。母亲当时有一个儿时的朋友在东京读大学,这个喜欢中国文学的朋友便送了母亲一本书,就是刚刚被介绍到日本来的鲁迅的作品,记得是岩波文库本。母亲好像尤其喜欢其中的《故乡》。两年后,也就是一九三七年,这一年的七月发生了卢沟桥事件,十二月发生了日本军队进行大屠杀的南京事件,于是即

---

① 诗文中米花注为大江本人所注。或是出于笔误等原因,作者将典出于《白光》的"含着大希望的恐怖的悲声",误认为典出于《野草》。

② 大江健三郎小学毕业前,因家中贫困,母亲无力将其送到镇上的中学里继续读书,便在邻近的镇子找了一家店铺,打算等大江小学毕业后就送其去做不领工资的实习小伙计。

便在我们那个小村子,好像也不再能谈论中国文学的话题了。母亲就把那册岩波文库本《鲁迅选集》藏在了小箱子里,直到战争结束后,我作为第一届根据民主主义原则建立的新制中学的学生入学时,母亲才从箱子里取出来作为贺礼送给我。

许金龙:您当时阅读了哪些作品?还记得阅读那些作品时的感受吗?

大　江:有《孔乙己》《药》《狂人日记》《一件小事》《头发的故事》《故乡》《阿Q正传》《白光》《鸭的喜剧》和《社戏》等作品。其中,《孔乙己》中那个知识分子给我留下了非常深刻的印象,孔乙己这个名字也是我最初记住的中国人名字之一。要说印象最为深刻的作品,应该是《药》。在那之前,我叔叔曾从我父亲这里拿了一点儿本钱,在中国的东北做过小生意,把中国的小件商品贩到日本来,再把日本的小件商品贩到中国去。有一次他来到我们家,灌装了一些中国样式的香肠,悬挂在房梁上,还为我们做了中国样式的馒头,饭后还剩下几个馒头就放在厨房里。晚饭过后就问起我正在读的书,听说我正在阅读鲁迅先生的《药》后,他就吓唬我说:你刚才吃下去的就是馒头,作品里那个沾了血的馒头和厨房里那几个馒头一模一样。听了这话后,我的心猛然抽紧了,感到阵阵绞痛(用双手用力做拧毛巾状)。这是我有生以来第一次感受到这种内心的绞痛,不停地呕吐着,把晚饭时吃下去的东西全给吐了出来。

当时我很喜欢《孔乙己》,这是因为我认为咸亨酒店那个小伙计和我的个性有很多相似之处。《社戏》中的风俗和那几个少年也很让我着迷,几个孩子看完社戏回来的途中肚子饿了,便停船上岸偷摘蚕豆用河水煮熟后吃了。这里的情节充满童趣,当时我也处在这个年龄段,就很自然地喜欢上这其中的描述。当然,《白光》中的那个老读书人的命运也让我难以淡忘……

许金龙:鲁迅在日本留学期间,曾接触尼采、克尔凯郭尔、叔本华以及易卜生等所谓"神思宗之至新者"的思想,尤其通过尼采和克尔凯郭尔这两位存在主义先驱,鲁迅发现了尼采提出的"近世文明之伪与偏",以及克尔凯郭尔主张的"发挥个性,为至高之道德",其后就在这种影响下写出了《野草》等作品。当然,法国的现代存在主义与这种思想也是相通的。我想了解的是,您在阅读和接受鲁迅影响的同时,是否把其中与存在主义相通的某些要素也一并吸收了过来,然后在大学里自然也是必然地选择了萨特和存在主义?

大　江:我不知道鲁迅先生在日本留学期间曾接触克尔凯郭尔等人的思想。你刚才说到我在阅读鲁迅作品的同时,把其中与存在主义相通的某些要素也一同吸收过来,并在此基础上选择了萨特和存在主义,关于这种说法,我从不曾听人说起过,当然,我本人也从未做过这样的联想。但是,这是一个很有意思的提法。现在细想起来,鲁迅确实和克尔凯郭尔并肩站在黑暗的、深不见底的绝望之海上寻找着希望……

许金龙:您可能没有注意到,其实在鲁迅和克尔凯郭尔这两位先驱者的身后,还有一位戴着用黑色玳瑁镜框制成的圆形眼镜的日本老人,正与这两位先驱者一同站在黑暗的、深不见底的绝望之海上寻找着希望……

大　江:(大笑)……

许金龙:说到绝望与希望这一话题,我想起了您于去年十月出版的《别了,我的书!》。这是《被偷换的孩子》三部曲中的第三部长篇小说。在这部小说的红色封腰上,我注意到您用白色醒目标示出的"始自于绝望的希望"这几个大字。如果我没有说错的话,这是您对鲁迅的"绝望之为虚妄,正与希望相同"在当下所做的最新解读。当然,在您对这句话的解读中,希望的成分显然更多一些,更愿意在绝望中主动而积极地寻找希望。

大　江:(大笑)是的,这句话确实源自鲁迅先生的"绝望之为虚妄,正与希望相同",不过,在解读的同时,我融进了自己的一些看法。我非常喜欢《故乡》结尾处的那句话——"希望是本无所谓有,无所谓无的。这正如地上的路;其实地上本没有路,走的人多了,也便成了路"。我的希望,就是未来,就是新人,也就是孩子们。这次访问中国,我将在北京大学附属中学发表演讲,还要与孩子们一起座谈。此前我曾在世界各地做过无数演讲,可在北京面对孩子们将要做的这场演讲,会是这无数演讲中最重要的一场演讲。

许金龙:从一九五五年到二〇〇五年,这期间经历了整整五十年,跨越了您的整个创作生涯。从您在一九五五年那个习作中所做的引用,到二〇〇五年《别了,我的书!》腰封上所标示的"始自于绝望的希望",是否可以认为,您对鲁迅的阅读和吸收贯穿于您这五十年间的创作生涯?另外,您目前还在阅读鲁迅吗?还是儿时那个版本吗?

大　江:我对鲁迅的阅读从不曾间断,这种阅读确实贯穿了我的创作生涯。不过,儿时阅读的那个版本因各种原因早已不在了,现在读的是筑摩书房的《鲁迅文集》,是竹内好翻译的。(说完,急急前往书房抱回一大摞白色封套的鲁迅译本,将其放在客厅书架上让我们观看)……①

由此可见,从少年时代因战后义务教育法的实施感到庆幸而与《孔乙己》中的"小伙计"产生共情,到青年时期面对日本社会复杂现实的绝望而借助《白光》发出了诗学的"悲声",鲁迅文学对于大江的整个创作生涯而言,已然语境化于大江所处的社会现实,且内化到了其"暗境逆行"的文学基调中。

3.大江文学起始点上的鲁迅

前面引文中的《杀狗之歌》里的米花注是大江本人打上去的,其实,这段话源出于《鲁迅全集》第一卷《呐喊》中的《白光》一文,说的是一个屡试不中的老读书人在迷幻中奔着城外的白光而去,"游丝

---

① 许金龙著《大江健三郎与中国》,《传记文学》,二〇二〇年第八期,第47—49页。

似的在西关门前的黎明中,战战兢兢地叫喊"出的无奈、绝望却又"含着大希望的恐怖的悲声"①。这就直观地说明,鲁迅的影响历史性地出现了大江文学的起始点上,始自于少年时期对鲁迅的阅读和理解,使得大江此后在东京大学就读期间,不自觉地接受了鲁迅文学中包括与存在主义同质的一些因素,从而在其接触萨特学说之后,几乎立即便自然(很可能也是必然)地接受了来自存在主义的影响。当然,在谈到这种融汇时,必须注意到一个不可忽视的重要因素——鲁迅在绝望中寻找希望的有关探索与萨特的自由选择,其实都与人道主义传统有着密不可分的内在联系,因为这两者共有一个源头——丹麦宗教哲学家、存在主义哲学创始人索伦·克尔凯郭尔及其学说:人是哲学研究的对象,不单单是客观存在,要从个人的"存在"出发,把个人的存在和客观存在联系起来。

用短诗所引"含着大希望的恐怖的悲声"来表现大江当时的心境是比较贴切的。这首《杀狗之歌》的创作背景是这样的:在二次世界大战的最后阶段,少年大江所在村庄的所有狗都被集中在山谷中的洼地上屠宰,用剥下的狗皮制成皮衣和皮帽,用以装备侵占中国东北的关东军,使其得以度过当地的严寒。待杀的狗中就有大江家那条狗,大江带着弟弟眼看着整日跟随自己的爱犬被无情打杀却无力解救,只是下意识地把手指放在口里咬着,一直咬出了鲜血还浑然不觉。最让少年大江气愤的是,那个杀狗人面对狂吠不止的狗并不正面打杀,而是先把手伸到裤子里摸弄一下睾丸,再将那手掌伸到将要打杀的那只狗的鼻子前,于是狗立即安静下来,只是一味地嗅着那手掌上的睾丸气味。此时,杀狗人便乘机抡起藏在身后的木棒砸向狗

---

① 鲁迅著《白光》,《鲁迅全集》第一卷,《呐喊》,人民文学出版社,二〇一九年十二月,第575页。

的脑袋,一只又一只的狗就这样倒在了血泊之中:

> 我最初受到的负面冲击,就发生在战争临近结束的时候。有一天,一个杀狗的人来到我们村,把狗集中起来带到河对岸的空场去,我的狗也被带走了。那个人从早到晚一整天都在打狗杀狗,剥下皮再晒干,然后拿那些狗皮到满洲去卖,也就是现在的中国东北。当时,那里正在打仗,这些狗皮其实是为侵略那里的日本军人做外套用的,所以才要杀狗。那件事给我童年的心灵留下了巨大的创伤。①

引发大江这段儿时记忆的,据说是大江从朋友石井晴一处听说,东大附属医院里用于试验的百来条狗每到傍晚时分便一起狂吠。也是在这一时期,日本政府为扩建军事基地而强征东京郊外的砂川町农田,并动用警察镇压当地农民的反抗。于是,大批学生和工会人员为声援农民而前往示威,这其中也包括血气方刚的大江和他的同学们。在谈到那时的情景时,大江曾在一篇文章中写道:我出生在日本,这是一件多么不幸的事啊! 这种阴郁的声音在我的身体内部开始发出任性而微小的余音。当时我刚刚进入大学,并参加了示威活动。显然,儿时的痛苦记忆与现实生活中的无奈和徒劳感,使得大江对医院里那些等待被宰杀的狗产生了某种程度的共情,觉得自己和同学们乃至日本的青年人何尝不是围墙中等待被宰杀的狗?! 四十五年后的二〇〇〇年九月,面对中国社会科学院的数百名学者,已是诺贝尔文学奖获得者的大江健三郎这样回忆当时的情形:

> 在那段学习以萨特为中心的法国文学并开始创作小说的大学生活里,对我来说,鲁迅是一个巨大的存在。通过将鲁迅与萨特进行对比,我对于世界文学中的亚洲文学充满了信心。于是,鲁迅成了我的一种高明

---

① 大江健三郎与莫言对谈,庄焰译《二十一世纪的对话——大江健三郎 VS 莫言》,引自《我在暧昧的日本》,南海出版公司,二〇〇五年十一月,第22页。

而巧妙的手段,借助这个手段,包括我本人在内的日本文学者得以相对化并被作为批评的对象。将鲁迅视为批评标准的做法,现在依然存在于我的生活之中。①

如果说,萨特让这位学习法国文学专业的大学生感同身受地体验到了墙壁、禁闭、徒劳和恶心的话,那么,作为其参照系的鲁迅则让大江在发出"恐怖的悲声"的同时,还让他"含着大希望"。那么,这是一种什么样的希望呢?我们不妨来看看鲁迅在文本中的表述:

"假如一间铁屋子,是绝无窗户而万难破毁的,里面有许多熟睡的人们,不久都要闷死了,然而是从昏睡入死灭,并不感到就死的悲哀。现在你大嚷起来,惊起了较为清醒的几个人,使这不幸的少数者来受无可挽救的临终的苦楚,你倒以为对得起他们么?"

"然而几个人既然起来,你不能说决没有毁坏这铁屋的希望。"

是的,我虽然自有我的确信,然而说到希望,却是不能抹杀的,因为希望是在于将来……②

尽管由于认识上的局限,大江当时发出的这种"含着大希望的恐怖的悲声"还很微弱、无力和被动,却历史性地使得鲁迅与萨特作为东西方文学的一对坐标同时进入大江文学的起始点,并由此贯穿了这位作家的整个创作生涯,在不同创作时期发挥着不同程度的影响,最终在其长篇小说六部曲里达到高潮。

写下这首《杀狗之歌》半个多世纪后的二〇〇九年十月,大江在台北的"大江健三郎文学学术研讨会"上做小组点评时,如此回忆了自己从青年至老年的不同时期对"含着大希望的恐怖的悲声"这段

---

① 大江健三郎著,许金龙译《北京讲演二〇〇〇》,《中华读书报》,二〇〇〇年十月十八日。
② 鲁迅著《呐喊自序》,《鲁迅全集》第一卷,《呐喊》,人民文学出版社,二〇一九年十二月,第440页。

话语的不同解读：

　　……许金龙先生的论文非常深刻而且正确地表述了我少年时期是如何接触鲁迅的，这令我感到非常怀念。同时，也使我重又回忆自己、审视自己一直都在阅读的鲁迅文学。其实，在很长一段时间内，我并没有真正读懂自己持续阅读的鲁迅文学。……后来才发现，实际上自己在年轻时并没有读懂鲁迅。在《呐喊》这部作品中，鲁迅表示要在绝望中寻找希望，发出"含着大希望的恐怖的悲声"。我认为这是鲁迅思想中最难以理解的部分。绝望中蕴含着希望，这一点我非常理解。但是，所谓"恐怖的悲声"却是在我十几岁到三十五岁这段时期所无法理解的。此后，患有智力障碍的孩子出生了。三十岁、四十岁、五十岁的时候，我在自己的人生道路上、在绝望中寻找着希望并发出了"恐怖的悲声"。六十岁以后，直到现在七十多岁，我才得以理解，在恐怖的绝望的呐喊中蕴含着巨大的希望。这是非常重要的。年轻时，我就在鲁迅作品中读到发出"含着大希望的恐怖的悲声"。随着年龄的增长，而后我发现，这两件事其实是一样的。十五六岁的时候，我非常真实地发出了"含着大希望的恐怖的悲声"，却并不是抱有很大的希望。到了现在这个年纪才发现，其实这种悲声本身就蕴含着巨大的希望。刚才，许先生在论文中对我作品的评价是：《优美的安娜贝尔·李　寒彻颤栗早逝去》表达了最深沉的恐惧，却也表现出了最大的希望。其实，这也是我正在思考的问题。①

尽管年少时初识"含着大希望的恐怖的悲声"却难解其中奥义，基于儿时痛苦记忆且糅合鲁迅深奥话语的《杀狗之歌》毕竟写了出来，为其后改写为剧本《野兽们的叫声》做了前期准备。一九五六年九月，由《杀狗之歌》改编而成的这个独幕话剧《野兽们的叫声》获东京大学学生戏剧剧本奖。一九五七年五月，也就是写下《杀狗之歌》

---

① 大江健三郎著，许金龙试译，根据"大江健三郎文学学术研讨会"台北会议录音整理而成的资料。

两年后,剧本《野兽们的叫声》再次被大江改写为短篇小说《奇妙的工作》,投稿于校报《东京大学新闻》并获该年度的五月祭奖,其后被推荐为芥川文学奖候补作品。这部短篇小说一经发表,便连同其作者大江健三郎一同引起广泛关注,多年后,大江这样回忆当时的情景:《奇妙的工作》在校报上发表是一个契机,文艺报刊因此而向我约稿,我就这样开始了自己的创作生涯。

在鲁迅和萨特这对东西方存在主义作家的共同影响下,在传授人文主义精神的导师渡边一夫教授的引导下,二十二岁的大江健三郎于一九五七年正式登上文坛,"作为渡边的人文主义的弟子,我希望通过自己身为小说家的工作,使那些用语言进行表达的人及其接受者,从个人的以及时代的痛苦中得以平复,并医治他们各自心灵上的创伤"。

4."鲁迅先生说,决不绝望!"

写下这篇"处女作"五十二年后的二〇〇九年一月,大江面对北京大学数百名学生回忆创作这部小说的背景时表示:

> 作为一名二十二岁的东京的学生,我却已经开始写小说了。我在东京大学的报纸上发表了一篇短篇小说,叫作《奇妙的工作》。
>
> 在这篇小说里,我把自己描写成一个生活在痛苦中的年轻人——从外地来到东京,学习法语,将来却没有一点希望能找到一个固定的工作。而且,我一直都在看母亲教我的小说家鲁迅的短篇小说,所以,在鲁迅作品的直接影响下,我虚构了这个青年的内心世界。有一个男子,一直努力地做学问,想要通过国家考试谋个好职位,结果一再落榜,绝望之余,把最后的希望都寄托在挖掘宝藏上。晚上一直不停地挖着屋子里地面上发光的地方。最后,出城到了城外,想要到山坡上去挖那块发光的地方。听到这里,想必很多人都知道我所讲的这个故事了,那就是鲁迅短篇集《呐喊》里《白光》中的一段。他想要走到城外去,但已是深夜,城

门紧锁,男子为了叫人来开门,就用"含着大希望的恐怖的悲声"在那里叫喊。我在自己的小说中构思的这个青年,他的内心里也像是要立刻发出"含着大希望的恐怖的悲声"。我觉得写小说的自己就是那样的一个青年。如今,再次重读那个短篇小说,我觉得我描写的那个青年就是在战争结束还不到十三年,战后的日本社会没有什么明确的希望的时候,想要对自己的未来抱有希望的这么一个形象。①

一个农村出身的青年,从偏远山村来到东京学习法语,却难以在这个大都市里找到一份固定工作,便将自己毕业即失业的黯淡前景投射于《白光》中屡试不中的读书人陈士成,用自己的作品发出"含着大希望的恐怖的悲声",直至整整五十年后的二〇〇九年才发现,其实"在恐怖的绝望的呐喊中蕴含着巨大的希望",在这个"巨大的希望"支撑下,大江逐渐走入了鲁迅思想的深邃之处。这篇小说的发表给初出茅庐的大江带来了喜悦和希望——"我觉得自己已经成了一个真正的小说家,并决心今后要靠写小说为生。在此之前,我还要靠打工、作家教以维持在东京的生活"②。然而,当自己兴冲冲地赶回四国那座大森林中,"把登有这篇小说的报纸拿给母亲看"时,却使得母亲万分失望:

> 你说要去东京上大学的时候,我叫你好好读读鲁迅老师《故乡》里最后那段话。你还把它抄在笔记本上了。我隐约觉得你要走文学的道路,再也不会回到这座森林里来了。但我还是希望你能成为像鲁迅老师那样的小说家,能写出像《故乡》结尾那样美丽的文章来。你这算是怎么回事?怎么连一片希望的碎片都没有?③

---

① 大江健三郎著,翁家慧译《真正的小说是写给我们的亲密的信》,《文汇报》,二〇〇九年一月二十二日。
② 同上。
③ 同上。

接着,这位母亲情真意切地谆谆教诲自己的儿子:

  我没上过东京的大学,也没什么学问,只是一个住在森林里的老太婆。但是,鲁迅老师的小说,我都会全部反复地去读。你也不给我写信,现在我也没有朋友。所以,鲁迅老师的小说,就像是最重要的朋友从远方写来的信,每天晚上我都反复地读。你要是看了《野草》,就知道里头有篇小说叫《希望》吧。①

当天晚间,无颜继续留在母亲身边的大江带着母亲交给自己的、收录了《希望》的一本书,搭乘开往东京的夜班列车,借着微弱的脚灯开始阅读《野草》,就像母亲所要求的那样,当作"最重要的朋友从远方写来的信"阅读起来,在感叹《野草》中的文章真是精彩极了"②的同时,刚刚萌发的自信却化为了齑粉……

当然,来自母亲的影响只能是大江接受鲁迅的契机和基础。对于一个着迷于萨特的法国文学专业的学生来说,鲁迅在《野草》等作品中显现出来的早期存在主义思想,那种"我只觉得'黑暗与虚无'乃是'实有',却偏要向这些作绝望的抗战"③的思想,恐怕也是吸引大江的一个重要原因。尤其是《过客》里极具哲理的文字,竟与大江心目中其时的日本社会景象惊人一致,而鲁迅思想体系中源自尼采和克尔凯郭尔这两位存在主义前驱者的阴郁、悲凉的因素,与萨特的存在主义中有关他人是地狱等思想亦比较相近,这就使得大江必然地将鲁迅和萨特作为一对参照系,并进而"对于世界文学中的亚洲文学充满了信心"④。当

---

① 大江健三郎著,翁家慧译《真正的小说是写给我们的亲密的信》,《文汇报》,二〇〇九年一月二十二日。
② 同上。
③ 鲁迅著《致许广平》,《鲁迅全集》第十一卷,人民文学出版社,二〇一九年十二月,第467页。
④ 大江健三郎著,许金龙译《北京讲演二〇〇〇》,《中华读书报》,二〇〇〇年十月十八日。

然,对于大江来说,鲁迅无疑是早于萨特的先在。只是囿于认识的局限,学生时代的大江对鲁迅面向"黑暗和虚无"而展开的"绝望的抗战"等思想理解得并不很透彻,这就使得《奇妙的工作》和《死者的奢华》等早期作品中多见禁闭、徒劳、无奈、恶心、孤独等元素,即便在《人羊》等同期作品中有少许反抗,这种反抗也显得被动、消极和软弱无力。当然,这种状况终究还是开始了变化——《掀芽打仔》原稿中的小主人公"我"最终死于村民的残酷追杀之下,这个结局却让大江想起了母亲的批评——"怎么连一片希望的碎片都没有?"于是将这个结尾改为开放性结局,让"我"在森林里暂时逃脱村民们的追杀,在山林中跌跌撞撞地向着不知方向的前方继续跑去。这处改写,在给这篇小说留下绝望中的希望之际,也为大江此后的创作奠定了方向。一如晚年间的大江在参观鲁迅博物馆后回忆当年情形时所言:

　　……在我的老年生活还要继续的这段时间里,我想我还是会和鲁迅的文章在一起。从鲁迅博物馆回来的路上,我再次认识到了这一点。至少我现在能够理解,为什么母亲会对年轻的我所使用便宜的、廉价的"绝望""恐惧"等词语表现出失望,却没有简单地给我指出希望的线索,反倒让我去读《野草》里的《希望》。隔着五十年的光阴,我终于明白了母亲的苦心。

　　……我想起了鲁迅先生说的"绝望之为虚妄,正与希望相同"。身患重病,又面临异常绝望的时代现状,鲁迅先生还是说,决不绝望!而且,也决不用简单的、廉价的希望去蒙蔽自己或他人的眼睛。因为那才是虚妄。[1]

　　由此可见,尽管面对着存在主义这一源于西欧哲学的精神命题,

---

[1] 大江健三郎著,翁家慧译《真正的小说是写给我们的亲密的信》,《文汇报》,二〇〇九年一月二十二日。

大江仍然一直站在东亚世界的宏阔视野和历史特殊性中,思考着自己与鲁迅文学的关联。鲁迅的存在主义倾向及其牵连的世界文学/哲学脉络,也与大江对法国存在主义传统的反思存在着更为深层的纠葛。从鲁迅与大江的存在主义纽带来看,二者的文学亦可被视作西方存在主义思潮在东亚不同时期、不同政治社会语境下的文学诠释。或许鲁迅深感自己的绝望呐喊终将消声于中国后帝国时代的精神"绝地",而与之相比,感受着鲁迅对于希望性力量的投注,大江选择占据偏远的故乡村庄这片日本帝制伦理斜阳之外的"飞地",来以它的新生神话和反抗史诗刺破绝望,并以积极前行的伦理(affirmative ethics)践行着从"绝地"到"飞地"的穿越,力图重构希望的轮廓。

四(下)、发自于边缘的呐喊

1."救救孩子"与"向尚未出生的孩子们敞开心扉"

在其后的写作中,大江对于绝望和希望的思考通过另一种形式体现出来——在长篇小说《同时代的游戏》等小说里,对权力中心改写乃至遮蔽边缘地区弱势群体的历史之做法进行无情的嘲讽,借助森林中口耳相传的神话/传说和历史复制乃至放大遭到政府遮蔽的山村森林里的历史,把那座神话/传说的王国进一步拓展为森林中的根据地/乌托邦——超越时空的"村庄=国家=小宇宙",运用人类文化学意义上的边缘与中心的概念,使其"得以植根于我所置身的边缘的日本乃至更为边缘的土地,同时开拓出一条到达和表现普遍性的道路"①。

---

① 大江健三郎著,许金龙译《我在暧昧的日本》,引自《我在暧昧的日本》,南海出版公司,二〇〇五年十一月,第96页。

发表于一九七九年的《同时代的游戏》中的"五十日战争"期间，村庄＝国家＝小宇宙的民众通过坚壁清野和麻雀战等多种战法与"无名大尉"指挥的"大日本帝国皇军"进行了殊死战斗,尽管这场力量极为悬殊的五十日战争最终以失败告终,很多村民为此牺牲了生命,作者却意味深长地在战争临近结束时,让"年龄不同的孩子们组成的这个队伍,年长的背着年小的,或者牵着他们的手,虽然都是孩子,却懂得不让敌军发觉,在那位大汉的带领之下,小心翼翼地朝原生林的更深处走去"①,以致在其后由日军"无名大尉"主持的极为严酷的军事审判中没有一个孩子遭到杀戮。在这里,作者意犹未尽地进一步指出:"五十日战争结束之后,人们把带领村庄＝国家＝小宇宙二分之一的孩子进入森林深处的大汉,比作带领童男童女去创建新世界的徐福。"②显然,作者大江想要借此告诉他的读者,村庄＝国家＝小宇宙的人们尽管在五十日战争中失败并遭到日本军队的屠戮,但是他们的孩子们却逃离了"大日本帝国皇军"的屠刀,跟随徐福式的人物经由森林深处前往远方构建新的世界。或许,在大江的写作预期中,他的隐含读者将会为这些得到拯救的孩子未被黑暗势力所吞噬而感到庆幸,与此同时,他和他的隐含读者在这里或许还会产生一个带有倾向性的预期,那就是逃脱被吃掉之厄运、随同徐福式的人物前往远方"创建新世界"的孩子们,一定不会再去吃人,而"没有吃过人的孩子,或者还有?"③的美好心愿,则会在这个"新世界"里得以实现。

---

① 大江健三郎著,李正伦等译《同时代的游戏》,作家出版社,一九九六年四月,第252页。
② 同上。
③ 鲁迅著《呐喊》《狂人日记》,《鲁迅全集》第一卷,人民文学出版社,二〇〇五年十一月,第454页。

比上述尝试更为积极的,是大江在《奇怪的二人配》这三部曲中所做的进一步尝试——比如在《被偷换的孩子》里,借助沃雷·索因卡笔下的女族长之口喊出:"忘却死去的人们吧,连同活着的人们也一并忘却!只将你们的心扉,向尚未出生的孩子们敞开!"①这一小段话语会立刻让人联想到《狂人日记》的最后一句话语——"救救孩子……"②因为惟有孩子,尤其是尚未出生的孩子,才象征着新生,象征着未来,象征着纯洁,这新生、未来和纯洁中就可能会有希望,就可能会有光明,就可能不被人吃且不去吃人。再譬如《愁容童子》里那位如愁容骑士般不知妥协也不愿妥协、接二连三遭受肉体和精神上不同程度的伤害的主人公古义人,最终仍在深度昏迷的病床上为如此伤害了他的这个世界祈祷和解与和平。不过,相较于约半个世纪前在《奇妙的工作》等初期作品群里对鲁迅作品的参考,在此时的解读中,大江更是在用辩证的方式理解和诠释绝望和希望,更愿意在当下的绝望中主动和积极地寻找通往未来之希望的通途,最终借助《优美的安娜贝尔·李　寒彻颤栗早逝去》到达了"群星在闪烁"和"光辉耀眼"的至善、至福的天国。

2."这是我人生中最重要的讲演"

为了把鲁迅的相关话语以及自己的解读直接传达给孩子们,近年来,大江在北京、东京、柏林等地与不同国别的孩子们频频进行面对面的对话,例如二〇〇六年九月十日,在北京大学附属中学结束自己的讲演时,他与中国的孩子们如此约定:

---

① 大江健三郎著,许金龙译《被偷换的孩子》,译林出版社,二〇〇八年十月,第237页。
② 鲁迅著《呐喊》《狂人日记》,《鲁迅全集》第一卷,人民文学出版社,二〇〇五年十一月,第455页。

七十年前去世的鲁迅显然是二十世纪最伟大的小说家之一。我和你们约定,回到东京以后,我会去做与今天相同的讲演。惟有北京的你们这些年轻人与东京的那些年轻人实现真正意义上的和解,并在此基础上展开友好合作之时,鲁迅的这些话语才能成为现实。请大家现在就来创造那个未来!

"我想:希望是本无所谓有,无所谓无的。这正如地上的路;其实地上本没有路,走的人多了,也便成了路。"①

在进入讲演会场前,对于这场期待已久的讲演,竟然使得大江陷入难以自抑的紧张情绪。随着讲演之日的临近,这种期待和紧张也越发明显。二〇〇六年九月十日清晨,在乘车前往北大附中前,大江在其下榻的国际饭店的餐厅用早餐时,其用餐量却远超平日——"夫人昨天晚间特意从东京挂来长途电话,嘱咐当天晚上要喝点儿葡萄酒以帮助入睡,今天早餐的饭量则要加倍,要鼓足气力做好今天的讲演,因为这场讲演特别重要,关乎中日两国的孩子们的未来!……"在前往北大附中的路途中,大江或是局促不安地不停搓手,或是身体左转、双手用力紧握左侧车门扶手。笔者与大江交往多年,多见其或爽朗、或开心、或沉思、或忧虑、或愤怒等表情,却从不曾目睹如此紧张局促的神态,便在一旁劝慰道:"您今天面对的听众是十三至十九岁的孩子,不必如此紧张。"大江却如此回答道:"我在这一生中做过无数场讲演,包括在诺贝尔文学奖获奖之际所做的讲演,却都没有紧张过。这次面对中国孩子们所做的讲演,是我人生中最重要的讲演,我无法控制住自己的紧张情绪……"

汽车驶入北大附中校园后,在校长康健教授的引领下,一行人向

---

① 大江健三郎著,许金龙译《走的人多了,也便成了路!》,引自《大江健三郎文学研究》,百花文艺出版社,二〇〇八年七月,第21—22页。

大会堂走去。这是一座刚刚落成的漂亮建筑群,划分为大会堂和教学楼等功能区。进入建筑群大门内的大厅后,康健引导大家正要往会堂入口处走去,此前因与康健寒暄已不显得紧张的大江此刻却再度紧张起来,他停下脚步窘迫地对陪同在身旁的笔者急切说道:"我还是觉得紧张,这种状态是无法面对孩子们发表讲演的,请与校长先生商量一下,可否帮我找一间空闲的房间,让我独自在那房间里待一会儿,冷静一会儿,我需要整理一下思绪⋯⋯"康健听完转述后为难地表示,师生们此刻都在大会堂里等待聆听讲演,临近的教室和办公室全都锁了起来,只有学生们使用的卫生间没锁门。得知这一情况后,大江似乎松了口气,疾步走入男生使用的卫生间,虽说空无一人的卫生间里还算清洁,只是那气味确实比较刺鼻,未及人们上前劝说,便示意大家离开这里,以便让他独自待上一会儿,冷静一会儿⋯⋯不记得是三分钟还是五分钟抑或更长时间,只听见门轴声响,大江快步走出门来,精神抖擞地说道:"我做好准备了,现在我们进入会场吧!"话音未落,便领先向入口处大步走去,在学生们热烈的掌声中登上讲台,丝毫不见先前的紧张、局促和不安。在介绍了自己从少儿时期以来学习鲁迅文学的体会之后,这位老作家直率地告诉学生们:

  现在,日本与中国的关系并不好。我认为,这是由日本政治家的责任所导致的。我在想,在目前这种状态下,对于日本和中国这两国年轻人之间的未来而言,真正意义上的和解以及建立在该基础之上的合作,当然还有因此而构建出的美好前景,无论怎么说都是非常必要的。①

  随后,这位老作家要求在座的中学生们与他共同背诵《故乡》最

---

① 大江健三郎著,许金龙译《走的人多了,也便成了路!》,引自《大江健三郎文学研究》,百花文艺出版社,二〇〇八年七月,第17页。

后一段话语以结束这次讲演。于是,近千名中学生稚嫩嗓音的汉语与老作家苍老语音的日语交汇成一个富有节奏感的巨大声响在会堂里久久回响——"我想:希望是本无所谓有,无所谓无的。这正如地上的路;其实地上本没有路,走的人多了,也便成了路"。大江这是希望中国的孩子们和日本的孩子们乃至亚洲各国的孩子们,都能在鲁迅这段话语的引导下,"在当下的现在创造出明亮、生动、确实体现出人的尊严的未来,而非前面说到的那个充满黑暗、恐怖和非人性的未来",为自己更是为了未来而从绝望中踏出一条希望之路。

3."始自于绝望的希望":为着悠久的将来

当然,这种危机意识或是恐惧、绝望却又竭力寻找希望的心情,不可避免地显现在大江这一时期创作的、以孩子们为阅读对象的《两百年的孩子》《在自己的树下》《康复的家庭》《温馨的纽带》和《致新人》等一批小说和随笔中。为了使得包括小学五年级孩子在内的中、小学生都能读懂,作者一改以复杂的复式语句和复调叙述为主体的冗长叙述,转而使用极为直白和易懂的口语文体,把当下的困难和明天的希望融汇在一个个小故事里。

在《两百年的孩子》以及此后于北大附中发表的演讲中,大江对"那个充满黑暗、恐怖和非人性的未来"所表现出的恐惧和戒备并非毫无缘由,其借助《两百年的孩子》等作品为未来的孩子们预言的危机非常不幸地正在一步步成为现实——这部小说问世三年之后的二〇〇六年十二月十五日,也就是大江对北大附中的孩子们发表讲演三个月之后的二〇〇六年十二月十五日,日本政府不顾国内诸多在野党派和民众的强烈反对,强行通过《教育基本法》修正案,要在基础教育中强调战争时期曾灌输的"爱国主义",为日本中小学教育重回战前的"道德教育"和进而修改和平宪法以及制定《国民投票法》

创造有利条件。面对以上这些有可能实质性改变日本社会本质和走向的严峻局面,大江并没有在绝望中沉沦,而是预见性地通过《两百年的孩子》等作品不断向孩子们提出警示,并亲自来到北京,呼吁中日两国的孩子们从现在起就携手合作,以创造出"明亮、生动、确实体现出人的尊严的未来,而非前面说到的那个充满黑暗、恐怖和非人性的未来"①。

在大江于北大附中发表讲演四个月后的二〇〇七年一月,他在写给笔者的一封私人信函里如此讲述了自己离开北京后的工作状态:

> ……在今年,将要进入自己最后的也是最大的那部分工作,我希望这是与此前所有构想全然不同的、具有决定性的作品。目前我还没有动笔,拟于二月开始写作,为此,已从去年年末开始认真做了尝试。不过,这也是我成为作家之后感到最困难的时期。总之,必须突破第一道难关。从现在开始直至月底,乃至二月上半月这段期间,我必须每天进行这种繁忙的创作尝试。②

经过种种艰难尝试后问世的那部"与此前所有构想截然不同的、具有决定性的作品",便是大江的长篇小说《优美的安娜贝尔·李 寒彻颤栗早逝去》。这个书名取自美国著名诗人爱伦·坡的代表作《安娜贝尔·李》的诗句,那首诗说的是一个处于热恋中的纯洁少女遭到六翼天使的嫉妒,夜里从云中吹来寒风将其冻死。与大江此前创作的所有小说相比,《优美的安娜贝尔·李 寒彻颤栗早逝去》确实显现出"一种令人意外的特质",那就是历经数十年的艰苦

---

① 大江健三郎著,许金龙译《走的人多了,也便成了路!》,引自《大江健三郎文学研究》,百花文艺出版社,二〇〇八年七月,第22页。
② 许金龙著,《译者序·"我无法从头再活一遍。可是我们却能够从头活一遍"》,《优美的安娜贝尔·李 寒彻颤栗早逝去》,人民文学出版社,二〇〇九年一月,第1—2页。

跋涉后,大江健三郎这位从绝望出发的作家终于为自己、为孩子们、为所有陷于绝望中的人,更是为着"悠久的将来"寻找到了希望。

4. 鲁迅始终都是一个重要的参照系

在大江的这部长篇小说中,也有一位如同安娜贝尔·李一般纯洁的美丽少女,这位被称为"永远的处女"的女主人公"樱"身世悲惨,在二战末期,除了她本人被疏散到农村而侥幸活下来,全家人都在东京大轰炸中身亡。美国军队占领日本后,她被一个美国军人收养,身穿让邻居羡慕的漂亮裙子,似乎从此过上了幸福生活,并在那个美国军人摄制的电影《安娜贝尔·李》中饰演身穿"白色宽衣"的少女安娜贝尔·李,"樱"由此被电影界所关注,很快便成为著名童星,最终活跃在以好莱坞为中心的国际影坛。完成这部作品后,大江在《致中国读者》中这样表示:

> (自己)就写出了这部稍短一些的长篇小说《优美的安娜贝尔·李 寒彻颤栗早逝去》,意识到一种令人意外的特质正从中显现出来。最重要的是,我在这部小说的中心设置了一位女性。她与我大体上属于同一代人,作为少女迎来了战争的失败,在被占领时期不得不经历痛苦的生活。但是,她超越了这一切,通过不懈努力塑造出具有国际影响的电影女演员的成功人生。然而,现在她却要重新审视自己的一生。
>
> 她试图通过将一位女性为主人公的故事改编成电影来实现自己的想法。那位女性是日本一处农村(那是我至今一直不停写着的偏僻农村)从近代化进程开始之前便传承下来的大众心目中的英雄。当地农村的女人都支持这位既导演电影,本人也出演悲剧性女主人公的女演员,要帮助她实现这个计划。[1]

---

[1] 大江健三郎著,许金龙译《致中国读者》,《优美的安娜贝尔·李 寒彻颤栗早逝去》,人民文学出版社,二〇〇九年一月,第2页。

在这位"具有国际影响的女演员"樱正要雄心勃勃地推进自己的电影计划时,却被制片人用"卑劣"手段送进了精神病院,于是,其处于巅峰期的演员生涯至此不得不画上句号,自此沉寂了三十年之久。在这种令人绝望的状态中,樱始终抱持一个不曾破灭的希望,那就是回到日本的那片森林中去,亲自出演那里两次农民暴动中的女英雄。就在这边缘地带的故乡森林里,在以边缘人物"母亲"和"妹妹"为中心的历代农村女人的帮助下,樱振作起来回到日本,"……摄影机分开被枫叶浓烈的红色映照着的树林所围拥着的女人们进入。樱那感叹和愤怒的'述怀'高涨起来,呼应着歌谣虚词的人们如波浪般摇晃。在那声浪的高潮点上,沉默和静止突如其来。'小咏叹调'充溢其间,此时,樱的喊叫声起,作为没有声音的回音,银幕上群星在闪烁……"①

这里出现的"群星在闪烁"是个关键词组,使得人们立刻联想到《神曲》的《地狱篇》《炼狱篇》和《天国篇》各卷的最后一个单词"群星"。在《神曲》原著中,但丁在此处特意而且准确地使用了表示复数的 stelle 而非表示单数的 stella。《神曲》中译者田德望教授认为,"地狱是痛苦和绝望的境界,色调是阴暗的或者浓淡不匀的;炼狱是宁静和希望的境界,色调是柔和的和爽目的;天国是幸福和喜悦的境界,色调是光辉耀眼的"②。我们由此可以得知,"樱"在绝望境地里始终抱持着希望并为之不懈努力,终于在偏僻农村的森林里的女人们帮助下,从边缘地区边缘人物的记忆和传承中汲取力量,到达了"群星在闪烁"的"光辉耀眼"的"至善、至福的天国"。或者换句话

---

① 大江健三郎著,许金龙译《优美的安娜贝尔·李 寒彻颤栗早逝去》,人民文学出版社,二〇〇九年一月,第209页。
② 田德望著《译本序·但丁和他的〈神曲〉》,《神曲·地狱篇》,人民文学出版社,二〇〇二年十二月,第21页。

说,大江和他的女主人公"樱"都确信可以将鲁迅笔下的那座"绝无窗户而万难破毁的"令人绝望的铁屋子砸开,确信希望"是不能抹杀的",如同大江本人动笔写作这部小说前几个月在一次讲演时所引用的那样,"希望是附丽于存在的,有存在,便有希望,有希望,便是光明。……只要不做黑暗的附着物,为光明而灭亡,则是我们一定有悠久的将来,而且一定是光明的将来!"①其实,当大江在这个文本里为"樱"于绝望中寻找到希望的同时,就已经打破了那间"绝无窗户而万难破毁的"的铁屋子,就已经在黑暗中发现并拥有了希望和光明,尽管为了这一天的到来,从第一次正式阅读鲁迅作品算起,读者大江经历了整整六十年岁月;从发表正式意义上的处女作《奇妙的工作》算起,作家大江花费了整整五十年时间。大江在构思这部小说期间所表示的"与此前所有构想全然不同的""决定性的"等表述,指涉的无疑就是这里所说的始自于绝望的希望。如同大江于二〇〇九年一月在北京大学演讲时所说的那样,"我这一生都在思考鲁迅,也就是说,在我思索文学的时候,总会想到鲁迅……"②换而言之,在大江的整个创作生涯期间,鲁迅始终都是一个重要的参照系,根据这个参照系进行的五十年调整,使得大江文学也随之发生了相应变化,从不见希望的《奇妙的工作》等初期作品群出发,历经在绝望中寻找希望而苦心探索的《同时代的游戏》等作品群,终于借助《优美的安娜贝尔·李 寒彻颤栗早逝去》找寻到了希望,找寻到了始自于绝望的希望!如果说,"鲁迅和克尔凯郭尔并肩站在深不见底的、黑暗的绝望之海上一同寻找

---

① 鲁迅著《华盖集续编·记谈话》,《鲁迅全集》第三卷,人民文学出版社,二〇〇五年十一月,第378页。
② 大江健三郎著,翁家慧译《真正的小说是写给我们的亲密的信》,《文汇报》,二〇〇九年一月二十二日。

着希望"①的话,大江便是从他们倒下的地方继续前行,经历了万般艰辛后,终于在远方的黑暗中发现了光亮,那便是属于大多数人的光亮,孩子们的光亮,未来的光亮,人类文明的光亮。当然,那也是人文主义的光亮。

5."鲁迅先生,请救救我!"

然而,在文本外的实际生活中,大江却又很快螺旋一般陷入绝望之中。尽管他在此前的长篇小说《优美的安娜贝尔·李 寒彻颤栗早逝去》里一时找到了希望,可那也只是深深绝望中的些微希望,黑暗的绝望之海上的些微光亮。换句话说,正是因为那绝望越深,才越发要挣扎着去寻找希望、面向希望。而这希望的最大来源,莫过于自少年时代就已私淑的鲁迅及其人文主义光亮,有如孟子所云"予未得为孔子徒也,予私淑诸人也"②一般。在这个再次陷入绝望境地的艰难时刻,大江于二〇〇九年一月十六日再次踏上中国的土地,想要从私淑的鲁迅那里汲取力量。翌日晚间,在老朋友却也是"小朋友"铁凝特地为大江挑选的孔乙己饭店里为其接风洗尘时,他对铁凝、莫言和陈众议等几位老友说道:

> 我这一生都在阅读鲁迅。十岁的时候,我从母亲那里得到《鲁迅小说选集》,对这部作品的阅读,决定了我的一生!从十二岁开始阅读这部作品算起,我现在快要七十四岁了,在这大约六十余年间,我一直将鲁迅这个人物视为巨大的太阳。实际上我对这样伟大的作家是有着某种抵触感的。今天清晨六点钟我睁开了睡眼,直至大约七点为止,我一直

---

① 许金龙著《大江健三郎文学里的中国要素》,引自《大江健三郎文学研究》,百花文艺出版社,二〇〇八年七月,第89页。
② 《孟子译注》卷八"离娄章句下"第二十二章,杨伯峻译注,中华书局,一九六〇年,第193页。

在窗边神思恍惚地眺望着窗外的美丽景色。当时长安街上还不见车辆往来,只见火红的太阳在窗子遥远的正前方冉冉升起,周围却还是一片黑暗。这种景色在东京没有,在全日本也没有,太阳从平原上冉冉升起的这种景色。在眺望太阳的这一过程中,我情不自禁地祈祷着:鲁迅先生,请救救我!至于是否能够得到鲁迅先生的救助,我还不知道……①

为了更为清晰地梳理这段情景,这里需要将视点回溯至二〇〇九年一月十六日下午。当时,大江从首都机场乘上迎候他的汽车,刚刚在后座坐下,就用急切的口吻述说起来:在接到邀请访华的函件之前自己就已经在与夫人商量,由于目前已陷入抑郁乃至悲伤的状态,无法将当前正在创作的长篇小说《水死》继续写下去,想要到北京去找许金龙和陈众议这两位老朋友,见到他们之后自己的心情就会好起来,他们还会把莫言和铁凝这两位先生请来相聚,自己的心情就会更好。到了北京后还要去鲁迅博物馆汲取力量,这样才能振作起来,继续把长篇小说《水死》写下去……当他发现陪同人员为这种意外变化而吃惊的表情后,大江放慢语速仔细讲述起来:之所以无法继续写作《水死》,是遇到了三个让自己陷入悲伤、自责和忧郁的意外变故。其一,是市民和平运动组织九条会发起人之一、日本著名文艺评论家和作家加藤周一于二〇〇八年十二月七日去世,这个噩耗带来的打击太大了!这既是日本和平运动的一个巨大损失,也是日本文坛的一个巨大损失,同时也使得自己失去了一位可以倾心信赖和倚重的师友。其二,则是二〇〇八年十二月底,老友小泽征尔为平安夜音乐会指挥完毕后,回家途中带着现场刻录的 CD 到家里来播放给儿子大江光听,希望能够听到光的点评。谁知斜躺在沙发上久久不

---

① 大江健三郎、铁凝、莫言著,许金龙译《中日作家鼎谈》,《当代作家评论》,二〇〇九年第五期,第54页。

愿说话的光在父母催促之下,更是在父亲催促时轻轻推搡之下,竟然说出一句"つまらない"！在日语中,这个词语表示"无聊""无趣"或"毫无价值"等语义,这就使得小泽先生陷入了苦恼,他苦思冥想却仍然想不出当晚的指挥到底哪里出了什么严重问题,及至很晚之后,才在自己和妻子的苦劝之下郁闷地回家去了。当自己稍后去东京大学附属医院例行体检并带上大江光顺便体检之际,这才得知儿子的一节胸椎骨摔成了三瓣,从而回想起前些日子送客人之际,光在院子里不慎仰天摔了一跤,可能当时胸椎骨恰好顶在铺在路面的石头尖上。这种骨折相当疼痛,可是儿子是先天智障,自小就不会说表示疼痛的"いたい"而以表示无聊的"つまらない"代用之,自己作为父亲却未能及时发现这一切,因而感到非常痛心,更感到强烈内疚和自责。至于第三个意外,是因为母亲去世前曾留下一个早年在上海买下的红皮箱,里面有父亲生前与一些师友的通信,有些内容涉及当年驻守我们老家的青年军官,他们在战败前夕试图发动兵变杀死天皇以改变战争进程。就像去年年初莫言先生和许金龙先生来我家时曾对你们说过的那样,受T.S.艾略特的长诗《荒原》中腓尼基水手死于水底这一情节的启发,我想要为同样死于水中的父亲写一篇小说,这就要参考父亲留下的那些书信内容。长年以来,由于担心书信内容被我写入小说里从而给整个家族带来伤害,母亲一直不让我使用那些材料,临终前还特意嘱咐我妹妹:要等自己死去十年之后,才能把红皮箱交给你哥哥健三郎。因为大江家族的男人都是短寿,估计你哥哥活不到十年之后,他也就看不到红皮箱里的书信了。当母亲定下的这十年之约到期时,我打开从妹妹那里得到的红皮箱之际,却发现用橡皮筋勒着的厚厚一叠信封里竟然没有一张信纸。问了妹妹后才得知,母亲在去世前的那几年间,为了保护整个家族的安全,她陆陆续续烧掉了所有信纸……换句话说,母亲烧掉了自己在《水死》

中需要参考的信函内容,因而《水死》已经无法再写下去了。在这接二连三的沉重打击之下,自己想到了鲁迅,想到要到北京来向鲁迅先生寻求力量……

带着这些悲伤、内疚、自责和抑郁访华后发表的、题为"在不明不暗的这'虚妄'中"的专栏文章里,大江是这样表达自己心境的:

> 在随后访问的鲁迅旧居所在的博物馆内,我在瞻仰整理和保存都很妥善的鲁迅藏书和一部分手稿时,紧接着前面那句的下一节文章便浮现而出——"倘使我还得偷生在不明不暗的这'虚妄'中,我就还要寻求那逝去的悲凉漂渺的青春"。我仿佛往来于自己从青春至老年在不同时期对鲁迅体验的各种切实的感受之间。而且,我还在思考有关今后并不很远的终点,我将会挨近这两个"虚妄"中的哪一方生活下去呢?①

其实,早在到达北京的翌日凌晨,大江很早就睁开了睡眼,站在国际饭店的窗前看着楼下的长安街。橙黄色街灯照耀下的长安街空空荡荡,很久才会见到一辆汽车驶来,再过很久后又会有一辆汽车驶去。在这期间,黑暗的天际却染上些微棕黄,然后便是粉色的红晕,再后来,只见太阳的顶部跃然而出,将天际的棕黄和粉色一概染成红艳艳的深红。怔怔地面对着华北大平原刚刚探出顶部的这轮朝阳,大江神思恍惚地突然出声说道:"鲁迅先生,请救救我!"当回过神来意识到自己的话语及其语义时,大江不禁打了个寒噤,浑身皮肤起了一层鸡皮疙瘩。显然,在大江此时的内心底里,已然将跃然而出的朝阳视为大鲁迅的化身,在面对已与这朝阳化为一体的大先生面前,深陷绝望的自己下意识地发出求救的呼声也就顺理成章了,尽管话语刚刚出口,随即为自己的唐突打了个寒颤,且起了一身鸡皮疙瘩……

---

① 大江健三郎著,许金龙译《定义集》,新星出版社,二〇一五年一月,第170—171页。

代 总 序

怀着这忐忑的心境,大江走进了此行的目的地之一、位于阜成门内的鲁迅博物馆。走进博物馆大门后,随行摄影师安排一行人在鲁迅大理石坐像前合影留念,及至大家横排成列后,原本应在坐像正前方中央位置的大江却不见了踪影,众人四处寻找时,却发现这位老作家正蹲在坐像侧壁底部默默地泪流满面。这是私淑弟子见到大先生时的激动?抑或是委屈?还是心酸?……其后在馆长孙郁以及陈众议和阎连科等人陪同下参观鲁迅书简手稿时,大江戴上手套接过从塑料封套里取出的第一份手稿默默地低头观看,很快便将手稿仔细放回封套里,却不肯接过孙郁递来的第二份手稿,默默地低垂着脑袋快步走出了手稿库。当天深夜一点三十分,大江先生向相邻而宿的笔者的房门下塞入一封信函,在内文里有这样一段文字:

> ……我要为自己在鲁迅博物馆里的"怪异"行为而道歉。在观看鲁迅信函之时(虽然得到手套,双手尽管戴上了手套),我也只是捧着信纸的两侧,并没有触碰其他地方。我认为自己没有那个资格。在观看信函时,泪水渗了出来,我担心滴落在为我从塑料封套里取出的信纸上,便只看了两页就无法再看下去了。请代我向孙郁先生表示歉意。①

其后在向陪同人员讲述当时情景时,大江表示尽管那些信函内容自己全都能背诵出来,却由于泪水完全模糊了双眼,根本无法辨识信笺上的文字,既担心抬头后会被发现泪水进而引发大家担忧,又担心在低头状态下那泪水倘若滴落在信纸上将会造成无法挽回的损失,如果继续看下去,自己一定会痛哭出声,只好狠下心来辜负孙郁先生的美意……在回饭店的汽车上,大江嘶哑着嗓音告诉陪同在身边的笔者:

---

① 许金龙著《大江健三郎与中国》,《传记文学》,二〇二〇年第八期,第65页。

81

请你放心,刚才我在鲁迅博物馆里已经对鲁迅先生作了保证,保证自己不再沉沦下去,我要振作起来,把《水死》继续写下去。而且,我也确实从鲁迅先生那里汲取了力量,回国后确实能够把《水死》写下去了。①

这一年(二〇〇九年)的十二月十七日,长篇小说《水死》由讲谈社出版。翌年二月五日,讲谈社印制同名小说《水死》第三版。该小说的开放式结局,在为读者留下想象空间的同时,也留下了弥足珍贵的希望、黑暗中的光亮。

6."我的头脑里目前只思考两个问题,一是孩子,另一个则是鲁迅"

从鲁迅博物馆回国后完成的长篇小说《水死》问世一年后,具体说来,是二〇一〇年十二月二日,大江夫妇邀请他们的老朋友铁凝到位于东京郊外的大江宅邸做客,围绕鲁迅的书简、保罗·塞尚的画作《大浴女》与铁凝的长篇小说《大浴女》之间的互文关系等问题进行交流。铁凝带去的礼物是让大江夫妇爱不释手的《鲁迅日文书简手稿》,两个月后,大江曾在《朝日新闻》的专栏文章里坦诚讲述了自己与铁凝和莫言等中国作家的友谊基础和铁凝的礼物:"……无论人生观还是关乎文学的信条,我与他们所共通的,是对于鲁迅的高度评价,这一切存在于他们与我亲之爱之的基础中。去年年底,我收到铁凝君从北京带来的礼品《鲁迅日文书简手稿》,那是墨迹的黑色和格线的红色美丽至极的、鲁迅亲手书写的七十三封信函的影印版。"②

---

① 许金龙著《大江健三郎与中国》,《传记文学》,二〇二〇年第八期,第65—66页。
② 大江健三郎著,许金龙译《定义集》,贵州人民出版社,二〇一九年三月,第343页。

代 总 序

　　那天的交流轻松愉快、舒适自然，竟然持续了约六个小时之久，①其中很长时间是大江对铁凝介绍他正在创作的长篇小说：自己正在创作一部新的长篇小说，估计也是自己写的最后一部长篇小说了。这部小说的主人公是一位上了年岁的女性，这位女性一直住在森林中的村庄里，她的哥哥曾获国际文学大奖，兄妹俩就通过一封封书简讨论有关孩子和新人的问题。当然，这兄妹俩在作品外的原型就是自己与妹妹。目前，这部小说已经写了三分之二。不过，自己是个反复修改稿件的人，如果说写一页大稿纸的时间是一个小时的话，就需要另外花费两个小时来修改这页稿子的内容。这已是多年以来的习惯了……说到兴奋处，大江从楼上的书房将已经完成的部分稿件取下来递给铁凝，指点着稿纸、小剪刀和糨糊瓶，在对铁凝介绍稿纸相关处的具体内容之际，顺便指出被修改处的痕迹……铁凝听着这部作品的介绍，不由得被小说内容深深吸引，不禁对大江表示，自己会为这部作品的中译本撰写序言……

　　当晚在去意大利风味的餐厅用餐的路上，大江对一直陪同在身边的笔者表示：

　　　　现在我想对你说说自己目前的工作状态和生活状态。目前，我的头脑里只思考两个大问题，一个是鲁迅，一个是孩子。自己是个绝望型的人，对当下的局势非常绝望，白天从电视看到的画面和在报纸中读到的文字都让我感到绝望，从来客的话语中听到的内容也让我绝望，日本的情况让我绝望，美国的情况让我绝望，中国的有些情况也让我绝望。每天晚上，在为光掖好毛毯后就带着那些绝望上床就寝。早上起床后，却还要为了光和全世界的孩子们寻找希望，用创作小说这种方式在那些

---

① 铁凝著《与大江健三郎先生对谈》，引自《用蓄满泪水的双眼为耳》，三联书店，二〇一六年九月。

83

绝望中寻找希望,每天就这么周而复始。这就是我目前的工作状态和生活状态。①

说出这段话语时,大江绝对不会想到,百日之后,更有一场天灾人祸引发的巨大绝望在等待着他。在《晚年样式集》里,主人公如此讲述了其在电视画面中看到的绝望景象:

> 翌日黄昏,结束了摄制团队的工作后,设置导演再次登上陡坡,听说小马驹已经产了下来。在黑暗的屋内紧紧挨在一起的马驹和母马很快浮现而出,长方形的画面里显露出饲养马匹的主人的侧脸,他一面眺望着屋外一面说着话,对面则是雨雾迷蒙的牧场……他那阴郁的声音响起:"无法让刚刚出生的小马驹在那片草原上奔跑,因为那里已经被放射性雨水给污染了。"②

至于先前说到的那部长篇小说,遗憾的是铁凝终究没能为其撰写中译本序。因为,在她从大江家离去百日后,在那部新写的长篇小说即将完成之际,日本突然发生了震惊世界的大地震、大海啸、福岛核电站大泄漏的天灾人祸,史称"三·一一东日本大震灾"!在这个巨大灾难来袭的艰难时刻,大江感到即将完成的那部小说已经完全无法表现自己此时的绝望,更是无法帮助孩子们在这黑黢黢的绝望之海上找寻到希望。按照以往的习惯,这部厚厚的手稿应被付之一炬,不在这世上留下一片纸屑。不知是不是这位老作家还惦念着铁凝要为这部作品撰写中译本序言的话语,终究还是没舍得循惯例全部烧毁,而是存放在瓦楞纸箱里放入书库,而后振作起精神,开始着手撰写另一部表现此时此刻所思所想的长篇小说——《晚年样式

---

① 许金龙著《大江健三郎与中国》,《传记文学》,二〇二〇年第八期,第67页。
② 大江健三郎著,许金龙译《晚年样式集》,引自《大江健三郎全小说》,讲谈社,二〇一九年三月。

集》。在他的《晚年样式集》第一章第一节里,年迈的大江这样讲述着自己当时的情景:

> ……从三·一一当天深夜开始,整日不分昼夜地坐在电视机前观看东日本大地震和海啸以及核电站泄漏大事故的报道……这一天也是如此,直至深夜仍在观看电视特辑,特辑追踪报道了因福岛核电站扩散的辐射性物质而造成的污染实况……再次去往二楼途中,我停步于楼梯中段用于转弯的小平台处,像孩童时代借助译文记住的鲁迅短篇小说中那样,"发出呜呜的声音哭了起来"。①

显然,面对大地震、大海啸造成的巨大伤亡和惨重损失,更是因为核电站大爆炸和大泄漏将为人类社会带来的巨大且长久的遗祸,作者大江健三郎及其文本内的分身长江古义人与创作《孤独者》时的鲁迅产生了共情,并在这种共情的催化作用下"发出呜呜的声音哭了起来"。这是痛彻心扉的哭声,极度恐惧的哭声,深深懊悔的哭声,当然,更是"含着大希望的恐怖的悲声"!

7.他们的文学尽管多见黑暗、绝望和荒诞,最终想要传达给我们的却是呐喊和希望

这里所说的"鲁迅短篇小说",无疑是鲁迅创作于一九二五年十月十七日的《孤独者》,而"发出呜呜的声音哭了起来"这句译文,则是大江本人译自鲁迅文本"地下忽然有人呜呜地哭起来了"那句话语。对鲁迅文学有着深刻解读的大江当然知道,《孤独者》与此前和此后创作的《在酒楼上》和《伤逝》等作品一样,说的都是魏连殳等知识分子在那个令人绝望的社会里左冲右突、走投无路的窘境乃至

---

① 大江健三郎著,许金龙译《晚年样式集》,引自《大江健三郎全小说》,讲谈社,二○一九年三月。

绝境。

  在持续观看灾区实况转播的情景和人们的姿容表情时，大江在文本内的分身长江古义人这位老作家突然理解了多年来一直无法读懂的《神曲》中的一段诗句——"所以，你就可以想见，未来之门一旦关闭，我们的知识就完全灭绝了"①。自己之所以在楼梯中段的平台上"发出呜呜的声音哭了起来"，其实正是因为福岛核电站的大泄漏使得"咱们的'未来之门'已被关闭，而且我们的知识（尤其是我的知识也将不值一提）将尽皆死去……"②在这个可怕的阴影下，儿子大江光在小说里的分身阿亮的动作越发迟缓，话语也越来越少，记忆力更是每况愈下，这就使得阿亮的妹妹真木为之担心：

  在爸爸的头脑里，从那段诗句，从那段当城市呀国家的未来一旦丧失，我们自己积累的知识也将如同死物一般的诗句中，他联想到了阿亮的记忆，难道不是这样吗？! 很快，记忆就将从阿亮身上丧失殆尽，他会随着一片黑暗的头脑机能逐渐变老，并在这种状态中走向死亡⋯⋯

  在爸爸看来，都市和国家的未来将不复存在，我们积累的知识也将如同死物一般，在爸爸的头脑中，这段诗句或许与阿亮的记忆联系在了一起。不久之后，阿亮将丧失记忆，头脑里一片黑暗，上了年岁后就在这种状态中走向死亡⋯⋯如果整个国家的所有核电站都因地震而爆炸的话，那么这座城市、这个国家的未来之门就将被关闭。我们大家的知识都将成为死物，该说是国民呢？还是该说为市民？所有人的头脑里都将一片黑暗并走向毁灭。在这些人中，就有将远比任何人都浑噩无知的阿亮。爸爸大概是联想到这种前景，这才发出呜呜的哭声的吧。③

  引文中的一些话语无疑将为读者带来无尽的恐惧和巨大的绝

---

① 但丁著，田德望译《但丁·地狱篇》，人民文学出版社，二〇〇二年十二月，第58页。
② 大江健三郎著，许金龙译《晚年样式集》，引自《大江健三郎全小说》，讲谈社，二〇一九年三月。
③ 同上。

望:未来之门已被关闭;我们的知识将尽皆死去;阿亮将丧失记忆,头脑里一片黑暗,上了年岁后就在这种状态中走向死亡……所有人的头脑里都将一片黑暗并走向毁灭……尤其令人恐惧和绝望的是,包括自己亲人在内的所有人并不是立即就灭亡的,而是在肉体毁灭之前,所有人的头脑里都将一片黑暗,然后在这无尽的黑暗和恐怖以及绝望中,如同凌迟一般痛苦和缓慢地走向死亡。

当然,更让这位老作家为之"因恐惧而发怔"的,是在福岛核电站大泄漏之后,面对全国民众要求废除核电站的巨大呼声,日本政治家和主流媒体相继表现出的近似歇斯底里般的疯狂思路——为了保持"潜在核威慑力"乃至实行核武装,绝不可以废除核电站!福岛核电站大泄漏七个月后,大江在《所谓核电站是"潜在性核威慑力"》的文章里引用了日本主流媒体和政治家的如下文字并表达了自己的愤怒:

> 日本……利用可成为核武器原材料的钚这一权利已被承认。在外交方面,这种现状作为潜在核威慑力而发挥着效用也是事实。
> ——《读卖新闻》社论,二○一一年九月七日

> 维持核电站,可转换为想要制造核武器就能在一定期间内制造出来的那种"核的潜在威慑力"……去除核电站则会使我们放弃这种"核的潜在威慑力"……
> ——石破茂①,《SAP IO》,二○一一年十月五日②

面对主流媒体主张继续维持"潜在核威慑力"的社论以及政府

---

① 石破茂(1957—),曾任日本防卫厅长官、防卫大臣、地方创生担当大臣、自民党干事长等职,主张扩充日本军备,突破二战后对日本自卫队规模的限制。
② 大江健三郎著,许金龙译《定义集》,贵州人民出版社,二○一九年三月,第390页。

高官坚持借助民用核电站持续保有"核的潜在威慑力"的言论,大江愤怒且恐惧地表示:

> 我正是为以上两者间所共有的"潜在核威慑力"和"核的潜在威慑力"这种表述方式(虽然使用了貌似极为寻常的措辞方式,却仍然让我)因恐惧而发怔的。
>
> ……威慑,即 deterrence,用己方的攻击能力进行恐吓,以吓阻对手的攻击意图。就此事的性质而言,其态势可即刻逆转,这极其危险且巨大的永无结局的游戏就这样没完没了。所谓"核的潜在威慑力"假如是一种炫耀,是利用日本这个国家的核电站可随时制造出原子弹的那种炫耀,……东亚的紧张情势不也在朝着那个方向不断高涨吗?前面提到的那些论客,在怎么考虑何时、如何使他们信奉那个效力的"潜在性"力量"显在化"之战略,就不得而知了。
>
> 因这次大事故而回溯建设核电站时的情景,我们深切醒悟到直至今日的东京电力公司和政府的信息开示方法多么缺乏民主主义精神啊。然而,如这个威慑论般对民主主义的彻底无视,不更是未曾有过先例吗?
>
> 极为赤裸裸地表示去除核电站则会使我们放弃那种潜在威慑力的那位以熟识的低眉顺眼的忧愁面容进行威胁的政治家,他以为自己何时获得了国民的同意,这才手握这柄致命的双刃剑的呢?①

更有甚者,日本外务省外交政策计划委员会早在一九六九年就在《我国外交政策大纲》中如此表示:

> 关于核武器,无论是否参加 NPT(《核不扩散条约》),虽然当前采取不保有核武器的政策,却须经常保持制造核武器之经济与技术的潜力。②

---

① 大江健三郎著,许金龙译《定义集》,贵州人民出版社,二〇一九年三月,第390—391页。
② 同上,第392—393页。

由此可见，石破茂等日本诸多政治家之所以违背民意、居心叵测地坚持紧握"潜在核威慑力""这柄致命的双刃剑"，也只是日本政府既定核政策的延续而已，他们"试图在目前五十四座核电站基础上再增加十四座以上核电站"①，进而"将残存的铀和生成于核反应堆中的钚从核废料中提取出来"②进行核燃料后处理，进而"即便在作为民用设施而建造的铀浓缩工厂里，也能够制造出用于核武器的高浓缩铀。核燃料后处理工厂的制成品钚则可以直接用于核武器"③。大江在这里已经说得非常清楚了——近半个世纪以来，在日本政府"须经常保持制造核武器之经济与技术的潜力"这一政策指导下，日本目前所拥有的五十四座核电站和计划在此基础上再予增建的十四座核电站，显然已不是单纯用作民用发电那么简单，长年从这些核电站已经提取和将继续提取并囤积起来的大量核废料以及早已建好的后处理工厂，更不可能是为了民用发电，而只能是打着民用幌子的"潜在核威慑力"，更可能是大规模进行核武装而作的精心准备。大江及其同行者们是在担心，被称为"和平宪法"的《日本国宪法》第九条被修改之日，便是日本全面复活国家主义之时！当然，也会是日本大规模进行核武装之时！大江及其同行者们同样在担心，日本全面复活国家主义并大规模进行核武装之日，将会是日本重走战争之路之日，重走死亡之路和毁灭之路之始！由核大战所引发的末日景象，大江早在八十年代末和九十年代初，就在长篇小说《治疗塔》和《治疗塔星球》这两部姐妹篇里做了详尽描述，大概正是因为想到那个令人绝望且可怕无比的末日景象，大江在《晚年样式集》中的分身长

---

① 大江健三郎著，许金龙译《定义集》，贵州人民出版社，二〇一九年三月，第357页。
② 同上，第392页。
③ 同上，第357页。

江古义人这才"停步于楼梯中段用于转弯的小平台处,像孩童时代借助译文记住的鲁迅短篇小说中那样,'发出呜呜的声音哭了起来'"的吧!因为在他的认知中,这一天的到来不啻日本的未来之门将被沉重且永远地关上!

为了文本内外的阿亮和大江光这对永远的孩子的未来之门不被关闭,为了全世界所有孩子的未来之门不被关闭,大江借助刳肝沥血地写作小说而于绝望中挣扎着往来寻找希望,同时,也在频繁走上街头大声疾呼,呼吁人们认识到核泄漏的巨大危害,呼吁人们警惕日本政府借核电民用之名为核武装创造条件,呼吁一千万人共同署名以阻止日本政府不顾这种可怕的现实而重启核电站,呼吁人们反对日本政府和东电公司不顾日本国内民众和世界各国人民的抗议而计划强行向大海排放核废水,呼吁人们"救救孩子!"……在大江的认知中,他的文学文本周围的社会存在与文学文本中的社会存在显然是同质的,因而这位老作家拖着老迈之躯在文本内外往返来回地大声疾呼,无疑是对阿亮和大江光这对孩子永远的挚爱,也是对全世界所有孩子的大爱,这种大爱,在大江的小说中和他所有读者的心目中都在不断升华。这种大爱,在日本,在中国,在韩国,在全世界,都将成为一种希望!无论中国的鲁迅还是日本的大江健三郎,他们的文学所描述的尽管多见黑暗、绝望和荒诞,最终想要传达给我们的却是呐喊和希望,一种发自于边缘的呐喊,一种始自于绝望的希望。这无疑是一种大慈悲,是对所有处于各种暴力威胁之下的天下苍生所生发的大悲悯。这让我们立即想起大江在斯德哥尔摩的颁奖仪式上所说的那段话语:"作为渡边的人文主义的弟子,我希望通过自己身为小说家的工作,使那些用语言进行表达的人及其接受者,从个人的以及时代的痛苦中得以平复,并医治他们各自心灵上的创伤。……我仍将遵循这一信条,如若可能,愿以自己的羸弱之身,于钝痛中承受因二十世纪的科技和交通的畸形发展而积累的祸害。我更希望探索的是,从世界边缘人的角度展望,如何才能对全体人类的医治与和解做出体面的和人文主义的贡献。"

目　录

奇妙的工作 …………………………………… *1*
死者的奢华 …………………………………… *15*
他人之足 ……………………………………… *48*
饲养 …………………………………………… *65*
人羊 …………………………………………… *111*
突然变成的哑巴 ……………………………… *130*

从翻译短篇小说《突然变成的哑巴》说起
　　——我所认识的大江健三郎 …………… 刘德有 *144*

奇妙的工作

沿着附属医院前宽阔的马路，朝着钟塔行走，便能到达视野豁然开朗的十字路口。在稚嫩行道树柔软枝条交织的方向，施工中建筑物的钢筋硬生生地刺入天空。那附近，会传来数不胜数的犬吠。每当风向变化时，犬吠就变得更加激烈高涨，声音或突入天空扶摇直上，或传向远方持续着执拗的回音。

这条路是我每日往返大学的必经之路。因此每到十字路口，我都会侧耳倾听。其实，在我内心的一隅，一直在期待着听到那犬吠。然而，也存在听不到丝毫声音之时。不过，无论是何种情况，对于在彼方发出声音的群犬，我并未特别在意。

但是，自三月末在学校公告栏上看到招募打工者的广告后，那里的犬吠，便如湿布一般，紧紧地缠住我的身体，闯进我的生活。

医院的传达室没有任何与打工招募相关的信息，于是在我反复问过门卫后，走入医院内部。那里，还残存着木制仓库。在其中一个仓库前，一名女学生和一名私立大学的学生一起，正在听一个脚着长靴、气色不好的中年男人说明工作内容。我站到私立大学生身后，男人用肿胀的双眼望望我，轻轻点了点头，重复着：

"我们要杀掉一百五十条狗，"男人说，"专业的杀狗人会在那边自己准备好。而从明天开始的三天里，你们要进行处理工作。"

此次杀狗的导火索,是一位英国女士认为医院饲养一百五十条狗用于实验,是残忍的行为,于是她将此事揭露给报刊。与此同时,医院也没有用于饲养那些狗的预算,因此决定要一次性杀掉这些狗。所以那个男人便承包下杀狗的工作,我们也有机会学到关于狗的习性和解剖方面的各种知识。

男人在强调过着装和工作时间后,便走进医院,我们则并肩向学校的后门走去。

"薪酬相当不错呢。"女学生说。

"你打算接受这份工作吗?"私立大学生惊讶地问。

"接受啊,因为我是生物专业的,对动物的尸体早已习以为常了。"

"我也会接受。"私立大学生说。

我在十字路口驻足倾听,没有听到犬吠,却传来一阵好似口哨的声响。那是黄昏的风划过落叶的行道树的树枝发出的声音。我奔跑着追上他们二人,私立大学生好像要发问似的看着我。

"我也会接受的。"我说。

翌日清晨,我穿上深绿色的工作裤出门了。杀狗人是一个三十岁左右、小个子的结实汉子。工作的流程是:我将狗牵入仓库前搭建的围墙,由杀狗人杀掉,再由私立大学生把剥过皮的死狗运出,交给男人,而女学生则是整理狗皮。工作进行得顺风顺水,一上午就处理掉了十五条狗,我很快习惯了工作。

置狗场是一个由水泥矮墙围起的广场,那里每隔一米便立着一根木桩,排列成行。每根木桩上拴着一条狗,都很老实。在那里饲养的一年中,狗儿们好像都已丧失燃起敌对意识的习性,即便我进入矮墙,它们也一声不吭。据医院的工作人员说,狗儿们已经待在这里两个小时了,从一开始毫无缘由地突然狂吠,已变为现在彻底安静的状态。所以就算从外面进入矮墙,狗也不会再叫。狗儿们虽没叫,但我一进去,它们便齐刷刷地看向我。被一百五十条狗同时凝视是一种奇妙的感觉,我想象着三百只浑浊的肉色狗眼中映出三百个自己的小小影像,感到身体微微发颤。

狗的品种很杂,几乎是所有杂种狗的大杂烩。然而,狗与狗之间却又存在相似之处。虽然木桩上拴着的有大型犬、小型宠物犬以及体型大概算中等的茶褐色犬①,但它们相互之间又给人以十分相似的感觉。我思索着,它们到底哪里相似呢——全部都是杂交而且瘦弱;还是拴在木桩上,完全丧失了反抗的意识?相似之处一定就是这些吧。也许我们也会成为这样呢!我们这些彼此相似、丧失个性、含混不清的日本学生,说不定也会完全失去反抗意识、无精打采地被拴在木桩上呢!然而,我对政治并不感兴趣。我正处于一个对热衷于包含政治的几乎所有事情、过于年轻或过于老成的年龄。我现在二十岁,是一个奇妙又太过疲惫的年纪。甚至对于狗儿们,我也很快兴味索然。

不过,当见到那条丝毛犬和狼犬杂交的、仅存在于想象中的不可思议的狗时,我感到体内好像有奇怪的虫子在游走。它生着狼犬的头,一簇簇的白毛被暖风抚弄,轻飘飘摆动。我高声笑起来:

"看看这家伙!"我对私立大学生说,"丝毛犬和狼犬杂交的样子,实在太奇怪了。"

私立大学生闷闷不乐地撇撇嘴,背过脸去。我给这条长相含糊的狗套上绳套,牵出围墙。

杀狗人提着木棒在木板围墙中等候。我牵着狗一走进去,他就

---

① 原文为赤犬,并不是某一品种的狗,是毛色茶褐色茶红色犬的统称。这里统一翻译为茶褐色犬。

迅速将木棒藏到身后,若无其事地靠过来。我握着狗绳,刚和狗拉开足够的距离,他便啪地手起棒落。狗高声悲鸣,旋即应声倒下。这是一种令人窒息的卑劣做法。杀狗人从腰间的皮带中拔出宽刃尖刀,刺入狗的喉咙。在向铁桶放过血后,娴熟地剥起狗皮。我一边看着他耍着炫目的剥皮技法,一边感受到狗血热腾腾的腥臭以及一种特殊情感的动摇。

这是何等的卑劣!不过,我也认为,不应对眼前这个处理狗的家伙、对他卑劣的技能和敏捷的行动做出谴责。在生活意识的基础中,这些卑劣都已习以为常。我渐渐形成一种不太能感受到强烈愤怒的习惯。我的疲惫已是家常便饭,即使是杀狗人的卑劣,也无法煽动起我的愤怒,而且愤怒在萌芽之时就已然枯萎。之所以没参加朋友们的学生运动,虽是因为我不关心政治,但归根结底还是因为我的愤怒不能持久。尽管有时我也会尝试以十分焦躁的心情去思考那些事情,却又常常为了恢复愤怒而筋疲力尽。

狗被剥下雪白的毛皮,尸体十分干净紧致。我抬起摆放整齐的死狗后腿,向围墙外走去。空气中弥漫着狗尸的温热味道,在我手中的狗的肌肉,如同跳台上游泳选手的肌肉一般,剧烈地收缩着。围墙外,私立大学生在等候。他接过狗的尸体,在注意不碰到自己身上的同时,搬走死狗。我提着从死狗脖子上解下的绳套,去带下一条狗。

在杀完第五条狗后,杀狗人从围墙里出来,径直在地上坐下休息。我一边与他攀谈,一边在他周围踱步。因为一旦站定,就会闻到从杀狗人身上散发出的新鲜温热的腥臭狗味,那味道比死狗的气味更为血腥。我若无其事地背过脸,来回走着。女学生还在围墙中整理狗皮,毛皮沾染的血污要在清洗处洗刷干净。

"有人建议我用毒药杀狗。"杀狗人说。

"用毒药?"

"是啊,不过我没用毒药。我不想一边用毒药杀狗,一边在阴凉下喝茶。既然杀狗,不就该在狗的面前拿着棒子堵个严严实实吗?这根棒子我从小用到现在,所以不能用毒药那种不光彩的手法。"

"原来是这样。"我说。

"而且用毒药杀狗,死狗会发出一股恶心的臭味。你不觉得狗有权利在良好的环境中、冒着热气被剥皮吗?"

我笑了。

"没错,它们是有这种权利的。"杀狗人认真地说,"我和那些毒杀狗的人不同,因为我喜欢狗呀。"

女学生提着要清洗的毛皮出来了。她的皮肤毫无血色,青中泛红。狗皮上带着血污和厚厚的脂肪,好像湿外套般沉重、僵硬。于是,我帮女学生将毛皮搬到清洗处去。

"那个男人啊,"女学生提着毛皮边走边说,"有种传统意识呢。他坚持用棒子杀狗的骄傲,就是生活的意义啊。"

"是那个男人的文化。"我说。

"是杀狗的文化,"女学生用毫无感情的声音说,"大同小异吧。"

"嗯?什么?"

"是生活中的文化意识,"女学生说,"正如评论家所写的那样,'桶店的技术是桶店的文化,是与生活紧密结合的真正的文化',这是当然的啊。不过,经过一个个实例证明,这种文化并不是那么阳春白雪。杀狗的文化、卖淫的文化、公司位居高位的文化,都是肮脏潮湿却又根深蒂固的文化。因此,它们都大同小异吧。"

"还真是绝望的观点呢。"我说。

"这不是绝望。"女学生用刁难的眼神瞄瞄我说道,"我连这种清洗狗皮的工作都做,而且还吃得下治脚气的新药呢。"

"你打算涉足那种令人生厌的文化吗?"

"不是什么涉不涉足,而是那种文化已经淹到大家的脖子了。在传统文化的泥潭中沾上的满身泥泞,不是简简单单就能洗干净的。"

我们将毛皮向清洗处的水泥地上丢去,手掌已被附上一股强烈的腥臭味道。

"喂,看看!"女学生弯下腰,用手指按着因浮肿而鼓起的小腿肚给我看。她按出了一个青紫色的凹坑。凹坑虽然可以慢慢地弹起,却不能恢复原样。

"很严重吧,老是这样呢!"

"是挺严重呢。"我转移开视线说。

在女学生清洗毛皮时,我坐在水泥台子上,看护士们在草地上打网球。她们要么接不到球,要么弯着腰笑。

"我呀,等拿到工资就去看火山。"女学生说,"我还存着钱呢。"

"去看火山?"我敷衍地应声。

"火山是很神奇的呢。"女学生说着说着,就低声笑起来。她的双眼异常疲惫,双手浸在水里,抬头望向天空。

"你不常笑呢。"我说。

"嗯,像我这样的性格,笑的时候很少,就算小时候也没怎么笑过。所以有时,在注意到自己好像已经快要忘记如何去笑时,我就想想火山,然后就会笑得连眼泪都掉下来。在巨大的山体中央,开一个洞,洞里有滚滚浓烟冒出来,真是好笑呢。"女学生抖动着肩膀笑起来。

"你领到工钱马上就去吗?"

"嗯,立刻去!而且爬山也会让人觉得奇特得要命呢。"

我在台子上支起不稳的身体躺下,抬头看着天空。云彩像鱼一样,透下的阳光十分耀眼。可是,我遮阳的手掌上,却发出一股腥臭味。我觉得,狗的臭味正渗入我身体的各个角落。我的手已经杀掉二十四条狗了,这已经不同于从前那双仅仅为了抚弄狗耳才摸狗的手。

"我买只小狗好了。"我说。

"咦?"

"买只杂交的粗鄙的茶褐色小狗。那只狗将背负一百五十条狗的所有怨念,最终变得嘴歪眼斜,生性乖戾,令人讨厌。"

我笑了,但女学生却紧紧咬着嘴唇。

"我们似乎也令人讨厌吧。"女学生说。

我们回到仓库前,杀狗人和医院的工作人员正在说话。私立大学生站在一旁,饶有兴趣地听他们说着。

"不过,医院没有那样的预算啊。"工作人员说,"我们医院现在已经和狗没有关系了,而且饲养科从今天开始也被分配了其他工作。"

"但是,今天是不可能结束处理工作的。"杀狗人说。

"从昨天开始,狗的饲养工作已经终止了。"

"就这样让它们饿着吗?"杀狗人焦躁地说。

"过去饲养科是用医院的剩饭喂它们,所以从没饿着。但是现在就……"

"那我来做狗食,"杀狗人说,"能给我提供剩饭就行。"

"可以,要去看看放剩饭的地方吗?"

"那我得先去看看,然后就能给狗分食了。"

"我也来帮忙吧。"女学生说。

"别!"私立大学生用激动的声音说。

杀狗人和工作人员都惊讶地看着私立大学生涨得通红的脸。

"别!别做这样不知羞耻的事。"

"欸?"杀狗人不知所措地说。

"后天以前不就全杀完了吗?那么用狗食来驯服它们的卑鄙手法,就是不知羞耻。我一想到将被棒杀的狗摇尾吃剩饭的场景,就难以忍受。"

"今天充其量只杀了五十条狗,"杀狗人抑制住愤怒的声音说,"剩下的一百条狗就让它们这样饿着吗?这么残忍的事,我可做不来。"

"残忍?!"私立大学生惊讶地说,"残忍什么的……"

"是,我不想做残忍的事,我是很疼爱狗的。"

杀狗人和工作人员走进仓库之间的阴暗通道。私立大学生疲惫地靠在围墙上,他的裤子上沾着狗的血污。

"残忍什么的,那家伙是要干什么呢?"私立大学生说,"那家伙的做法才卑鄙。"

女学生冷漠地低头看向地面,默不做声。地上有一摊浓绿色骆驼头形状的发光污迹,那是狗血留下的。

"哎,你不觉得卑鄙吗?"

"大概是吧。"我不经意地说。

私立大学生蹲下来,垂下出神的目光,幽幽地说:"我一想到那些狗儿们被关在矮墙里一动不动的,就难以忍受。我们能看到墙的背面,但它们不能,它们是在等着被屠杀啊!"

"它们就算能看到墙的背面也无济于事。"女学生说。

"是啊,是无济于事。这对我来说也是难以忍受的。它们站在'无济于事'的立场上,还在摇着尾巴,吃着狗食。"

我们拿私立大学生没法子了。我嗖嗖地甩着狗绳去牵出下一条狗。这次我想去牵那条耷拉着耳朵的最大的狗。傍晚,结束了五十条狗的处理后,我们去清洗处冲洗身体。杀狗人仔仔细细地将清洗干净的毛皮用绳子系上码好。医院负责狗的处理工作的男人也来了。我们洗完手脚以后,看着杀狗人干活。

"狗的尸体都怎么处理了?"私立大学生问道。

"在那里,看看,正烧着呢。"男人说。

我们抬头望向焚化厂的巨大烟囱,从那里冒出泛着淡粉色的柔和的烟,正缓缓升上天空。

"不过,那里是用于焚化人类遗体的吧。"私立大学生说。

杀狗人回过头,用犀利的目光看着私立大学生。

"欸?狗的尸体和人的尸体,有什么不同吗?"

私立大学生低下头沉默了。我看到他的肩膀在微微地颤抖,他在极力忍耐着烦躁吧。

"当然,还是有不同的。"女学生抬头看着烟囱说。

谁也没有回答。过了一小会儿,我说:"欸?"

"烟的颜色不同呢。平时焚烧人的时候,烟的颜色没有这样泛红、柔和。"

"也许是在焚烧红脸大汉的遗体吧。"我说。

"一定是狗,不过可能是由于夕阳的缘故,才会呈现出那样好看的颜色。"

我们依旧默默地抬头望着冒出的烟。杀狗人挑起扎成捆的狗皮,背对晚霞映红的天空,黝黑且魁梧。

"看样子,明天也能出好活儿,"杀狗人满足地说:"嗯,会是个好天儿。大家明天见。"

第二天,风和日丽。即便负责狗的处理工作的男人没来,进展依旧顺利,仅是早上就结束了计划工作量的三分之二。我们虽然疲惫,可心情还算愉快。不过,只有私立大学生急躁且闷闷不乐,他还在愤愤不平地念叨着,"我老是在意裤子上的血污,而且昨天洗澡过后,狗的腥臭也还残留在身上。"

"指甲缝里残留的狗血,根本洗不掉。而且不论怎么用肥皂洗,都洗不掉狗的腥臭味。"

我看看无精打采的私立大学生的手,他纤细指尖上的指甲,又长又脏。

"你接受这项工作还真是失策呢。"女学生说。

"不是这样的。"越来越焦躁的私立大学生说道,"就算我没接受这项工作,代替我接受这项工作的人的指甲里,也一定会留有洗不掉的狗的血渍。那家伙的身上,也会有明显的腥臭味。我真是受不了这些了。"

"你还真是人道主义者呢。"女学生用无趣的语气说道。

私立大学生垂下气得充血的双眼,沉默着。

他持续焦躁着,即使杀狗人问话,他也给不出令人满意的应答。这让杀狗人很不高兴。

我用狗绳将那条有点赛特犬特征的狗牵来时,杀狗人正吸着烟从围墙里走出来。私立大学生态度顽固地背对着他,在有一段距离的地方站着。

我像牵狗散步一样走近杀狗人。

"就拴在那里吧。"他说。

我把狗绳拴在围墙入口处的木桩上。

"这里的狗,无论哪条都很老实啊。"杀狗人用乏味的声音说,"不管在哪里都会有一两条个头有小牛大小、面目狰狞的狗啊。"

"那样的狗可不好对付啊。"我忍住呵欠,憋着眼中的泪水随口说道。

"这样说的话,"杀狗人也忍住呵欠,湿润着眼睛说道,"我有让它们老实的办法,这样就可以……"

杀狗人把指关节上长着粗刺刺毛发的手,插进松开的皮带间。

"住口!"私立大学生叫道,"我不想听这样卑鄙下流的对话!"

"咱就是说说让小牛般大小的狗老实的方法而已。"杀狗人说。

私立大学生嘴唇轻颤着说:"我就说你用的方法卑鄙,你用的方法下流。对待狗要用更和善的方法才对。"

"你说倒是挺能说,可根本就杀不死一头'小牛'吧。"杀狗人面色铁青地说,唾沫星子从他的唇边喷了出来。

私立大学生紧咬嘴唇,怒视杀狗人。突然,他捡起杀狗人的木棒,向拴在围墙木桩上的狗跑去,狗对挥棒跑来的他狂吠着。私立大学生打了一个趔趄,但还是继续向前,一棍打在扑上来的狗耳朵上。狗被打得蹿起来撞上围墙,发出一声悲鸣,却没有死。它口吐鲜血,痛苦地踉跄着。私立大学生站着一动不动,喘着粗气盯着狗。

"喂!快干掉它!"杀狗人用充满愤怒的声音叫道,"别让狗那么痛苦!"

然而,私立大学生并没动,他张开嘴喘着气,瑟瑟地颤抖不止。狗痉挛着让绳子绷得紧紧的,直不起腰地扭动着。我快跑过去,夺下私立大学生手里的木棒,狠狠地打在目光呆滞、口吐鲜血的狗的鼻尖上。狗发出一声好似鸟鸣般的叫声,倒下去了。

"太过分了。"私立大学生说。

"欸?"

"你卑鄙,那条狗已经失去反抗力,虚弱到极点了。"

愤怒令我的喉咙哽咽,但我还是转身向后,从狗脖子上解下狗绳。我对私立大学生毫不关心。

"你挺有天赋。"杀狗人走近说,"没有天赋的话,杀狗的工作也很危险呢。"

不过,我也没那么有天赋。刚过中午,我就被患有皮肤病的中型茶褐色犬咬伤了腿。

当我牵着那条狗走到围墙入口处时,女学生刚好提着带血污的毛皮出来。茶褐色犬看到了带血的毛皮,受到惊吓地狂躁起来。我拽紧狗绳,想让它安静下来,却被它扑上来,咬伤了腿。即便杀狗人从围墙里出来,迅速将茶褐色犬牵离,我的腿也还是麻痹了似的毫无知觉。

"你叫得真痛苦啊,"女学生说,"被茶褐色犬咬住的时候。"

鲜血濡湿了我的袜子。杀狗人撬开被棒杀的狗的嘴,看着里面说:

"咬你的牙好厉害啊,都老得松动了。牙真脏!你看看!"

我失血过多,觉得晕乎乎的,女学生慢慢搀起我,而我不想被私立大学生看到。

我横躺在皮长凳上,护士仔细地给我露出的腿缠上绷带。

"疼吗?"护士问。

"不疼。"

"我觉得也是,"护士站起来低头看着我,"走一下试试吧。"

我提起裤子,试着走了走。

"缠了绷带,肌肉好像有点僵硬。"

"好了,过会儿打针的时候,会把算好的治疗费账单给你。"

"欸?还打针?"

"是啊,你不想得狂犬病吧。"

我把手腕放在长凳上,垂下目光。手在膝盖上颤抖着,指甲周围的皮肤生出了倒刺。

"狂犬病?"

"是啊。"

"预防针可不是那么简单的。"

"有时会关系到生死呐。"护士冷冰冰地说。

"啊……"我呻吟着,不禁感到情绪低落。

"你在想什么呢?"

"在想那口狗牙。"我愤怒地说。

"喂!"不知谁在叫着,"喂!喂!"

我打开门,走下后门的台阶。大家都集合在仓库前,站在正中央的警察回头打量了我一眼。我慢慢走过去,他将我的名字和地址记在记事本上。

"怎么了?"我问道。

警察撇撇嘴沉默着。

"欸?"

"那个男人是肉贩子,"女学生说,"这里的狗肉都被卖到肉铺去了。肉铺一报警,他就不知道逃到哪里去了。"

我一言不发地看着女学生。

"我们的报酬泡汤了呢。"

"啊……"

"不能让那个男人跑了啊。"

我看了看杀狗人和私立大学生,他们二人脸上,都挂着含糊的、闷闷不乐的表情。

"可是,医院的治疗费怎么办啊。"

"又不是那个男人和肉铺老板让狗咬你的。"

警察用沉稳的声音说:"也许会让你们去做证。"

"就算叫我们去,"私立大学生看起来很不满地说,"我们也并没有卖狗肉啊。"

"本来胡乱杀狗也是不妥当的。"

"我们也不是因为喜欢才做这样的事啊!"

警察没把私立大学生当回事儿,穿过广场走了。

大家都沉默了。我感到伤口开始静静地肿胀,一点一点执拗地疼起来。

"不知道杀了多少条狗了。"女学生说。

"七十条。"

"还剩下八十条呢。"

"怎么办呢?"私立大学生说。

"回去吧。"杀狗人不高兴地说。然后,他就到围墙里去取工具了。

我们开始向正对着路的拱廊走去。女学生凑到我身边说:

"嗯?很疼吧。"

"疼啊,据说还必须要打针。"

"真够呛啊。"

"啊,够呛呢。"我说。

晚霞开始爬上天空,一条狗在高声地叫着。

"我们本来是打算杀狗的吧,"我用含糊不清的声音说,"可被宰的却是我们。"

女学生皱皱眉头,仅是出声地笑。我也疲惫地笑了笑。

"狗被棒杀倒下,然后被剥皮。我们既要被杀害,还要来回跑。"

"可是,我觉得应该是正被剥皮呢。"女学生说。

所有的狗都开始叫起来。那狗吠不断涌向晚霞映红的天空,然后升向更高处。在此后的两个小时的时间里,狗儿们都在不停地吠着。

李硕 译

死者的奢华

　　死者们浸泡在浓褐色液体中，手腕相互缠绕，头颅彼此挤压，或浮起或半沉，挤得满满当当。他们裹着淡褐色的柔软皮肤，带有坚定难以接近的独立感。虽然各自向体内凝缩，却又执拗地相互摩擦。身上难以辨识的轻微浮肿，令眼皮紧闭的面庞丰腴起来。密闭房间中的空气由于挥发性臭气的剧烈升腾，变得浓重。万物之声的余韵被黏稠的空气缠住，庄重、充满量感。

　　死者们以厚重而低沉的声音窃窃私语。不计其数的语音相互交织，难以听清。偶得沉静，是他们缄口不言，倏忽恢复喧闹。嘈杂声以缓慢到令人焦躁的速度高涨、低回，然后急转无声。其中有一名死者，任凭身体慢慢转动，由肩头向液体深处沉去。不久，仅将他僵直的手腕从液体表面探出，然后再次静静浮上来。

　　我和女学生跟随尸体处理室的管理员，走下通往医学院大礼堂地下的阴暗台阶。鞋底被台阶上磨损的金属框濡湿，每每打滑，都令女学生发出短促的惊呼。下到台阶底端，我们继续在天花板低矮的混凝土走廊里拐过几个弯，走廊尽头的门上挂着一块写有"尸体处理室"的黑色木牌。将一把大钥匙插入门的匙孔，管理员回过头，仿佛审查似的看着我和女学生。他面戴大口罩，身着黑色的防水橡胶布工作服，身材矮胖，体格健壮。管理员用难以听清的声音说了些什么，我摇摇头，低头看向他穿着橡胶长靴的结实双脚。或许我也应该穿长靴，下午可不能忘了穿来。女学生脚穿从办公室借来的过于肥大的橡胶长靴，走起路来看上去很吃力。然而，她垂下的额发与口罩之间流露出的眼神，却像鸟的目光一般，散发出强有力的光。

门敞开方向的对面，好似黎明薄暮的光亮与散发浓重酒精味的空气，令人气闷地流淌开。那味道的深处，还横亘着更加浓厚、充满沉重的味道，牢牢地缠住我的鼻孔黏膜。这种气味最初令我感觉不安，然而当我看向弥漫着白光的房间内部，却无法背过脸去。

"戴口罩，喂！"管理员句尾的发音明显不自然。

我摸索着护士帮我穿好的工作服的口袋，掏出口罩，急忙戴上。一股浓烈的干纱布味扑面而来。管理员握住内侧的门把手，回过头对我轻轻抬起下颚：

"你现在感到害怕了吗？"

女学生用刁难的眼神看着我，我一边感到脸在发烫，一边走入铺有白瓷砖的宽敞房间。靴子发出的声音既高又亮，在房间的墙壁上引起纷乱的回声，渗入浓稠空气细小切口的缝隙内。

墙壁上都粉刷着白石灰涂料，显得干干净净。不过，在高得不自然的天花板上，却满布油烟色污点。房间的半面地板铺满瓷砖，那里静静立着四张空洞呆板的解剖台。我走近其中一张，看到铺在表面的大理石柔和润泽，如渗汗般发光。我将两掌抚于其上，注意到沿着面前宽阔的墙壁，有一个占据半间房的长水槽。水槽内分出几个隔断，约一米高的边缘铺着与地板相同的瓷砖，有的小隔断上带盖板，有的没有,深褐色的酒精溶液①中则浸有——充斥于水槽中且漂浮着的他们。

我凝视此景,立在原地。羞耻导致的发热,在皮肤的底层,如结块般凝固,暗藏住热量。我用手掌从遮挡半张脸的宽大口罩上方试着压了压两颊。女学生屏住呼吸,越过我的肩膀看向他们,接着便敏感而轻微地发抖。

"照明不太好啊,可也不值当开灯。"管理员说,"因为早上一开灯,办公室就要瞎嚷嚷了。你们文学院也这样吧?"

我点点头,抬头看向高高天花板一隅的细长天窗,白色的光穿透脏玻璃的背面,如水般泻下。好像冬天微阴的清晨,我思索着。如此光景的清晨,我经常漫步于雾中。膨胀的雾气如野兽般潜入口中。在雾气让喉咙发痒、令人发笑的同时,还会引起剧烈的咳嗽。我感到自己已经恢复镇定,便将视线移回水槽。白色光线下,死者们一动不动。我发现天窗射下的光,为他们裸露的皮肤给予了一种充满微妙活力的弹性。它真会令触碰上的手指感到弹开的反弹力吗?还是深深下陷得如患脚气的腿肚那样呢?

"真像冬日的阳光啊。"我说。

不过,在天窗的另一侧,却洋溢着初夏明艳的阳光,以及晴朗的天空和洁净清新的空气。我走在银杏树的浓荫下,沿着清晨的青石路来到医学院的办公室。

"一年到头都这样,"管理员说,"夏天也不热,一直都凉飕飕的。

---

① 原文为アルコール溶液,即酒精溶液。刊载于《解剖学通报》一九八二年五卷一至二期中的《日本庆应大学医学院的尸体处理法》一文(作者:王士平,新疆医学院)曾提道,"……浸泡于盛有百分之五十酒精的尸体槽内三个月。尸体槽都是塑料衬面,塑料盖,既美观又严密。每槽内可装二十具尸体。……"此种尸体处理方法、尸体槽的构造均与小说中描述的大致相同。(译者注)

有时还有学生搬着椅子来这里乘凉。"

热感,渐渐在脸颊厚厚皮肤的深处消融,令我心情愉快。

"橡胶手套要勒紧在胳膊肘上。"管理员说道。

"酒精液一渗进去的话,就很难工作了啊。"

我把深红色的橡胶手套仔细勒紧。沾附在手套内侧的水滴,弄湿了我的手背和手腕。

"洗完后要能先晾干就好了。我就说那群护士光顾着偷懒了。"管理员一边将长有浓密毛发的肥胖手掌塞进手套,一边如此说道。

"不过,我觉得会更臭的吧。"女学生说。

"欸?"管理员回头看向"聪明"的女学生,"你说的是现在吧。"

我看到女学生由于右手的手套没勒紧而犹豫不决,就帮了她一下。女学生长了一副大而柔软的手掌。

"鞋呢?"管理员问。

"我打算中午再换……"

"果然还是长筒靴好。因为一旦溅入酒精溶液,就永远都有味儿了。"管理员吓唬人似的说,"弄进脚趾中间啊,脚一闷,就臭得烦人。"

我佯装没听见管理员的话,靠近水槽,双手撑着瓷砖颜色变淡的水槽边缘,看着浸泡在酒精溶液中群聚的尸体。最初在医学院办公室听工作说明时,办公人员说大概有三十多具,可仅是浮在水槽表面的尸体,就明显超出这一数量。

"还有潜藏在浮尸下方、沉底的吧?"我询问道。

"只有比较新的才浮在上面。因为旧的嘛,总要沉底的。而且做解剖见习的学生也想捞浮在上面的新尸体啊。"

"你说的旧尸体,大概是多少年前的呢?"女学生说。

"那边盖板下的,有十五年了吧。"管理员伸了伸短小的胳膊说,

"如果说沉底的,特别旧的,也应有尽有呢。从'二战'以前,这个水槽就这样放着,没清扫过。"

"为什么这次决定移到新水槽里去呢?"我说。

"因为文部省拨下预算了吧。"管理员冷冷地说,"移过去也顶不了啥用。"

"啥?"

"就是这些玩意儿啊。"

"是顶不了啥用啊,"我也说道,"根本不顶用。"

"只会添麻烦。"

"真是非常麻烦呐。"

然而,这份工作对我个人来说,并非只有麻烦。昨天下午,我一看到那条"招聘兼职工作人员,处理酒精槽中保存的解剖用尸体"的告示,便马上去了医学院办公室。虽然我考虑到自己文学院的学生身份,是一个不利条件,可负责的办公人员非常赶时间,连我的学生证都没查清,就立刻将我介绍给尸体处理室的管理员,说计划要在一天之内完成工作。走出办公室时,我遇到了那位曾在英国文学课教室见过多次的女学生,她正在门外等候进去。尽管我们当时曾相互颔首示意,可我并未想到,她也会来应聘这项工作。

"工作从九点开始吧。"管理员向上看了看平整地嵌在高墙上的钟说道。习惯了黑暗的眼睛,已清楚地分辨出高墙上喷刷涂料的斑点。"在那之前,我们先歇一会儿。"

坐上一张解剖台,我对开始吸烟的管理员说:"那个钟是给谁装的呢?只能认为是给运到这屋里的尸体装的啊。"

"是给谁装的呢?一开始来这里工作的家伙,倒是爱扯闲篇儿。"管理员说。烟卷在他噘起的厚嘴唇间,沾得湿乎乎。

"不过,咱在工作,也有三十多年了。"

女学生缩着肩膀闷声地笑,我沉默地环顾房间。与入口的门相邻的墙上,还有一扇通往隔壁房间的门。门内挂着一块木牌,上面用端正的红色印刷字写着"禁止入内""禁烟"。水槽里满满当当的尸体,有的挤得快沉了,有的浮起来。一看到此情此景,语言便在喉咙中剧烈膨胀地涌了上来。

"尸体在医学部的地下沉了这些年,总觉得他们没着没落的呢。"

"着落是有的呢。"管理员说,"着落是有的。即便那样,在水槽里浮浮沉沉的这些年,感觉也不赖啊。能拥有身体,就是件了不起的事呢。"

"我也会沉入这个水槽吗?"

"咱会挑个好时候把你塞到池子底下的。"

"我才二十岁,不是太早了吗?"

"也来了不少年轻的。"管理员说,"不过,年轻的马上就让医学院的新生带走了。必须得立下规矩啊。"

我把胳膊伸进工作服侧面的豁口,取出学生服口袋中的手表。比起墙上的钟,手表快了五分钟,已经九点了。

"今天一天能完成工作吗?"我说,"只是处理表面的浮尸,好像就相当费时了啊。"

"沉底的那些,等附属医院的勤杂工把酒精放出来后再处理。沉下去的旧尸体是不顶用的东西了,我们的工作只是把能成为解剖教材的那些尸体,移进对面的水槽。不知道沉底的那些都是啥。"

"有多深呢?"女学生注视着尸体之间浓褐色的酒精溶液说道,"看上去似乎挺深的呢。"

管理员对此没有作答,他从解剖台上下来,戴着橡胶手套的一双胖手掌相互击打,发出咣当咣当的奇妙声响。

"橡胶手套没预先彻底弄干的话,就会黏糊糊地受不了。"管理员说。他垂下皮肤毫无光彩、饱经日晒的结实头颅,手指在手套里执拗地动来动去。

与这样的男人一起工作,不会不愉快吧,我怀着稍稍安心的心情如此想道。管理员短小的前额上,覆盖着一片深深的皱纹。笑起来的时候,也保持着深刻的纹理,一颤一颤地抽动着。他大概五十岁左右,有一个同样衰老的妻子和一个当工人的儿子。在国立大学医学院工作,是件令他引以为豪的事吧。或许偶尔还会穿上清爽的衣服,去近郊的电影院看电影。

"我去把运尸车推来。"管理员吐出烟蒂与一口唾沫说道。

"那我也去。"女学生说。

"你去把号码牌和登记本拿来。"

接着,管理员回头对我说:"你先去看看对面的水槽啊。"

管理员他们一出去,我就打开了通往隔壁房间的门。随着撒落的白色涂料粉末,那扇未设保持敞开状态的固定装置的门,毫无摩擦地打开了。我从走廊捡来废纸,将门卡住。门内是一间小一圈的房间,里面设有一个崭新的水槽,灌满了白浊的酒精溶液。高高的天窗洒下的光线,让水槽发出好似雾气的白光。里面没有尸体漂浮,显得十分宽敞。我透过新水槽的溶液,想看看池底的深度,可溶液就像一层不透明的膜,将光线阻隔。我留意着高亮的脚步声,回到旧水槽的房间。

管理员他们还没回来。我开始一人独自面对难以计数的死者。我将手放在一张解剖台上,发了一会儿呆后,走近水槽。

浸泡在浓褐色溶液中的死者们一动不动。我注意到了死者本身的性别:脸浸入溶液,背部和臀部暴露于空气外的小个尸体,是一具女尸。不仅如此,胳膊绕住盖板支点的尸体,长着男性坚毅宽阔的下

21

巴,他剃短发的头,还贴在另一具尸体的腰上。而那具尸体不自然地高高隆起着,女性的阴部上还粘着卷曲的体毛。不过,性别几乎不能成为区分这些死者的标准。死者都呈褐色,给人以僵硬地向内绷紧的感觉。皮肤毫无光彩,由于吸入高浓度的液体而显得厚重。

我觉得,这些死者与死后立即火化的死者有所不同。漂浮在水槽里的死者,完全带有"物"的紧密度和独立感。而死后立即火化的尸体,则不令我认为也是这样完美的"物"。那些家伙渐渐发展了"物"和"意识"的模糊中间状态,而匆匆的火化,却让他们完全失去了成为"物"的时间。我凝视着这些填满水槽、已经完成所有危险发展阶段的"物"们。他们带有一种踏实、稳定的感觉。我认为,他们是坚硬而稳定的"物",就如同地板、水槽和天窗一般,还感到体内正在迸发出类似微颤的感动。

"对,咱们是'物'。而且是构造精巧、彻头彻尾的'物'。死后马上火化的家伙,是不会明白'物'的量感和那种沉重而实在的感觉的。"

是这么一回事,我想。因为死亡就是一种"物"。不过,我只能在意识层面捕捉死亡。意识终结后,便开始了作为"物"的死亡。在大学建筑物的地下,开端良好的死亡成为酒精腌泡的死者,常年忍耐,等待解剖。

一具中年女尸的身体贴在水槽边缘,我用戴着橡胶手套的手掌,轻轻敲了敲她肌肉僵硬的腿。虽然没有弹性,却还保有柔软的抵触感。

"活着的时候,我的腿一直都有着良好的腿型。不过事到如今,或许有些太长了呀。"

我觉得她的腿犹如一对制作精良的船桨,同时思考着那个女人身穿布料轻盈的衣服走在马路上的姿态。"或许会稍微含胸呐。"

"走长路确实会那样,可我平时都是挺起胸膛的哟。"

门被粗鲁地打开,我看到女学生怀抱小型文件箱来了。仿佛做了亏心事一般,我迅速离开水槽。随后,管理员推着涂有白色搪瓷漆的搬运车进来。

搬运车有足够的长度和宽度,可以装下一个大块头的男人。这令我想起做盲肠手术时躺的那张带轮子的手术台,不过它更加露骨、苍白和机械化。搬运车上安了七个橡胶胎的小轮子,它们灵活地旋转,靠着解剖台,停了下来。管理员还扛着一根前端套有黑橡胶筒的细竹竿。

"这是用来干什么的?"我向正认真地将竹竿立在墙边的管理员问道。

"是用来往身边拽尸体的。已经用了很多年了,挺好用的。"

管理员拿起刚立起的竹竿,双手将它轻轻支起,望向水槽。他像技术员似的满怀自信,给人一种驾轻就熟的感觉。对此,我在惊讶的同时表示欣赏。我想,他是以这份工作为豪的吧。或许有时还会帮孩子们申请参观学习的特别许可呢。不过,人就是可以对各种事物都感到自豪的啊。女学生想把文件箱放到新水槽的房间去,却露出对放置位置犹豫不决的表情。

"开始吧。"管理员将竹竿递给回来的女学生说道。女学生把它扔到了解剖台上。

尽管工作极其简单,可为了处理好一具尸体,却需要相当长的时间。然而,并不需要经常集中注意力,我一点一点适应了这份工作。

将搬运车横靠在贴有光滑瓷砖的水槽边缘,车上装尸体的台子,就与水槽平行了。我和管理员站在搬运车两侧,弯下身体选中一具尸体,双手撑起他的肩膀和腿的上部,将滴着褐色酒精溶液的尸体抬起来。尸体僵硬得犹如木材,很好应对。将尸体背朝下放上搬运车,我们缓缓地推着车,穿过解剖台之间,进入设有新水槽的房间。再同样将搬运车紧贴新水槽的边缘,抬起尸体,让他滑进白浊的酒精溶液中。尸体猛地沉了下去,随即又以平静的速度浮了上来。接着,女学生拿着从文件箱里取出的号码牌,弯下腰紧紧地抓住尸体的脚踝,对于右脚上挂有旧的木质号码牌的尸体,就在左脚的大拇指上——或者遇到相反的情况,在右脚的大拇指上——将它系牢。号码牌上用火印写着符号和数字。尸体头部插在水中,仅有脚部抬起。然后,女学生将尸体的脚踝轻轻一推并放手,尸体就迅捷地向水槽中央滑去。最后,女学生在记录本上用软性铅笔大大地写下新旧号码。

我们沉默而热心地、持续重复做着这项简单的工作。新旧水槽之间铺有瓷砖的地板上,形成了一条茶褐色的潮湿带。即便走在上边会不时打滑,吱呀作响,但我们还是推着搬运车,缓慢地往来其间,还会不时遇到极重或极轻的尸体。

有一具中年男尸,轻得令人难以置信。男尸在新水槽中轻轻浮起,为了挂木牌想要抓住他的女学生,却露出了不知所措的表情。看到此景,我才发现那具尸体只有一条腿——因为我几乎从不注意横卧在搬运车上的尸体。尸体都是相似的,没有一具拥有令人兴趣强烈的个性。纵使戴上口罩,强烈的酒精气味和沉淀其中的黏稠的死者之味,也会侵入进来,有时甚至达到难以忍受的地步。因此,我们都是边把脸背对尸体边搬运。所以,当尸体的胳膊从搬运车中伸出挡住解剖台时,便会弄翻搬运车。

我把一具摊开胳膊、年轻且僵硬的女尸抬进搬运车,可她像个圆球似的不稳定,马上就要滑落。管理员用双手将放在水槽边缘上的尸体胳膊折弯。胳膊发出木头般的声音,反抗着,随后被交叉摆在裸露的下腹之上。管理员用工作服的袖子蹭了蹭额头擦掉汗珠,我则抬起下巴推走了搬运车。

当我要将那名死者沉入新水槽时,抓住的双腿竟从我沾湿的橡胶手套里滑落,令酒精溶液溅出。

"给我注意点!"管理员气愤地说,"看,有些都溅到我的长靴上了。"

女学生也一边用橡胶手套掸掉溅到工作服上的酒精溶液,一边用责备的眼神看我。

"太滑了。"我说,"虽然我攥得紧紧的……"

"比较新的是挺滑溜。"管理员说道。他正瞪着眼睛,认真注意着沉入水槽却迟迟未浮出的尸体。

后来,管理员抓住终于浮出水面的尸体脚踝,把女学生递来的号码牌利落地系上。接着,他以落落大方的动作推动尸体时说道,"号码牌掉了的话,以后就麻烦了啊,所以别粗暴对待。"

"好的。"我回答道。不过总觉得用"粗暴"这个词有些奇怪。管理员大概不觉得"按住骨头,弄弯胳膊,发出折断似的吱嘎声"算粗暴吧。因为绝不能损坏或丢失绑在浮肿脚指头上的号码牌。

"我不会粗暴的。"单手拉着搬运车的我,欢快地说。

"要好好爱护啊。"管理员说道。

当墙上的时钟指到正午时,我们才把十名死者搬进新水槽。我们一边听时钟敲出缓慢的报时,一边将一具矮小却壮实的尸体堆上搬运车。

"整个大学只有这里有报时的时钟。"管理员说。

"真不可思议。"

"欸?"

我感到强烈的空腹感,却又有种似乎在饭前便失去食欲的感觉。

"这家伙以前是个士兵。"管理员低头看着靠着新水槽停下的车上的尸体说。

"听说他在战争结束时要逃跑,被卫兵打死了。本来应该解剖的,可停战后又取消了。我还清清楚楚地记得这家伙被送来时的情景呢。"

我看到士兵纤细手腕上的结实手掌。与其他死者一样,士兵还长着一个看起来极小的头。死者的头比活人的要小很多,让人觉得其重要性也有所减弱,还不如胸部和膨胀的腹部能引发他人切实的兴趣。不过,我硬是开动想象力,想象这个男人在活着的时候,一定会露出老实得像只有一根筋的动物般的表情。在十几年前的某个深夜,他坚定了强烈的决心。

"处理完这个家伙就去吃饭吧。"管理员说,"过来系号码牌。"

女学生恐惧自己一人被留在房间内,露出犹豫不决的表情。

"我去系吧。"

"那拜托你了!"女学生急忙把坚硬的木质号码牌递给我,一边跟着管理员走向门口,一边说道。

我在已经开始染成褐色的酒精溶液中搜寻,刚要抓住士兵的脚踝,一时情急,却将号码牌从橡胶手套的手指之间挤了出去,不知落到水槽的什么地方去了。我左手握住士兵的脚踝,在相互挤压的尸体间寻找。士兵被我的手抓着,直挺挺的。

"好想逃出去啊,因为现在才是真正的监禁状态。"

"并不是这样的呢,虽然偶尔也有做这种事情的家伙。"

真是难以置信啊,我想。

"午饭吃面包吗?"女学生仅将头从门缝里探进来说道。

"木牌掉了,正找呢。我马上过去,等我过去以后再说。"

"信不信由你,也会有亮棕色皮肤的家伙爬上台阶离开的。待在这样的地方,就会想起各种各样的事。不过,咱是静止不动的。"

木牌在士兵的胳膊和侧腹间浮起来了。我推开士兵的腰,将它捞起。士兵让肩膀咕嘟咕嘟地沉入酒精溶液,浮上来之前,还在缓慢地转动。

"无论是对战争有多清晰观念的家伙,都没咱有说服力。因为咱在被杀之后,就一动不动地泡在这里了啊。"

我看见士兵的侧腹有枪伤,也只在那里有一个呈枯萎花瓣的形状。比起周围的皮肤,要发黑、厚重与褪色。

"你在战争时期还是个孩子吧?"

我想到在长久的战争期间,自己就这样持续成长着。在成长中的那段时期,人们将战争的结束,当作不幸的日常生活里的唯一希望。我在那充斥着希望的征兆中窒息,恍如死去。战争结束后,那具尸体则在心中消化。可那颗心却如成年人的胃,会将消化不了的固体物质和黏液排泄而出。即使我并未参加过那项工作……对我们而言,那些含混非常的希望业已融解。

"咱被认定牢牢地肩负着你们的希望。所以,下次垄断战争的,就是你们了啊。"

我拿起士兵的右脚脖子,在形状绝对良好的胖大脚趾上,将木牌系好。

纵然这与我们毫无关系,可那家伙又要开始了,好像我们马上就要溺死在那徒劳泛滥的希望中了。

"你们讨厌政治吗?咱们只聊关于政治的话题。"

"政治?"

"下次是你们掀起战争,所以咱们有评价和判断的资格。"

我好像也被胡乱地强加上评价和判断的资格了呢。可是,我会死在做这些事的过程中。在那些死者里,能沉在这个水槽里的,也是通过精挑细选的少数人吧。

我注视着士兵形状良好的头部——恍若体操选手般的简洁,乱蓬蓬卷曲的头发剃得短短的。这家伙唇周的皮肤很干，上面长着一层浓密、疏于打理的邋遢胡须。当他从丹田发出洪亮的声音说话时，胡须和皮肤就会像兔子咀嚼似的动起来吧。可是，他的眼中并没有坚定感，或许还相当卑鄙呢。在检查过 F5 的号码牌正好固定在大拇指的背面后，我便松开士兵的脚踝，将他的身体用力推向水槽深处。士兵从容得如同一艘缓慢而庞大的船，仰着小小的下巴，向前进发。

管理员室里只有管理员俯卧在长椅上，旁边放着女学生的工作服和手套。

"她人呢？"我问。

"到水洗处洗手去了啊。"

我解开作业服和手套，将它们团成一团放在木椅上，走出管理员室，奔跑着穿过半圆形屋顶下的阴暗石板路。一步入到室外的阳光里，洒满新鲜阳光、空气清爽的风景扑面而来。我的身体里充满了工作后快活的生命之感。手指和掌心触碰着风，激起感官性的快乐。我感到手指上的皮肤，正在顺畅地呼吸着空气。

我走下附属医院前铺着深灰色砖的宽敞坡道。长着宽大柔软叶片的灌木，在法医学教室关闭的矮窗对面，繁茂得滴翠闪耀。步行其间，垂下的枝叶会在肩头撩拨。马路上，有一位附属医院的住院病人穿着睡衣和厚拖鞋在漫步，令人觉得像是一条游动在早春冰水中的鲫鱼。我挺起胸膛，边走边深深吸气，健康感于我的体内，数次唤起愉悦的震颤。在弯下腰重新系好鞋带的同时，我心满意足地想到自己正身处于距离那些死者遥远的远方，因为身体的柔软度是那样呼之欲出的感动和鲜活。我想，在我潮红脸颊上的双眼，正如淋湿的槠树果实一般，在散发出晶莹剔透的光吧。

坡道上，一位中年护士推着手推车超了过去，车上载着一个打了石膏的少年。我掸掉裤子上的灰尘站起身来，看到护士的肩膀在静静地上下起伏,还看到少年梳理整齐的头发闪耀着淡淡的金光。我加大脚步赶上他们,暂时与护士并肩而行,同时还想用饱含明快声音的语言,向护士和少年搭话。护士对我投来充满善意的微笑,为了回复她的善意,我微笑着用指尖轻触着少年打着石膏的肩膀。少年陷入长时间的安静沉思,大概觉得我是一位温和的兄长吧。

我就这样走了几步,仔细看向少年的脸。然而,他并非是个少年。一个中年男子正用充满焦躁与愤怒的眼神瞪着我——他的头被固定住,直挺挺地立着,额头上的青筋膨胀。我看到那双暗含男人憎恶的眼睛,被尽可能地转向他的右脸,对我怒目而视。

我呆立在原地,护士和男人前进在洋溢着明媚阳光的空气中。我茫然地站着,倦怠的疲惫于全身急剧地萌发成长。那就是活着的人。我感到活着的人、具有意识的人,他们身体的周围都有一层厚厚的黏液状的薄膜在抗拒我。因为我正涉足于死者的世界,一旦回到活人中间,所有的事情就会变得困难,而这便是最初的挫折。难道我对这份工作陷入过深,无法自拔了吗?我带着一种不祥的感觉思考着。

可是,今天下午我会一直工作,因为有领到那份薪酬的必要。我向水洗处奔去,纵使跑得侧腹开始疼痛,也没有停下来。女学生赤脚站在水泥地上,用水龙头中流出的自来水冲脚。

"怎么跑着来了呀?"女学生对气喘吁吁的我说道。

"因为我还年轻,有时就会想跑一跑。"我说。

"您真年轻啊。"女学生毫无笑容地说道。

我看向女学生宽大的面庞,皮肤发黄且厚重。她好像注意力涣散了一般,满脸疲劳的神态。我觉得她起码要比我大两岁吧。

"我的皮肤黯淡无光吧?"女学生回过头来,眼神坚定一眨不眨地对我说,"因为我怀孕了啊。"

"欸?"我说。

女学生镇静地用水冲洗着厚厚的脚面。我脱下袜子踏入水泥地,拧开旁边的水龙头,喷出的水直接冲在脚趾和脚踝上。

"你这样做行吗?而且……"我低声说道。

"不会对身体不好吗?"

"不知道呀。"女学生说。

我挽起袖子,仔细搓洗双手。女学生立刻把肥皂递给我,自己则站上了干燥的水泥地边缘,开始将脚在太阳下晾干。

"男生是不会理解我的心情的。"女学生说。

我沉默了,看着女学生用手背擦拭着她紧闭的薄唇。

"眼看着自己怀了孕的外貌渐渐变得不像样的心情,你是不会懂的。"

"我觉得我是不懂这些……"我不知所措地说。

"一旦怀孕了啊,日常生活就充满了不快的期待。所以多亏了怀孕,我的生活现在才挤得满满的,都是沉重啊。"

我从口袋里掏出宽大的手帕擦脚。"是要做手术吧……"

"是啊,所以正在赚手术费。"女学生说。

"赚得多的话,住院时就能住最好的房间,要是那样就好了。"

"我听朋友说,一做完手术就能马上骑着自行车回去。"

我们憋着声地笑着,开始走向医学院的大楼。

"如果我就这样待着,你觉得会怎样呢?"女学生说,"如果十个月什么都不干的话,相应的,我就要承担很大的责任了呢。我明明对自己活下去的这件事,都怀着如此模棱两可的感情。在我这样的性格基础上添新,便又增加了另一个模棱两可的人。这是与杀人同样重大的事啊。只是待着什么都不做,就会那样了呢。"

"你决定去医院打胎吗?是为了那笔费用才来做这项工作的

吧?"我用毫无自信的声音问道,"你不该就这样待着。"

"我是无法摆脱抹杀孩子的责任了啊。或许他拥有像摔跤运动员一样长大的权利,可我也有决定那些都是徒劳的资格吧?或许我要干的是一件错事。"

"你没打算生他吧?"

"是啊。"

"如果那样,就简单了。"

"对男孩子来说,是的呢。"女学生严厉地说,"因为不论他是被杀掉还是继续养大,都在我的肚子里啊。现在我也被他紧紧地吸附着呢。就算想打胎,伤痕也是留在我身上啊。"

女学生的烦躁就像某种能用手抓住的东西一般向飞我来,我沉默着接住了它。难以理解的部分对我而言是根深蒂固的,可在女学生的意识里,大概是久久不散了吧。而且它与我也没有任何关系。

"我掉进了穷途末路啊。决不会找到一个方法,能让自己毫发无损地从中爬出了呢。我也失去了自由,无法选择一个让自己称心如意的方式。"

"真要命啊。"我忍住了一个哈欠,一边感到眼睛发痒,一边说道。

"是很要命啊。"女学生突然用丧气的声音说,"好累呢。"

吃过午饭,留下女学生一人善后,我和管理员走回尸体处理室。两个医学院的学生和一位中年教授站在旧水槽解剖台的四周。当我们快要靠近时,教授制止了我们。于是,我们便沿水槽站着,凝视解剖台之上。一具十二岁左右的崭新少女尸体,正被摆在上面。尸体对着我,大大地张开双腿。在教授的指导下,一个学生正在给她注射色素和用于凝固血液的福尔马林溶液。

当那个手拿注射器、面向尸体俯下身的学生直起身时,才令我看到迄今为止一直被他的白衣脊背所挡住的少女性器,正毫无遮拦地呈现在我的面前。少女的性器绷得紧紧的,洋溢着水嫩嫩的生命力,坚韧、充实、健康。我被吸引住了,以类似爱情的感情凝望着它。

"你激烈地勃起了啊。"

我害羞地从那里移开眼睛,一回头便看到了水槽里的尸体。总有一种好像被他们全体执拗地注视后背的感觉,我对他们感到内疚。我催促管理员,然后抬起一具尸体,近乎粗暴地装上搬运车。

在我们正打算穿过解剖台时,我弯曲的胳膊肘碰到了学生的腰。这个脸颊白胖,从未对我有过丝毫注意的男人回过头,用尖锐的声音斥责我。

"你不会注意点吗!? 这不危险吗?!"

我一边低垂眼帘沉默不语,一边看着他胖手指中捏着的注射器。

"喂,你没听见吗?"

我抬头看向学生的脸。他的脸上浮起一丝轻微的狼狈神情,却又在顷刻间消失,接着便不再对我发难。然后,他俯身以令人可感的热情面对尸体。我一眼就看见少女长得像植物胚芽的阴蒂。当再次拉起车的时候,我思考着,为什么那家伙注视我时表现出了狼狈,还把眼睛从我这里避开呢? 这种思考,与我心底的一种阴险的不快结合起来了。那家伙看我,就像看贱民一样。我故意慢悠悠地卸下尸体,并花时间系新木牌。即便管理员着急了,我也不在乎他投向我手边的目光,还是一遍遍重复地系着木牌的绳子。那个男人一边察觉到被当作贱民的我的不快,一边向我这边看过来。随后,他失去了训斥我的心情。为了尽快从这场不快中脱身,他向尸体俯下了身,还明显刻意为之地,举起注射器,好像是为了迫使教授和同伴承认自己的情绪是正当的一般。那是何故呢? 那是怎么回事呢?

我牢牢地系好绳子,看着死者小小的脸。他的花白头发剃得很短,看起来像某种两栖动物。

"那个学生将你看成是咱们的同类了,最起码也看作是咱们一派的人。"

"是因为我把你装上搬运车运送的缘故吗?"

"也不是,不如说是因为你让自己的体内,渗入了咱们同类的表情,那是一种好似污点的东西。如果你思考一下自己最初面对管理员时感到的优越感,就明白了。"

我总觉得好像自己身体里脏得擦不干净,总觉得好像体内所有的黏膜都沾染了死者的气味的微粒,变得僵硬,令人手足无措。

隔壁房间传来开门向外走出的脚步声。我拿开贴在水槽边缘上的手,回到旧水槽的房间。管理员推着搬运车先回去了。解剖台上盖着湿湿的麻布,旁边仅留教授一人。那块麻布之下,那位性器饱含生命力的少女,开始向"物"转变。我想,少女很快就会与水槽中的女人们一样,被坚硬且向体内收紧的褐色皮肤包裹。而她的性器,也会如同侧腹和后背的一部分,变得绝不会再令人特别注意了吧。我感到一丝轻微的懊恼,停滞在身体深处。

与管理员并肩窥探水槽的教授转过头,用好像看尸体的目光,一直环视着我的周身。

"你是新来的雇员吗?"

"是打工的学生,只在转移尸体期间来工作。"管理员说。

我含糊地行礼,以消极怠工的情绪,看向教授眼中浮现出的充满好奇的神情。

"欸?打工?"教授动了一下向两侧张开的、血色红润的耳朵说道,"你是这里的学生吗?"

"是的,是文学院的。"

"德语系的？"

"不，我在法国文学系。"

"啊……"教授用极为满意的语气问道，"毕业论文写谁呢？"

我犹豫了一下，然后毅然决然地说："是拉辛，让·拉辛。"

教授脸上满是皱纹，像孩子似的天真烂漫地笑了。

"研究拉辛的学生竟是运尸体的。"

我咬住嘴唇，一言不发。

"你做这种事，是为了什么呢？"教授虽然在强迫自己摆出认真的样子，却还是笑得迸出了一口气，"是这项工作。"

"欸？"我惊愕地说。

"关于尸体，你也有学术研究的兴趣吗？"

"我想要赚钱。"我装出直率的样子说道。

接着，正如我预想的那样，教授的内心发生了某种冲突，无法顺利地进展下去。他表情僵硬地说：

"干这种工作，你不惭愧吗？在你们这个年龄，也不会觉得自豪吧？"

我思索着，与活人谈话为什么这么难？只会往意想不到的地方发展，似乎还伴随着一种徒劳感。要穿过教授身体周遭的黏膜，用手真切地触碰到那具富含脂肪的身体，总感觉是极其困难的。我一边感到体内弥漫着疲惫，一边不知所措地沉默了。

"欸？怎么了？"

我抬头看见教授那张充满嫌恶的焦躁的脸。管理员站在他背后注视着我，脸上也显露出轻蔑的表情，我被一种强烈的无力感捕获了。这个反应是最沉重的，是一个难以理解的、无法解开的结啊。假如将活人当作交流对象，是绝不能说这些话的。

我拿起竹竿向水槽俯下身，想将那具在靠墙的盖板下的男尸拉到近处,可男尸一动未动。他的脖颈强健,半面背朝向这边,几近下沉。我一边感受着管理员和教授投射在后背上的目光,一边将竹竿插入尸体下方,想把它顶上来。然而,尸体却无比沉重。要怎么办啊,完全想不到是哪里卡住了。他为什么这么重呢?

管理员走过来,从我手中拿过竹竿,将它深深地挤进尸体的腋下,轻轻地转了两三下。尸体无力地浮上来了,像是要将竹竿顶回去似的翻了个身。

"你没一次能干好的啊。据说现在的学生都这样。"管理员说。

我倔强地面向水槽俯下身,等待死者的靠近。依旧可以感到自己的后背和脖子上纠缠着教授执拗的视线。死者伸着下巴靠了过来。他胳膊上的肌肉,僵硬得像是那种举起沉重货物的男人的肌肉。在我粗暴地抓住他肥胖的肩膀时,溅起了一些酒精溶液。

"再好好抓牢啊。"管理员推脱责任似的说道。

不过与早上相比,我已经操作得相当熟练了。女学生一回来,便开始顺利展开工作,效率比起上午,提高了不少。管理员将墙壁一侧快要下沉的尸体,用竹竿极其巧妙地拉过来。又将聚集在新水槽入口一侧的尸体推分散,方便接下来尸体滑入的操作。将近三点时,橡胶工作服内的身体开始出汗,接触手套的手背也在发痒。我时不时地到走廊上,脱掉工作服擦拭身体。可一这样做,马上就有凉飕飕的空气从脖子里钻进来,冷得让人打颤。我不顾空气深处沉淀的味道,多次摘下口罩,张大鼻孔地吸气。

工作顺利地进展着,我们沉默地继续干活。不过,偶尔会由于要去卫生间而暂停。那时,我们会脱下工作服和手套一起走向走廊。用时最长回来最慢的,是女学生。她跑着返回后,对走廊中无所事事地等待的我,低声说:

"男生真方便啊。"

"欸?"我说。

"上厕所多简单,不像女人,那么麻烦。真讨厌啊。"

我含糊地点点头,避开了想要加入我们谈话而靠近的管理员,步入房间。女学生为了将嘴靠近我的耳朵,一边固执地贴近身体,一边说道。

"在厕所里一蹲下啊,总觉得我露出的屁股,被那些死掉的人撑起来了呢。像是他们密密麻麻地聚集在我的身后,盯着我看一样。"

我近距离地看到了女学生带有浓重黑眼圈的眼睑和脸颊上粗糙的皮肤,感到疲惫就像一件淋湿了的厚重外套,包裹住我的身体。然而,我却低声地笑了。

"还有啊。"女学生自己也仅是发出声音地笑,她垂下粗粗的睫毛说道。

"在我腹部皮肤下厚厚的地方,有一个由软骨和黏液状的肉组成的硬块。那是个用肉做的细绳连接起来的、又胖又小的硬块,而且我能感到它似乎与水槽里的人们很像呢。"

"你是太累了吧。"我对女学生束手无策地说道。

"他们的确都是人,可他们并没有将意识和肉体混合起来吧?虽是人,却也不过是肉和骨头的结合物。"

我认为,他们是被称为"物"的东西,虽然他们是人……我装作不能理解女学生的话,开始套上工作服和手套。我觉得,女学生恐怕是出于疲惫,才变得多话的吧。她的过度亲昵,令人棘手。

"这不过是一时的想法。"女学生也一边将胳膊伸进工作服的袖子,一边用失去兴趣的声音说道。

"一时的想法啊。"我也冷淡地说。

"喂!"管理员在新水槽的房间里喊道,"新号码牌只有这些了吗?能过来看一下吗?"

女学生跑了过去,过于肥大的靴子发出吧嗒吧嗒的声音。她在酒精液滴落而成的褐色带状区域上脚一滑,样子非常难看地倒下了。爬起来时,女学生咬住嘴唇,露出好似恐惧游走全身的表情,沉默不语。原本涌到我嘴边的笑意,突然间便消失了。

下午五点,我们将所有漂浮在表面的死者都转移进了新水槽。在负责放出酒精溶液的附属医院勤杂工到来以前,决定暂时先在管理员室内休息一下。开始下雨了。礼堂的钟楼,在傍晚的空气深处被雾气包围,像一座城堡。图书馆的砖墙上,也笼罩着一层半透明的雾气的膜,极像是发了霉。我和管理员吃了很多带馅儿面包代替晚餐,而女学生却几乎没吃。我们看着下个不停的雨,沉默地度过了饭后时间。我感到自己的胃,在消化蠕动。

"您有孩子吧?"女学生突然问道。

"欸?"管理员惊慌失措地说,"有啊,怎么了?"

"在怀孕初期如果遇到巨大精神冲击的话,是不是不好?比如说见到奇怪的东西……"

"是不好吧。具体的我不太了解呢。"管理员沉思了一下说,"然后呢?"

"没什么。"女学生急忙说道,"什么事都没有。"

"咱有孩子不奇怪吧。"管理员以疲惫不快的声音说:"我大儿子都结婚了,也有孩子了呢。"

尽管女学生装出一副对管理员孩子的话题感兴趣的模样,却并未将他的话听进去,而是露出一脸沉溺于自己想法的表情。

"咱第一个孩子出生时,那感觉太不可思议了啊。"管理员说,"咱的工作是每天巡视十几个死人与接收新的尸体。这样的咱,生出了一个崭新的人,太不可思议了啊。感觉就像是在做一件徒劳无功的事。因为咱一直都在看着尸体,所以清楚明白各种事情的徒劳之处。就算孩子生病了,我也没让医生来看看。不过,孩子也健壮地成长起来了。如今,孩子又生了孩子,咱有时都不知道要怎么办才好啊。"

女学生沉默了。管理员打了个哈欠,让泪水湿润了眼球,表情非常疲倦地面向我。

"哎,见过各种各样的死人,就没法热衷于孩子的成长了。"

"大概如此吧。"我说。

"在大儿子出生的那年咱系上木牌的尸体,至今还一动不动地沉着没褪色呢。没法热衷啊。"

"对谁?"

"对谁都没法热衷呢。"管理员说,"哎,有时候也会感到生存的意义。像你们这样的年轻学生,在这个房间里工作的感觉如何?感觉奇怪吧?"

"有时也并不是没有奇怪的感觉。"

"看过那些以后,就算怀有希望,也不会动摇吗?"

"我没有希望。"我低声说。

"如果没有希望,"管理员激动地说,"为什么要来上学呢?这里竞争激烈,也很艰难吧。进了这所学校,却连这样的兼职都做,为什么还要学习?"

我盯着管理员疲惫的脸,他也注视着我。他唇色糟糕的嘴唇在颤动,嘴角两侧堆上了一些小小的唾沫星子。我想,谈话最终还是要进入麻烦的地方了啊。无论何时,一旦进入这样的状况,就会变得乱作一团。根本无法说服对方,特别是很难令这样的男人理解,可让他理解,又有什么意义呢?何况,如果向这种男人解释,就算讨论持续到大脑像唱歌唱过头的嗓子那样发干发热。在那之后,我也还是那个我。而且,在一种极度模糊不清的状态中,首先发觉的,就是要搁置这项不得不说服自己的棘手工作。于是,这一切便化为一种如同难以忍受的慢性消化不良般的心情。受到损害的,就总是我了。

"欸?怎么回事?你还没到公认已经绝望了的年龄啊。别说出这种像是怪异的女校学生说的话啊。"

"不是那样的……"我毫无自信地说,"是没必要怀有希望。我是规规矩矩地生活和好好学习的,而且每天都过得很充实。我也不是偷懒的人,也花费时间去认真学习学校课程。由于努力学习,每天还会因睡眠不足而感到乏力。不过,这样的生活并不需要希望。除了小时候,我都不曾怀有希望地活着,也没有必要。"

"你有点虚无。"

"我不知道是不是虚无。"我对女学生沉默着丝毫不关心我们而感到焦躁地说道,"我是学习最用功的学生之一,我没空去抱有希望或绝望。"

"不明白啊。"管理员说。

我缄口不语,精疲力竭地将身体靠在椅背上。自己原本就没打算说这些事。对我而言,也不像是没找到具有说服力的话,我以失落的心情思索着。

女学生突然站起来,走到房间的一角在手帕中稍微吐了一下。我追上去,用手掌轻拍女学生抽搐的后背。女学生扭了一下背,避开了我。然后回过头,用湿润的眼睛仰视着我说:

"我总觉得身体有些异样。刚才不是在地下室摔倒了吗,会不会是因为那个呢?"

"欸?"我说道,声音被喉咙缠住了。

"下腹周围被勒得好难受啊。"

"快去找护士来。"管理员说。

在管理员让女学生坐到长椅上的时候,我急忙走出房间,奔跑着爬上通往医学院护士休息室的台阶。干燥的舌头抽动地碰触着牙龈,我感到整个后背开始冒汗。一开始给我拿工作服的中年护士,正将成把的拖布放在地板上重新捆扎。我停止奔跑,却无法抑制住橡胶长靴在走廊的石板地上发出的粘连状的响亮声音。身体深处有一种难以控制、势头猛烈且热血上头的含混情感。

"打工的同伴身体有些异样。"我低头看向护士满是斑点的光润小脸说道。

"怎么了?嗯?"护士伸长脖子,露出颜色糟糕的牙床说,"同伴,是那个女孩子吗?"

"请来一下吧。"我说。

与护士一同走下台阶时,我低声说:"据说是怀孕了。因为今天下午在地下室的瓷砖上摔了一下,所以大概是这个缘故……"

"这事很严重啊。"护士说,"真是件讨厌的事。"

是啊,是件讨厌的事,我想。就这样被牢牢地缠住了,令人难以忍受。女学生小鼻子的四周,满是冒出的亮晶晶汗珠。弯着腰,慢慢直起身来。她露出因过度疲劳而有些迷糊的糟糕表情,我的心紧紧地提着。

护士一边将白皙干燥的手掌放到女学生的额头上,一边说:"怎么样了,难受吗?"

"嗯,有一些。"女学生用有些变调的稚气声音说。

"请来一下休息室,医生会过来看看的。"护士对我说道。她从管理员的身边快速地擦身而过,走了出去。管理员靠着门注视着女学生,看起来好像担心得手足无措。

"能走路吗?"管理员对我说。

我摇摇头,撑住女学生的肩膀,慢慢地走进走廊。可女学生却马上要弯腰蹲下。于是,我用尽力气扶住了她环抱肩膀的胳膊。在开始上台阶的地方,我感到女学生紧咬牙关忍住了呻吟。我任由她弯着身子。她在手帕上吐出了些许胃液。她将弄脏的手帕就地扔掉,直起身后向我转过脸,让我看到了她歪着的嘴。

"现在啊,就是此时此刻,我想把宝宝生下来了呢。一看到那个水槽里的人啊,就觉得,哪怕是个死婴,一旦生出来了,就肯定会有清爽的皮肤,总觉得这种想法难以抑制了呢。"

真是的,这个女学生是着了道了,我思索着。

"你这是自找麻烦呢。"我说。

"是掉坑里了,"女学生喘着气说,"我想也是这么一回事了吧。"

护士在休息室旁边的小房间入口处等待着。我站在走廊里,注视着女学生被带入房间。随后门关上了,交接完毕。

我刚回到管理员室,就来了两个身穿医院制服的勤杂工,他们坐在长椅上吸着烟。管理员倚在窗框上,正与一个像是医学院副教授的年轻男子谈话。尽管我觉得他们是来放出酒精溶液的,可勤杂工们却在无聊地吞云吐雾,而副教授却在和管理员焦躁地讨论着,情况有些奇怪。我走近管理员他们。

"是办公室弄错的。"副教授好像叮嘱一般地说,"决定的是,将旧尸体全部运到尸体焚化处火葬。这是医学院教授会议正式决定。你的工作就是今天白天预先整理好尸体,再装上焚化处的卡车吧?我以为全都准备好了,才带他们俩来的。"

管理员狠狈得面色发青。"这样说来,新水槽是干什么的?已经打扫好了重新倒入酒精溶液,就那么放着吗?"

"是用来收纳新尸体的。你先试着想想,将已经不能使用的旧尸体,特意搬到新水槽里,不是毫无意义的吗?"

我看到管理员如同被逼至绝境的小动物一般,用极具绝望、充满敌意的眼神怒视副教授。管理员握紧拳头,嘴唇周围沾满了唾沫星子,用好似吼叫的声音说道:

"说什么旧得不能用的尸体……可看管了这个水槽三十年的,是咱啊!"

"不能用啊,是就医学角度而言的。也就是说,即便用了,也不能期待会得到准确的效果。"副教授并没有将管理员当作说话的对象,毋宁说,他是一面转向我这里,一面这样说道。

"而且医学院不愁没有新尸体,所以这次才决定先把旧尸体全部处理掉,文部省也拨下了预算。"

管理员沉默不语,垂下眼皮思考着。

"总之,不先开始工作吗?"一个勤杂工一边用靴子踩着烟头,一边说道,"虽说没做准备,可是焚化处已经预约好了,卡车也都开来了啊。"

"请您开始工作吧。"副教授说着对管理员回过头,"嗯?不是没办法嘛,办公室早就关门了,而且明天文部省要来视察。"

沉默着的管理员拿起工作服,我们一起走下通往地下室的台阶。勤杂工肩上担着的手压式吸水泵和橡胶皮管,它们持续撞击在楼梯扶手上发出闷响。我想,如果照刚才的话来说,我们这是做了无谓的劳动啊。假如弄错了的是办公室,打工的报酬应该还是会发的吧?好像变得麻烦了啊,也许在时间计算等方面有些不划算。我追上副教授问道:

"虽然今天干的是把尸体运到新水槽里的工作,但是从我一开始在办公室申请打工的时候,就是这样说的呢。"

"我不知道办公室说了什么,可那样的工作就是无用的吧?运往尸体焚化处的事情是之前就约定好了的。"

"但是弄错的是他们,所以还是会如数发放工钱的吧?"

"指的是做了这件完全没必要的工作吗?"副教授冷漠地说。

"我不知道,你应该试着问问管理员啊。"

我回头转向故意缓慢走下来的管理员,可他却一言不发地把他看似烦躁的脸,背了过去。

"太过分了啊。"我说。

"你先暂时帮忙搬出尸体吧。然后再与办公室交涉报酬的事情。"副教授说。

"但是,一开始和我约定的是,工作到晚上六点,超时的部分是不可能给加班费的。"

副教授对我的话没有作答,他迅速戴上口罩后,按下了尸体处理室入口的开关。灯光下,漂浮在新水槽里的尸体的皮肤失去了僵硬收紧的感觉,有些肿肿的。而且他们比在天窗射下的阳光中,看起来更加地丑陋、疏远。

副教授走近水槽,弯下身子说:"喂,来看看这里,新的酒精溶液是不是完全变色了?"

他转过来的脸上,因愤怒浮现出了斑驳的红潮。接着,他对没有回答的管理员,语气强硬地说:

"喂,其中有你的责任吧,这可关系到你的去留问题。明天以前要再换一次新的溶液,可如果来不及的话,就是你的责任了啊。至于溶液的费用,告诉你,可不便宜呢。"

"算上换溶液的活,恐怕明早以前都没把握干完啊。"

一个勤杂工说道。

"没把握什么的,说得很让人困扰呢。"副教授对刚才的话施加压力,他说,"明天早上就是文部省的视察。在那以前,一定要把两个水槽都清理好,重新换上溶液。"

"我来负责吧。"管理员低声说道,他的声音仿佛在喉咙深处被压垮了一样,"我负责任总行了吧?"

"这样吗?"副教授耸耸肩,更加冷漠地说。

我们不得不穿上工作服戴好橡胶手套,开始搬运尸体。两人一组抬起尸体运到走廊里,再用通往医学院解剖学教室的电梯运上去,然后在尸体装运口,将他们装到已推出载货架的焚化处的卡车上。虽然卡车上还有其他的勤杂工帮忙,但由于工作本身困难,即刻便令人气喘吁吁。我感到自己浑身是汗。雨变得像雾一样细,固执地下个不停。向卡车上装尸体时,雨水淋湿了我从尸堆出口探出的脖子和脸颊。要将尸体顺利地装上卡车的载货架很难,勤杂工们手一滑,就有一具尸体侧翻到地上。

"给我装得爱惜点。"管理员用愤怒颤抖的声音吼道。

"这些家伙还真是奢侈品呢。"勤杂工低声说。

已入深夜,虽然我们热情地继续工作着,却进展得并不顺利。副教授坐在解剖台上,抱着双臂,心情不快地注视着我们干活。管理员犹豫了一阵之后,用卑躬屈膝的语气对他说:

"能打电话给附属医院,多派几个勤杂工过来吗?就派剩余的人来……只有这些人的话,实在干不了。"

"你打电话吧。"副教授说,"这个房间里的工作,是由你负责的吧?"

管理员怒上心头,却又唯唯诺诺地缩着肩膀爬上通往办公室的台阶。

我看到副教授好像并没有与我搭档、继续干活的意愿,就跑上台阶,前往女学生睡觉的房间。

一开门,护士不在。女学生向我回过头。她裹着毛毯,缩成小小一团,躺在长椅上。

"怎么样了?"我问。

"还不知道,听说大夫们都忙得乱糟糟的。据说是因为明天有文部省的谁要过来。"女学生皱着眉头说,"护士帮我去附属医院看看了。虽然不难受了,但就是站不起来啊。"

"一直都是你一个人在这等吗?"

"没办法啊。"

我把一张木椅子拉到长椅边坐下,然后说:

"办公室好像出错了呢。我们白天干的活好像都白做了。勤杂工从医院来了,要把所有的尸体都运走。"

"要怎么处理呢?"

"说是要火化。"

"那么,"女学生用软弱无力的声音说,"我们将他们运进新水槽,还系上号码牌,就完全没有意义了呢。"

"真是件可笑的事啊。"

女学生扭过身子小声笑着。笑声撞在狭长房间的墙壁上,引起短暂的回声。我也笑了,但笑声黏在喉咙的四周,无法发出来。我给女学生重新盖好从她身上滑落的毛毯。女学生的身体在我的臂弯中,一抽一抽地痉挛,笑声好像在她的皮肤之下屏住呼吸地奔涌。

"我还一边记入账本,一边将新旧号码并排连线呢。"

随后,新的笑容让女学生的脸涨得通红,不过并没有笑声,马上就消失了。

我站起身来说:"我既不知道明早之前是否能干完装卡车的工作,也不清楚我们工钱的情况。"

女学生皱了皱眉头,露出了像是冷得冻僵的表情,脸上的笑容无影无踪。

"您发出的味道啊,"女学生突然这样说着,背过脸去,"太浓了啊。"

女学生固执地仰起头,望着天花板。我低头看到她粗壮的脖子有些脏,忍住了"你也有味道呢"这句话。

女学生露出十分衰老、筋疲力尽的表情,令人觉得她像一只患病的鸟。我无法容忍自己露出这样的表情。

"你出去啊,我讨厌这味道啊。"女学生说。

我被汗水濡湿的身体,开始发冷了。所以我便用工作服的领子包住喉头,走出房间。

在解剖学教室前,我遇到管理员正弯着腰飞快地走过来。他靠近我的身体,用无力的声音说:

"据说因为是下班时间,已经不可能有勤杂工过来了。以这样的人数,很难在今晚完工。"

"没办法啊。"我说。

"你还记得吗?一开始在办公室给你说明工作的不是我,而是管事务的那个家伙,要记好啊。"

我含糊地点点头,拿开管理员放在肩头的沉重手掌,进入解剖学教室,走向尸体装运口。

透过阴暗的窗口,能看到无数死者的脚心。它们苍白地浮在重叠了数层的卡车载货架上,非常疏远。即便我屏气凝神地仔细望去,也由于昏暗,没能看到死者脚趾上系着的木牌。

电梯发出低低的转动声,缓缓地升起来。勤杂工们过来搬出尸体。他们从装运口将尸体像搬箱子一样搬出来。结实的手臂从灯光照不到的黑暗空间里伸出来,撑住尸体,并将它塞进卡车货架。死者的身体稍稍活动一下,脚底便会呈扇面状打开,变得安稳下来。

"喂,别偷懒啊!"一个勤杂工对我说道。

"嗯?"从卡车货架下传出气愤的声音。

我步入走廊。

我想,今晚我不得不一直干活了吧,还是一项被认为极度困难、麻烦、能累断骨头的工作。而且,为了让办公室付薪,我还必须亲自去交涉。我势头强劲地跑下台阶,可那股涌上喉头、膨胀不已的厚重感情,每当我要将它咽下之时,又会固执地顶上来。

李硕 译

他 人 之 足

　　我们,在黏液质感的厚实墙壁中,规规矩矩地生活。我们的生活,虽然处在吊诡的监禁状态之下,完全与外界隔绝,可我们既不打算逃走,也不热衷探知外面的消息。对我们而言,外界可以说是不存在的。我们在墙壁之内,充实、愉快地生活着。
　　我从未尝试触碰这堵厚实的墙壁,不过毋庸置疑的是,它严严实实地封闭着,把我们监禁其中。尽管身陷强制收容所,可我们决没有在那堵黏液质感的透明墙壁上划出深刻的裂口,然后企图逃亡。
　　脊柱骨疽病患者的疗养所,建造在近海的高原上,这里是它的未成年患者病房。十九岁的我最为年长,其次是十五岁的、唯一的一名少女,余下的五名患者均是十四岁的少年。我们的病房由单间和日光大厅组成,每两人分配一个单间过夜,白天则在宽敞的日光大厅排好躺椅,晒日光浴。我们是安静的孩子,在一动不动地将身体的皮肤晒成褐色的同时,不时窃窃私语、悄声暗笑,抑或静默无声。在漫长单调的时间里,除了偶尔大声喊叫让护士送来便桶,我们始终一动不动地存活着。
　　我们将来能够行走的可能性近乎为零。恐怕正是出于这个缘由,院长才把我们聚集到一栋与成人病房隔着一片广阔草地的独立病房,意图打造出一个特殊社会的雏形,实际上也颇为成功。彼时,除了一名十四岁少年以复杂的方法自杀未遂,而后躲在日光大厅的角落一声不吭之外,大家都一直快乐地生活着。

然而,我们的快乐却是被赐予的。它或是源于照管我们的护士对弄脏床单和内衣的担忧,或是出于她们小小的好奇心,尤其在迄今为止的惯例中,我们被给予了一项简易的快乐。我们当中时而有人,白日里让负责的护士把装有轮子的躺椅推回单间,大约二十分钟后,便随着面泛红潮的护士,洋洋得意地归来。我们则以暗自窃笑来迎接他。

我们悠然自得,不问时日,满怀愉快地生活着。可是,当那个家伙到来后,一切都发生了渐微而执拗的变化,开始逐渐浮现出外面的世界。

五月的某个清晨,那个家伙双脚裹着笨重的石膏,出现在日光大厅。大家刻意无视他,继续低声交谈窃笑,他的神情十分窘迫。犹豫片刻之后,他向身旁躺椅上的我搭话。

"我以前在大学的文学部待过。"他低声细气地说道,"我糟蹋了自己的双脚啊。虽然三周后会拆下石膏,但结果大概是注定的,医生都会说没治了吧。"

我冷淡地点点头。包括我在内,病房里的年轻患者们,对打探、谈论彼此的病况,都腻烦透顶。

"你是怎么了?"学生抬起肩膀,好似窥探我一般说道,"很严重的骨疽病吗?"

"连我自己都记不得自己的病了。"我说道,"因为就算我记不得,这病也将不离不弃地跟我一辈子的。"

"没耐心可不行哟。"护士凭靠在我的躺椅背上说道,"别说得那么草率,耐心坚持下去呀。"

"就算我不够耐心,我的脚也有十足的耐心啊。"

"我跟你搭话,让你不高兴了吗?"学生的声音憋在喉咙里。

"欸?"我惊讶道。

"因为我还不大习惯。"

"你们要好好相处哟。"护士说道,"从今晚开始,你们俩睡一个房间。其他人都是小孩子嘛。"

一名少年用手转动着巨大的车轮,将装着轮子的躺椅挨了过来,然后说:

"你看过我的血液检查表吗?"

"没有。"学生不知所措地说。

"就贴在入口的门上哦。"少年若有深思地说道,"我啊,接受了六种检查,但每种都是阴性。医生失望地说,'光坐在房间里的躺椅上的话,是得不了性病的。'"

这个屡屡重复的笑话令大家窃笑不止,护士也发出下流的笑声,但学生却满颊发红,紧咬嘴唇沉默不语。

少年移动轮椅向同伴的方向归去,同时还故意大声地嚷嚷着。

"是个奇怪的家伙哟,都别笑了。"

于是,压抑低暗的笑声再度响起,少年刻意绷着脸,摆出愤愤不平的神色。

与学生同屋过夜,让我觉得颇为麻烦。那日午后,学生一言不发地陷入了沉思,而我从晚饭过后直到被挪进同一处的病房之前,依旧继续着与往常一样的日子,无所事事地注视着草地上的太阳光晕。不过,在我意识的幽深角落里,却一直挂念着学生。

护士用套着被单的毛毯将我裹好,然后走近学生的床。

我看向护士晃悠悠的赤褐色头发的另一侧,注视着学生赤裸腹部上的白色凸起。

呵欠犹如小小的梨子凝固在咽喉深处,无论如何也打不出来。

"住手,"学生激动地说道,"住手。"

学生气喘吁吁,脸上的皮肤因羞赧而显得发厚。护士感到十分意外地从他的下腹抬起脸,噘起松软濡湿的嘴唇说:

"我想让你的身体,一直都干干净净的呀。现在完事的话,就不会弄脏内衣了。"

学生喘着粗气,一言不发地盯着护士看。

"哎呀,您瞧瞧。"护士俯视学生的下腹说道,"你可真是不诚实呀。"

"给我盖上被单。"学生的嗓音因屈辱变得沙哑。

护士将毛巾丢入金属制面盆,走出房间。随后,学生开始小声啜泣。我小心翼翼地压住犹如虫豸一般从喉咙深处溢出的笑声。片刻过后,学生语音含混地说:

"喂。你醒着吧?"

"是啊。"我睁开眼说道。

"我被当成狗一样对待。"学生说道,"虽说小时候,我也曾做过逗狗发情供自己玩乐的事,可如今被硬逼着发情的却是我。"

真是异常孤独的心情啊,我这么想着,朝学生的方向转过身说道:

"你大可不必在我面前感到羞耻。我们所有人,都是被护士这样对待的,这是惯例。"

"这种事是不对的,"学生说道,"我受不了这种惯例。"

"这样啊。"我说。

"你们也是,对那种事情怎么能逆来顺受啊。"学生热心地说道,"明天,我要在日光大厅给大家说说这件事。我们应该有不断改善生活的观念。我觉得日光大厅的氛围实在令人不堪忍受。"

"还会组建政党吧。"我说。

"是的,"学生说道,"我要组织一个集会,与大家探讨这座疗养院的生活,商谈国际局势。说不定还会就战争的威胁进行对话。"

"你说战争?"我惊讶道,"那种事情,可跟我们无关啊。"

"怎会无关?"学生发出惊讶的声音说道,"我从没想到,与我同时代的青年会说出这种话。"

我心想,这个男人是从黏液质感的厚实墙壁之外的外界来的,外界的空气紧紧地萦绕在他身体的周遭。

"我会一直以这个姿态活个几十年,然后死掉。"我说道,"没有哪个家伙,会把枪塞到我手里。战争,是那些踢得了足球的青年们的事。"

"不是这样的。"学生焦急地打断我,"我们也是有发言权的。我们也必须为了和平站起来。"

"可脚动弹不了呀。"我说道,"就算想站起来,我们也不过是一群漂泊到这栋病房的遇难者罢了。不会知晓大海彼岸的情形。"

"你这种想法太不负责任了。"学生说道,"我们有必要联起手来,团结成一股力量,然后呼应医院外的运动。"

"我不会与任何人联手。"我说道,"那些能够站立行走的男人,跟我毫无关系。还有那些与我同样无法行走的家伙们,他们是我的同类,会在酣睡之中用身体执拗地相互磨蹭。我们有着同样的表情,同样地讨人嫌弃。我拒绝同他们联手。"

"既然是同类,难道不是更应该团结吗?我们是站在同一条阵线上的。"

"贱民的团结,残废的互助。"我的喉咙因愤怒而鼓起,"我可不会干这么可怜的事情。"

学生虽然露出不愤的表情,却被我汹汹的气势压倒了,变得一言不发。我卸下金属床框,取出瞒着护士偷藏的安眠药迅速服下,闭上眼睛,胸中的心脏在剧烈地跳动。护士进来了,一边一如既往地如鸽子般含笑,一边将手伸向我的下腹,可我在半梦半醒间制止了她。我想,在那家伙克制自己的欲望时,我也要克制自我来监视他。护士熄灯离开后,我仿佛在松软的黏土上挖了一个洞似的,钻进自己的梦乡。

翌日清晨,学生开始了他的运动。他与四周躺椅上的少年们热情攀谈,在夹杂着轻微揶揄的冷漠中与人应酬,却决不会陷入冷场。整个上午,他推着躺椅的轮子来回移动,亲切地与人攀谈着。午餐过后,有人悄悄公开了从护士口中得知的情况。学生昨夜断然拒绝了大家平日习以为常的那份小小快乐。少年们一阵低声窃笑之后,似乎对学生产生了一点兴趣,渐渐聚集到他身边。傍晚时分,少年们将躺椅摆成圆圈,围绕着学生,与之交谈。其中还有平常只阅读养花书籍的少女骨疽病患者。

可是我却避开学生,静静地躺卧在日光大厅的一隅,凝望着天花板上某个形似骆驼头的污点。我对这种不可思议的孤独感到束手无策。直至昨天,我还能为一整日的缄默不语感到充实,今日却仿佛喉咙发热,蠢蠢欲动。

我与身旁自杀未遂的少年搭话,他和我一样疏离学生的圈子,默默地阅读关于吸血鬼的书。

"吸血鬼,可怕吗?"

少年双眼四周布满乌黑的阴影,他慢吞吞地歪了歪瘦削的脸庞,看着我点点头。若是平时,少年理应会装作听不见我的话,继续看书。

我想,不论是我还是他,都十分在意学生的聚会。他身边的少年们时而热情说话,时而怯生生地笑。

"吸血鬼是很可怕的呀。人被吸血的时候是没有感觉的,太可怕了。"

"吸血鬼的传说,也有各色各样的。"少年深思着用沙哑的奇妙嗓音说。

"有时,我觉得要是吸血鬼来了也挺好的,就开着窗户睡觉。"我说道,"可笑的是,一想到巨大的吸血鬼揉捏着我像婴孩手腕一样干瘪的脚,拼命地吸吮,我便怕得像身体都四分五裂了似的。"

我低声地笑,但少年却没笑。我回头望去,他正紧咬着嘴唇。我瘫软无力地一头倒在躺椅背上,发出微弱的声响。学生与少年们屡屡欢笑,那笑与平日里羞涩猥亵的笑有着微妙的差别。那家伙,那家伙,高明得令人嫌厌,我心有不快地想。

"政党组建的情况怎么样了?"那天夜里,我向回到单间的学生打听。

"大家要是认真地听了我的话,"学生严肃地说道,"大家的生活肯定会有所改变,一定。"

"还要进行选举吧。"我说道,"可以把扩音器从医院的办公室借来。"

"我希望你也能加入我们的团体。"学生毫无气愤地说。

我在床上动了动身子,下腹和紧挨腰部关节下方的皮肤又疼又痒。我一面咯吱咯吱地搔抓腰和下腹,一面回想学生的话。真是纠缠不休的家伙,连我都要拉拢,我心想。

"归根到底,这里必须恢复的,就是正常的感觉。"学生说道,"要坚信我们也是正常人的想法。这样的话,就不会对各种事情产生异常反应了呀。"

"可我们并不正常,难道不是吗?"我说。

"只要相信自己是正常的就行了。"

"真是自欺欺人。"

"我不这么认为。我觉得如果大家认为自己是正常的,日常生活的自尊心就会随之恢复,生活也会变得井井有条。"

两名护士提着便器进来。我被头发染成栗色的大个子护士轻轻松松地抱起,跨坐在便器上,自己的尿骚味扑面而来,臭气熏人。

矮个子的护士用短小的手掌支撑着学生剥光的屁股,小心翼翼地注视着下面。

"了不起的生活自尊心哟。"我说。

学生跨坐在便器上,勉强回过泛红的脸,说道:

"没错呀,恢复自尊心是很有必要的。"

"真讨厌,可别洒出来了呀。"抱着学生的护士说。

我轻声笑了笑。护士把我放回床上,她的鼻孔由于用力抽动而鼓胀起来。

翌日,自杀未遂的少年因为要与前来探望的双亲相见,被搬到普通病房去了,所以我只得独自一人横卧在房间角落,望着学生的集会。学生让护士买来几种日报,向身边聚集的骨疽病少年们,一边朗读一边讲解。由于小说较之报纸更有趣,猥杂的空想也更有意思,所以我们以前从不读报。每日登载着交通事故死亡人数的报纸,跟我们有什么关系。可如今,学生身边的少年们却没出息地张着嘴,听得认真入神。学生对苏联大学的制度做出了细致的说明,他兴奋的声音令我烦躁不已。这座病房里唯一的一位少女,靠在学生躺椅的扶手上,凝望着学生不停开合的嘴唇,目光仿若是妹妹在凝望着温柔的哥哥。这也令我焦躁不堪。

浅浅的午睡过后,我仰卧的身体感到一阵燥热刺痒的奇妙感觉。身旁是同父母会面归来的少年,护士用呆板的语气执拗地对他重复同样的话。

55

"呐,拿出勇气接受手术吧。你母亲不是哭着恳求你了嘛。呐,拿出勇气来,你是男子汉吧?"

"我不要做手术。"少年顽固地说道,"我不想走路。就算手术成功,能走能跑了,我也一辈子都是个矮子。我烦死手术了。"

"呐,拿出勇气来,有病就得治呀,你可不能不走路啊。人是会走路的啊。呐,拿出勇气来吧。"

"我不要。医生不是说了吗,就算做手术也不知道能不能治好。"

"病好以后还能骑自行车哦。呐,拿出勇气来吧。"

"喂,"我抬起头,对护士说道,"别管他了。"护士从少年的躺椅直起身子,用饱含疲惫与敌意的眼神望着我。少年仿佛没听见我说话似的,热情地注视着学生们的集会。

那夜,学生一脸满足地说:

"今天,我以亚洲民主主义国家对世界发展有何意义为中心做出了讲解,竟然没人知道毛泽东啊。因此,我考虑将我们的团体命名为'通晓世界之会'。我会让人从家里送来各种资料的。"

"真热情呀。"我竭力冷漠地说道,"大家一起研究身体残疾者在社会主义国家的重生也不错呀。"

"啊。"学生两眼放光,"我在哪本杂志上读过这样的专辑,我要回忆一下,明天给大家讲讲。"

我想,这个家伙究竟是当真如此单纯,还是为了令我厌恶才故意假装天真呢。然而无论如何,他毫无顾忌的迟钝,如同一件披在身上的盔甲,将我的话全部反弹回来。我自己像历经了整日的紧绷似的,内心深处感到精疲力竭。

以学生为中心的集会似乎发展得十分顺利,少年们对学生的领导表现出的过分顺从,令我心中充满了无力的焦躁。学生来到这里才一周,日光大厅的气氛已与往昔全然不同,既听不到窃窃私语,也不见了声音压抑的猥笑。日光大厅时时刻刻都在洋溢着明朗的欢笑。护士们也会偶尔参加学生他们的集会,院长为这种气氛感到欣喜,为他们预订了好几种期刊。关键的是,我从护士嘴里透露的只言片语中确认了一件事,大家舍弃了过去从护士那里得来的、那种洁净而微小的日常乐趣。同时还察觉到,自己也为自身与少年他们经受了相同的生活变化而感到说不清的焦躁。

关于这种生活变化,学生说是由于骨疽病的少年患者们一直习惯性地认为自己的病房是一个异常的小社会,可通过学生单纯的行动,他们认识到自己决没有住在一个那样异常的小社会中。

学生一面眨巴着貌似善良无害的小眼睛一面补充道:

"我认为,正常的生活无论对谁都充满魅力,而且人的自尊也会得到恢复,不是吗?否则,社会就无法建立起来。要是你也加入我们团体就好了。"

可是,我和自杀未遂的少年并没有加入他的集会,而是继续孤立。虽然少年总在日光大厅的一隅望着学生他们,可每当学生招呼他时,他便赶紧躲进面无表情的冷漠躯壳里,装出没听见的样子。而且他终日被护士缠磨,劝他接受手术。护士也失去了一开始的热情,不过是在少年耳边习惯性地嘀咕,声音中饱含根深蒂固的执拗。

"只你一个人可能痊愈呀。呐,接受手术站起来行走吧。拿出勇气来呀,试试看嘛。又没有什么损失。"

那段时间我开始发低烧,院长诊断说是由于我最近神经敏感导致的,因此允许我白天待在单间里。白天,我一直待在阴暗的单间里,靠着解算几何题打发时间。然而我发现,每当自己听到日光大厅传来的笑声,便会找不到解题的头绪,不得不重新来过。

学生到病房后第三周的一个早晨,他被两名护士搬至分病房的诊疗室,过了中午才打着石膏回到单间。他既不与我说话,也不同护士说话,一直沉默不语地躺在床上,却似乎并未入眠,时不时地动一下身子。我竭力抑制着自己想装出漫不经心与他搭话的想法。

"我似乎没救了。"晚饭后,学生一脸疲倦地说,两眼四周布满阴影。

"医生说,我的双脚似乎真没希望了。"

我默默地点点头,望向窗玻璃另一侧的树丛,望向树丛彼方的夜空,望向夜空中仿若盈满河水的运河般倦怠而渺远的群星。

"我再也不能独自走在大街上了。"学生也同样望着窗外的夜晚说道,"一生都不能与法国人邂逅,乘船也好,游泳也罢,都做不了了。"

我感到自己头一次对学生表现出温柔的感觉。

"别想不开啊,我们肯定能安安稳稳地活到六十岁以上的。"

"六十岁。"学生声音窒息地说道,"竟然还要以这种不安束缚的姿态活上四十年。就这么在躺椅上活到三十岁,再活到四十岁。"

呻吟从学生紧咬的牙关间溢出。

我大概也会活到四十岁,我想。四十岁的我,脸上大概会有通情达理的派头,总是温和地微笑,然后被护士抱着跨在便器上。干瘪的大腿上皮肤粗糙,脂肪全无,满是污点。还真要具备足够的耐心啊。

"天空是不是看起来像运河似的?"我说道,"好像有巨大的船在里面缓缓航行一般,划出昏暗的航迹。"

"我已经失去自由了。"学生沉思着说。

我想,优美而丰沛的自由就如航船一般,在天空的运河里逆流而上。

翌日清晨,我俩彼此都感到有些尴尬。对于昨晚向我诉苦一事,学生显得非常羞愧。而且自那日开始,他比以往更热衷于团体活动,也放弃劝我加入他的团体。我照旧老老实实地待在单间里,不了解学生他们的动静,可根据我婉转地向护士打探到的消息,学生他们开始了新运动,似乎是向报纸投递呼吁禁止核武器的声明。夜里,学生回到单间也没有同我说话,而是削尖铅笔,孜孜不倦地撰写短小的文章。对此我装作全无兴趣。

一天清晨,日光大厅内分外吵嚷,激动的呼声和快活的欢笑径直传到我的耳中。我试图抑制自己,却发现只是枉费力气,于是呼唤护士把我搬到数周都未曾踏足过的日光大厅里。

我看到脊柱骨疽病的少年们围聚在学生周围,窥视着一张被摊开的报纸,愉快地叽叽喳喳。我让护士把躺椅停靠在一如既往孤零零待在房间一隅的少年边上,尽可能装作平静地望着他们的骚动。几个护士从他们身后俯看那张报纸,也发出了感叹。纵使学生声音兴奋地反复朗读,可我还是听不见。我身旁的少年焦急地竖起耳朵。

搬我到日光大厅的护士,从学生他们的集会归来,不住咳嗽着对我说:

"报纸上刊登了这里的事呀。那些孩子们投递出去的书信,被大块地登在报纸上,连大家的名字都白纸黑字一个不落地印出来了。"

然后,护士用令人难以忘怀的发音,大声念出了那份左翼报纸的名字。

"啊哟,在那么有名的报纸上占了十厘米的版面,'罹患脊柱骨疽病的孩子们对核武器表达抗议',好厉害啊。"

不知是谁在以学生为首的团体中大声呼唤我身旁的少年。

"喂,你也来呀,这上面也登了你的名字呢,快来呀。"

少年的身体猛地一颤,他奋力地撑起了上半身。护士跑到少年跟前,将躺椅拉向学生那侧。学生温和地拍拍少年纤细的肩膀,大家一齐发出的笑声填满了整个房间。我别过脸去。

午后时分,自杀未遂的少年在学生他们开朗的鼓励送行之下,被搬出了日光大厅。我想,他或许是鼓起勇气接受手术了吧。那些家伙们的胡闹,也并非一无是处啊。

然而,那天夜里,当学生开始言辞谨慎地同我搭话,我便即刻变得意气用事。这点我也不由自主。

"大家要制作文集,"学生说道,"打算投递到报社和外国大使馆。我们以反对核武器为主题团结在一起。总而言之,我很高兴能让大家知道,我们与外面的社会并不是毫无关联的。"

"报纸之所以会报道你们的事,"我用尽量冷静的口吻说道,"是因为你们是脊柱骨疽病患者的缘故。不计其数的人们一边阅读报纸,一边为你们孱弱残疾的微笑感到怜悯。他们心里想,瞧瞧,这些残疾者也在思考这些事。"

"你要是敢在大家面前说这些话,我可饶不了你。"学生的声音因愤怒而颤抖。

但是,最能从这些话感到沉重、绝望与愤慨的,却是我自己。那夜熄灯后,护士把隔壁的少女连同躺椅都搬进了我们的房间。在她将这些都在学生床边安放好并要离开时,我依旧装出熟睡的样子,一声不吭。

"高兴得睡不着呀。"少女低声向学生解释道,"我整晚都想找个人说说话呢。我们也是有能力的。"

两人久久地窃窃私语着,而我却竭尽所能地转移自己的注意力。由于取安眠药的手臂无法动弹,所以即便我内心焦躁,也只能一动不动。黎明时分,石膏发出低沉的响声,学生撑起上半身亲吻了少女。他们的嘴唇相互触碰着,发出濡湿柔嫩的声响。虽然一种温柔的情感填满了我的内心,可那温柔的深处,却包含着翻涌而上的愤怒。那晚我彻夜未眠。

翌日早餐后,学生被搬去诊疗室。直到黎明,我都睡得很浅,头皮下仿佛有虫蚁在不停爬动。我带着这种睡眠不足的情绪来到日光大厅。学生还没回来,少年们围着神色无忧无虑的少女低声合唱。

仰卧在躺椅上的脊柱骨疽病少年们的歌声,升腾至高高的天窗周围,又倾泻而下。我正迷迷糊糊昏昏沉沉地听着,歌声却戛然而止,房间一片寂静。我挪动沉重无比的腰肢,支起上半身望向宽大的窗玻璃对面。

敞开的诊疗室门前,学生在闪耀着青绿色光泽的草坪上慢腾腾地走,犹如怯懦的动物幼崽。我的心被这一幕勒紧了。学生小心翼翼紧盯草坪地走动着,行走了大约三米后,便折了回去。医生和护士,以职业性的冷漠表情望着这一切。学生抬起额头,加大了行走的步伐。阳光,是五月的阳光,从他挺起胸膛的身体里满溢而出。

掌声响起。我看见包括少女在内,骨疽病的孩子们全都在鼓掌,看起来十分幸福的模样。鼓掌的声音穿透玻璃窗户,响至窗外。可学生却一直没回头看向我们的病房。我想,那个家伙一定是害羞了,感动之情在我的喉头哽咽。那个家伙,在我们四周质感如黏液般的厚实墙壁上划出裂痕,彻底恢复了通往外界的希望,我清清嗓子想着这些,心中萌发出形态幼小而健康的希望之芽。

护士轻轻搀扶着学生进入诊疗室,阳光下响起大门关闭的声音。一阵犹如叹息般的深沉呼吸填满了整个日光大厅,随后大家便开始了吵吵嚷嚷地交谈。每个少年,都忘乎所以地发出响亮的声音,疾病发作似的猛烈地笑。少女则露出满是骄傲的严肃表情,频频点头。虽然我仍孤零零地远离他们,但心里也满是与他们相互拍打肩膀,高声交谈的念头。

我们等待着,学生却一直没有归来。护士通知我们吃午饭,可谁都没有回应她。我们继续耐心地等着。直至将近下午两点,空空的肚子令我喘不上气来,可我还在等。少年们说得累了,疲倦地倒在躺椅上,也仍在继续热情地等。我记不得自己有多少年都没尝过这种苦苦等待的艰辛了。我明明向来对时间不甚关心,如今却只知抬头盯着时钟。

日光大厅的门开了,学生身着柔和的天蓝色裤子回来了。他手握门把站着,身上聚集着许多饱含期待的目光,脸上却露出模糊不清的严肃表情,仿佛有什么不太顺利,不大高兴。

不该是这样,我仿佛遭到催逼似的想着。这到底是怎么了?那家伙竟十分冷漠。以自己的双脚站立的人,为何看上去竟不像是人?不该是这样。

学生好似抛下犹豫般地挺起胸膛,露出僵硬的微笑,向少年们走近。

少年们的其中一人,由躺椅伸出手臂,用怯懦的声音说:

"呐,能让我摸摸你的腿吗?"

安心的笑声这才填满房间。学生故作爽快地挨近少年。一开始,少年以手指抚摸学生的大腿,继而静静地用两掌磕磕绊绊地磨蹭。少年执拗地重复这个动作,一而再,再而三。我看见少年嘴巴半张,双眼闭合,倾吐着热气。

学生突然抽回身体,声音刻薄地说:

"给我住手,我说了住手。"

学生与少年们之间的奇妙平衡被打得支离破碎。自此脊柱骨疽病的少年们与健康的青年之间,便埋下了恶意的冷静。学生狼狈不堪,脸变得通红。虽然他好像试图努力找回与少年们共通的表情,可横躺着的少年们却已不愿接纳他。遭到大家排斥的学生,支起自己的下肢,挺起胸膛,摆出一副自信满满的架子。

"高志。"一个中年女人站在日光大厅入口处,傲慢地环视我们,呼唤道。

"高志,快走吧,高志。"

我瞧见那个女人坚韧粗俗的下颌,与学生的一模一样。学生回过头撇撇嘴唇,向大门走去。大门关闭时,学生向我投来犹如倾诉一般的软弱目光,而我却冷漠地背过脸去。

大门被关上了,黏液质感的厚实墙壁上的裂缝也愈合了。大家目瞪口呆,心不在焉地沉默着。护士送来了迟到许久的午饭,我们像毫无食欲的人那样,边吃边发出阴郁的声响。饭后,少女躲进了单间。漫长的午后,我们精疲力竭,茂盛草坪上建筑物的影子在不断缩小,空气变得萧索寒凉。

"喂。"我呼唤护士,"喂,送我回单间。"

我卧在躺椅上被搬出走廊时,日光大厅中响起了一阵耳熟能详、猥亵的窃笑,那是在过去数周的时间里完全销声匿迹的压抑笑声。推着躺椅的护士,在我耳边吐出温热的气息说:

"想小便吗?脸色好吓人哪。"

我一直监视着学生,到头来却发现他不过是个徒有其表的家伙。胜利的感觉涌上心头,又忽然消失,接着阴暗的空虚便悄悄地逼近了身体。我听见身后单间门关上的声音,紧咬嘴唇说:

"你想预先帮我清理一下吧?"

"欸?"护士说。

"你不希望我弄脏内衣吧?"

护士迷惑地看着我,脸上浮现出混合着猥杂与温柔的表情。

"知道啦。"护士稍稍有些呼吸急促地说,"知道啦。最近,大家是不是都有点古怪?我一直这么觉得。"

干燥冰凉的手掌开始粗暴地抚上来,护士貌似十分满足地重复道:"总觉得有点古怪哟,最近一直都这么觉着。"

陈青庆 译

饲　养

　　峡谷底端的临时火葬场,是一个仅开垦了灌木和草丛、掘起浅层土的简易火葬场。在那里,我和弟弟正用木片翻弄着发出油脂和灰烬臭味的柔软表土。峡谷已被日暮的雾气完全笼罩,那雾气清凉得仿若林中涌出的地下水一般。我们居住的小村庄,坐落在斜向峡谷的山腰上。一圈石头铺设的道路围在村落四周,葡萄色的光芒正倾泻其间。我伸了伸一直弯着的腰,无力的哈欠令口腔最大限度地膨胀开来。弟弟也站起身,在打了一个小哈欠后,冲我微笑。

　　我们放弃了"采集",将木片扔到繁茂的夏草深处,勾肩搭背地踏上村里的羊肠小道。来火葬场搜寻死人残骨,是为了找到形状合适的骨头,制成佩于胸前的徽章。然而,村里的孩子们业已将这里搜寻殆尽,我们一无所获。或许我有必要狠揍某个小学伙伴一顿,抢走他的骨头。忆起两天前,自己在这里透过黑压压并排站立着的大人们的腰间,偷看村中的女性死者被焚烧于明亮火焰中的场景:她挺起肿得像小丘似的赤裸腹部,横躺着,露出满怀哀伤的表情。我感到恐惧,牢牢抓住弟弟纤细的手臂,加快行走的步伐。如某种甲虫被我们发硬的手指肚捏住后漏出的黏性分泌液似的,死者的臭气好像又折回到鼻孔里。

　　火葬之所以不得不在我们村露天举行,是因为夏季来临前的那场漫长的梅雨,那场长时间执拗持续落下的、令洪水成为日常的梅雨。山崩一压毁村子通向"町"①的吊桥近道,我们的小学分校便关闭了,连邮件都滞留了。村里的大人在迫不得已时,才顺着山脊走上那条泥土松散的狭窄小路,摸索到"町"里去。因此,向"町"上的火葬场搬运死者,也便难以想象了。

不过,对于我们村,对于我们这个古老且未经发展的开拓村而言,与"町"完全隔绝并不会引发切实的烦恼。因为在"町"上,我们这些村里人如同肮脏的野兽一般被人们所厌恶,而对我们来说,所有的日常生活都紧实有致地塞在——这个聚集在俯视峡谷斜面上的——小小村落里。况且对孩子们而言,分校能在夏季伊始关闭,也挺不错的。

兔唇站在村口石板路的起点处,怀里抱着一条狗。我一边推着弟弟的肩,一边奔跑在老杏树投下的浓郁树荫中,同时还瞄了一眼兔唇臂弯中的狗。

"喂,"兔唇晃动的手臂令狗叫了一声,"你看看啊!"

兔唇的胳膊伸到我面前,上面满是周围沾有鲜血和狗毛的咬伤。他的胸口和肥短的脖子上也都是咬伤,像冒出的嫩芽似的。

"瞧瞧!"兔唇严肃地说。

"你没遵守跟咱一起去逮山狗的约定啊。"我说道,惊讶和懊恼填满了我的胸膛,"一个人去的吧。"

"我去喊过你呀!"兔唇急忙说,"因为你不在。"

"被咬了啊。"我用手指轻触着狗说道。那条狗鼻翼翕动,露出狼似的眼神。"爬进窝里了吗?"

---

① 町是日本地方行政区划之一,以人口规模来说,比村大,比市小。另外还指位于市或区以下的小区划。

"怕咬到喉咙,缠上皮带就进去了。"兔唇充满自豪地说。

在日暮的紫色山腰和石板路上,我清楚地看见喉咙上缠着皮带全副武装的兔唇,在周身遭受山狗撕咬时,从枯草和灌木搭建的狗窝中抱出狗崽的姿态。

"只要喉咙不被咬,"兔唇用满怀自信的声音说,"而且要等只剩小狗的时候。"

"我见过它们跑来峡谷。"弟弟热心地说道,"整整有五条大狗。"

"是啊,"兔唇说,"啥时候?"

"刚过晌午。"

"后来咱就出门了。"

"它白白的,真不错啊。"我抑制住羡慕的尾音说。

"它娘和狼交配过。"——兔唇用下流却又充满现实感的方言表达出此意。

"好厉害啊。"弟弟如梦呓般说道。

"它已经完全和我混熟啦。"兔唇夸夸其谈地说,"不会回到山狗群里了。"

我和弟弟一言不发。

"喂,瞧着!"兔唇说罢,就将狗放到石板地上撒开手给我们看,"瞧瞧!"

可我们并未低头看狗,反而抬头望向那片盖住细长峡谷的天空。一架巨大到令人难以置信的飞机,正以惊人的速度从那里飞过。急剧的声响充斥在波动空气的回音中,短时间内将我们湮没。如同被油粘住的飞虫,我们的身体在这声响中动也不能动。

"是敌机!"兔唇叫道,"敌人来啦!"

我们抬头望着天空,嗓子沙哑地叫起来。"敌机……"

然而,天上除了飘着的夕阳照耀下的褐色云朵,别无他物。等回过神来,兔唇的小狗正在石板路上蹦跳哀嚎地奔跑着。很快,它跳进杂木林中不见了踪影。而兔唇则摆出要追上去的姿势愣在原地。我和弟弟热血沸腾得若煮沸的酒似的笑了起来。尽管兔唇自己也懊恼,却还是没能抑制住笑容。

我们与兔唇告别,然后跑回那间像是蹲在黄昏空气中的、如巨兽一般的仓库。父亲在阴暗的土间①里准备我们的晚餐。

"我们看到飞机了!"弟弟朝父亲的后背嚷嚷着,"是巨大的敌机!"

父亲并未回头,发出类似称赞般的声音。为了给打扫卫生做准备,我把父亲沉重的猎枪从土间木板墙的枪架上扛起,与弟弟互挽着胳膊走上昏暗的楼梯。

"那条狗真可惜啊。"我说。

"还有那架飞机……"弟弟说。

我们住在位于村中央的公用仓库二楼的房间里,如今已是一间废弃的狭窄养蚕室。我们一睡下,这间曾爬满大群蚕的旧屋就被人填满了。在开始腐朽的厚木地板上铺好草席和毛毯,父亲便可躺下。而我和弟弟的床,则是一扇撂在养蚕木框上的板门。房间壁纸上残留的斑点,仍可发出清晰的恶臭。天花板裸露的房梁上,还缠着腐烂的桑叶。

我们没有一件家具,有的是父亲的猎枪(指出了清贫居所的谋生方向)、在裸露房梁上成捆吊着的干燥黄鼬皮和各种陷阱。猎枪是块一扣扳机就震得手发麻的铁,枪身自不用提,连色泽油腻的枪托,都像生锈似的发出钝滞的光。父亲用陷阱抓到黄鼬,晒干皮,与野兔、野鸟以及积雪冬天打来的野猪,一并送到"町"公务所,以维持

---

① 土间,即泥地房间。房屋内的地面为泥地或三合土的地方。

生计。

我和弟弟一边用油布擦拭枪身,一边抬头看向板窗缝隙外的黑暗天空,祈祷着能从那里再次传来飞机的爆破声。然而,有飞机从村子上空飞过,却是一件极偶然的事。我们将枪挂入墙上的木框后,便在床上挤着身体躺下,一边被空空如也的肚子威胁,一边等待父亲端着装菜粥的锅上来。

我和弟弟是两颗被坚硬的表皮和厚厚的果肉包裹起来的小小种子,是那种柔软、鲜嫩、贴着一层嫩皮的青涩种子。即便只是照到户外的阳光,也会令那层嫩皮火辣辣的、颤栗着剥落。而在坚硬的表皮之外,在城市——登上屋顶便映入眼帘的遥远狭长的发光海岸和峰峦叠嶂的群山对面——之中,战争正喷着淤塞的气。它旷日持久地继续,似传说般宏伟、生硬。然而,于我们而言,战争不过是一些不在村中的年轻人,以及邮递员偶尔送至的一纸阵亡通知书罢了。战争并未浸透我们坚硬的表皮和厚厚的果肉。对我们来说,连最近开始飞过村子上空的"敌人"飞机,也不过是一种罕见的鸟罢了。

临近拂晓,我被激烈的大地轰鸣和惊人的冲击声惊醒。我看到父亲从地上铺着的毛毯上立起上身,蜷缩身体睁开双眼。他敏锐双眼中充斥着的欲望,如一头扑向捕获物、潜伏在夜晚森林中的野兽。不过,父亲并没有扑出去,反而精疲力尽地放倒身子,再次进入酣睡状态。

我久久地侧耳倾听并等待着,可大地的轰鸣并未再次响起。淡淡的月光从仓库高高的采光窗里探进来,照亮了空气中的霉菌。我一边静静呼吸着带有霉菌和小动物臭气的潮湿空气,一边耐心地等待。弟弟把汗津津的额头挤在我的侧腹上睡着,过了良久,他柔弱地抽泣起来。果然,弟弟也同我一样,在等待着下次轰隆隆响起的大地轰鸣。大概他已无法忍受持续的期待了吧。为了鼓励弟弟,我把手掌抚上他如植物茎干般消瘦纤细的脖子,轻轻地摇动着。随后,我也被自己胳膊温柔的动作所抚慰,沉沉睡去。

  醒来时,清晨丰沛的阳光透过仓库所有的木板缝隙一拥而入,天气已变得炎热。父亲不在,墙上的枪也不在。我摇醒弟弟,赤裸上身走到仓库前的石板路上。石板路和石阶上洋溢着上午强烈的阳光。尽管孩子们待在阳光下会感到刺眼,却还是没有离开。他们或无所事事地站着,或让狗随便躺下后给狗抓虱子,或边叫边跑,只是大人都不在。我和弟弟奔向樟木浓荫下的铁匠小屋。在那间昏暗的土间中,没有炭火喷出的熊熊火焰,风箱也毫无声息,甚至连那位自腹部便埋在地下、用晒得又黑又干的胳膊捡起炽热铁块的铁匠都不在。铁匠早上不在店里,对我们而言还是头一遭。我和弟弟相互挽着赤裸的胳膊,沉默地走回石板路。大人全不在村子里。大概女人们还躲在阴暗家中的深处吧。仅有孩子们沉溺在泛滥的阳光下。我的胸膛被不安紧紧地勒住。

  兔唇横卧在向下延伸至公用汲水场的石阶上,发现我们后,便挥着胳膊跑了过来。黏稠的唾液被他用力过度地变成小白泡,从豁开的唇间喷了出来。

  "喂,知道吗!"兔唇大喊着打了我的肩膀一下,"喂,知道吗!"

  "啊?"我含糊地说道。

  "昨天的飞机,夜里掉山上了!"兔唇说,"为了找到开它来的敌兵,大人们都带着猎枪去搜山了。"

  "向敌兵开枪了吗?"弟弟兴高采烈地说。

  "开枪是不可能的吧,子弹会变少的。"兔唇亲切地答道,"主要是抓人啊。"

  "飞机怎么样了啊?"我说。

"栽到冷杉林里摔了个粉碎呢。"兔唇两眼放光地快速说道,"是邮递员看到的。你知道那附近吧?"

我了解那片树林,如今应该正盛开着草穗子般的冷杉花。而且夏末时,穗子后面还会结出野鸟蛋形状的球果,我们会摘下来当武器用。傍晚或黎明时分,假如我们仓库里突然响起激烈的声音,便是我们在发射那些褐色的子弹。

"欸?"兔唇收紧嘴唇,露出发桃红色光亮的牙龈说道。

"大概知道的吧……"

"知道啊。"我绷紧嘴唇说,"去吗?"

兔唇狡猾地笑着,一言不发地盯着我看,眼周浮现出无数皱纹。我急了起来。

"要是出发的话,我马上去拿衬衫。"我瞪着兔唇说,"就算我一个人去,也能很快追上。"

兔唇皱起脸,用难掩满意的声音说:"不行,小孩是禁止进山的。被错当成外国兵的话,就要吃枪子了。"

我垂下头,注视着自己踏在晨光烤热的石板上的赤裸双脚,那些脚趾短而结实。失落,如树液一般湿淋淋地侵透进我的体内,使我的皮肤仿若刚被杀的鸡内脏似的,冒出热气。

"敌兵长什么样呢?"弟弟说。

我告别兔唇,搂着弟弟的肩膀,踩着石板路走回来。真正的外国敌兵长什么样呢? 他会用怎样的姿势潜在草地和树林里呢? 我仿佛感到在围绕峡谷村庄的所有树林和草原里,都藏满了屏气凝神的外国兵。一场由他们的低沉呼吸而激发的剧烈嘈杂,即将爆发。他们汗涔涔的皮肤和粗野的体臭,则会如四季一般,笼罩住峡谷。

"要是没死就好了啊。"弟弟梦呓似的说,"最好能抓回来啊。"

在丰沛的阳光中,我和弟弟的喉咙被黏稠的唾液缠住,饥饿勒紧了我们的心窝。父亲恐怕到傍晚才会回来吧,我们不得不为自己寻找食物了。仓库后面的水井吊桶已坏,我们下到井内,用双手撑住水井内壁的石头喝水。井壁鼓得像虫蛹的肚子,内壁的石头上还像冒汗似的渗出凉气。水倒进浅底铁锅后,生上火,我们便立刻把胳膊插进仓库深处的稻壳堆里,偷出一些马铃薯。马铃薯放在手掌中用水中清洗时,结实得就像石头。

短暂劳动过后开始的午餐,简单而丰富。弟弟一边陷入思考,一边如幸福的野兽似的,满足地用双手抓住马铃薯吃。"士兵会爬上冷杉树吗?冷杉的树枝上有松鼠,我见过呢。"

"冷杉树上正开着花,所以很容易躲藏啊。"我说。

"松鼠也会马上躲起来的。"弟弟微笑着说。

我觉得,外国兵就躲在冷杉高高的树枝上。那上面开着大片草穗子般的花朵,而外国兵则正瞪着眼睛透过一簇簇细细的绿针叶,盯着父亲他们。士兵厚厚膨起的飞行服上,沾满了冷杉的花,或许会令他看起来像一只冬眠前肥胖的松鼠。

"就算躲在树上,狗发现以后也会叫的。"弟弟满怀确信地说道。

一旦平息了饥饿,我们就把锅和剩下的马铃薯以及一小撮盐撒在黑暗的土间里,坐到仓库正门的石阶上。我们迷迷糊糊地在那里消磨了很长时间,一到下午,便前往公共汲水场的泉水中,洗凉水澡去了。

泉水中,兔唇横卧在最宽广平滑的石台上,让赤身裸体的女孩们像疼爱小人偶似的,疼爱他那根玫瑰色的性器。他脸涨得通红,发出鸟鸣般的笑声,并且不时用手拍打女孩子的屁股。

弟弟坐到兔唇腰旁,专心致志地注视着这个热闹的仪式。那群丑陋的孩子,正在泉边迷迷糊糊地沐浴着阳光和泉水,我把水花溅到他们身上,没擦身子穿起衬衫就走,在石板上留下一串濡湿的脚印。

我回到仓库正门的石阶，再次长时间地抱住双膝，一动不动地待到黄昏。一股发狂似的期待和一种火热沉醉般的感情，在皮肤内部噼啪作响地迸裂、奔走。我梦到自己沉溺在那个令兔唇表现出异常执着的奇妙游戏中。但是，一个混在赤身裸体洗澡归来的孩子们中的女孩子，每走一步都摇动一下腰肢，而她露出的性器，却发出令人不安的烂白桃颜色，皱缩且粗糙。每当她怯怯地冲我微笑，我就让咒骂和石子如雨点般落下，让她惧怕。

天上飘满了野火色彩的云朵，我以这样的姿势等待着，直到热情的晚霞完全覆盖住我们的峡谷。可大人们还没回来，期待令我几近发疯。

接着，晚霞褪去了颜色，开始从峡谷吹出可以令刚刚被太阳晒黑的皮肤感到舒爽的凉风。当最初的黄昏降临至阴暗的角落后，大人们和吠叫着的狗回到了这个被不安的期待侵占着头脑的、万籁俱寂的村庄。我和成群结队的孩子们一同跑去迎接他们。当看到一个被大人们包围的黑色壮汉后，冲击性的恐惧令我气血上涌。

大人们像冬季打野猪时的那样，几近悲哀地弓着背走来。他们庄严地绷紧嘴唇，将"捕获物"团团围住。这个"捕获物"，并没有身穿灰褐色丝质飞行服，脚蹬黑色鞣制飞行靴，而是穿着深绿色的上衣和长裤，脚上套着一双看似沉重且不像样子的鞋。他歪着发光的大黑脸，仰望天上落日的余晖，一瘸一拐地拖着脚走了过来。"捕获物"的两只脚腕被野猪套缠住，发出令人心烦的响声。我们小孩子簇拥着，跟在大人们包围"捕获物"的队伍之后，同样沉默无言地走着。队伍缓缓地走到小学分校前的广场上，静静地停了下来。我推开一群小孩，挤到前面，可老村长却大叫着驱散我们。我们退进广场一隅的杏树林，坚毅地站稳，透过愈渐浓厚的黑暗，注视着大人们的会议。在那些朝向广场房屋的土间里，女人们在白色罩衫下双手抱臂,焦躁地侧耳倾听从危险的狩猎中打得"捕获物"归来的男人们的低语。兔唇从背后使劲戳了一下我的侧腹,带着我远离孩子们,走向樟树的浓荫。

"那家伙是个黑鬼啊,咱一开始就这么想的。"兔唇用激动得发颤的声音说。

"是个真正的黑鬼啊。"

"会拿他怎么办呢?在广场上枪毙吗?"

"枪毙?"兔唇大吃一惊,呼吸急促地嚷道,"枪毙地地道道的黑人?!"

"因为是敌人……"我毫无自信地表明自己的看法。

"敌人,那家伙是敌人吗?"兔唇抓住我的前襟,声音沙哑地冲我怒吼,唾液从他裂开的嘴唇中喷出,溅了我一脸,"黑鬼是敌人吗?!"

"喂喂!"弟弟入迷的声音从一群孩子中传过来。

"看看那个!"

我和兔唇回过头,看到黑人大兵正疲惫地垂肩小便。大人们在一旁不知所措地注视着。除了那套工作服似的深绿色上衣和长裤,黑人大兵的身体几乎快消融在愈加浓郁的黄昏中了。歪着头尿了许久,黑人大兵十分苦闷地抖抖腰。孩子们注视着他,叹息声在他的身后此起彼伏。

大人们再次围住黑人大兵,开始缓慢地折返。我们保持着一定距离,跟上这支沉默无声的队伍。这支包围"捕获物"的队伍,在仓库横侧的载货出口停下。那里有一个储存栗子的地窖(挑出秋天收获的品质优良的栗子,用二硫化碳杀死坚硬外壳下的幼虫后,再放入其中储藏过冬)。地窖打开的黑黢黢的入口,看上去像一个动物居住的巢穴。大人们围住黑人大兵,庄重得仿佛开始一场仪式。他们走下地窖,一只白色的大人手腕摇晃了一下,从内侧关上了厚厚的盖板。

在仓库的地板和地面之间,有一扇外露的细长采光小窗。我们一边侧耳倾听,一边注视着小窗内部亮起橘黄色的灯,却没能鼓起勇气向采光窗内窥探。这种短暂不安的待命,令我们极度疲惫。不过,枪声并未响起,我们由入口半开的盖板间所窥见的,反而是村长刻意露出的黑脸。他发出的怒吼,令我们不得不放弃隔着采光窗远远观望的想法。但是,没有人发出失望的声音。孩子们在石板路上跑开,一种用噩梦填满漫漫长夜的充实期待,在胸中膨胀起来。恐怖被他们高亮的脚步声唤醒,从他们背后袭来。

兔唇藏在仓库旁杏树林的暗处,决心监视大人们和"捕获物"的一举一动。我和弟弟撇下他绕到仓库正门,从总是湿漉漉的扶手上支起身子,爬上我们楼上的住所。我们与"捕获物"住在同一幢房子里了。即便在楼上侧耳倾听,也决不会听到地窖里的叫声,不过,对我们而言,自己坐的床就位于黑人大兵被带入的地窖正上方——这是一个既奢华又冒险的事实,也是一个完全令人难以置信的事实。一种高昂、胆怯又欢喜的感情,令我的牙齿发出咬合的声音。弟弟盖着毛毯缩起脚,颤抖得如身患恶性感冒一般。我们一边等待由沉重的猎枪和疲惫支起的父亲归来,一边为这突如其来降临到自己身上的惊人好运相视而笑。

我们开始吃硬得冒冷气的剩马铃薯,与其说是为了压饿,毋宁说是要通过胳膊的起落与细致的咀嚼来排遣胸中如沸水般的心理躁动。这时,父亲上楼了,我们薄膜般的期待被顶了起来。我和弟弟激动万分地注视着父亲把猎枪挂到墙上的木框里,在土间铺着的毛毯上坐下来。可父亲,却只是沉默地看了一眼我们吃马铃薯时用的锅。我感到父亲又烦又累,累得快死了。而我们小孩子,什么都帮不上。

"没米了吗?"父亲看着我们说道,他喉部的皮肤像袋子似的膨胀起来,上面长满了粗刺刺疏于修剪的胡须。

"嗯。"我低声说。

"麦子呢?"父亲扫兴地哼了一声说。

"都没了。"我生气地说。

"飞机呢?"弟弟战战兢兢地说,"怎么样了?"

"烧着了,差一点引起山火。"

"全部、完全,都烧光了吗?"弟弟叹出一口气说。

"只剩尾翼了。"

"尾翼……"弟弟呆呆地说道。

"其他的士兵,怎么样了?"我问,"他是一个人坐飞机来的吗?"

"其余两个人都死了。那家伙是用降落伞下来的。"

"降落伞……"弟弟用越来越像梦呓般的声音说道。

"要拿那家伙怎么办呢?"我毅然决然地发出询问。

"在町里下达意见之前先养着。"

"养着!"我吃惊地说,"像饲养动物那样吗?"

"那家伙就是牲口,"父亲严肃地说,"身上有股牛的臭味。"

"好想去看看啊。"弟弟窥伺着父亲说道,可父亲闷声不快地走下楼梯。

父亲为了自己和我们,张罗了大米和蔬菜。我和弟弟坐在床框上,等着父亲做出热腾腾的丰盛菜粥。我们过度劳累,毫无食欲。浑身的皮肤像狗发情时的性器一般痉挛,一下下地抽动,驱使着我们。"饲养黑人大兵",我用胳膊抱住自己的身体,想光着身体大喊:

"饲养黑人大兵,像饲养牲口一般……"

翌日清晨,父亲一言不发地摇醒我。拂晓刚过,浓郁的阳光和灰色浑浊的晨雾,透过仓库木板墙上所有的缝隙,潜了进来。我匆忙吞着冰冷的早饭,头脑渐渐清醒。父亲把猎枪扛上肩头,腰间系好装饭盒的包袱,用他那双因彻夜不眠而浑浊的黄褐色眼睛看着我,直到我吃完饭。我看到一圈圈用撕裂麻袋包着的卷好的黄鼬皮,立在父亲膝边。倒吸一口气后我意识到,父亲要去"町"里了。他会向公务所报告黑鬼的事吧。

语言在喉咙深处涡旋,甚至减慢了我吃饭的速度。看到父亲那覆盖着粗刺刺胡须的强健下颚像咀嚼谷粒似的不住颤动,我便明白,彻夜的不眠刺激了父亲的神经,令他焦躁不已。不能询问关于黑人大兵的事情。昨晚父亲吃完饭就给猎枪填上新子弹,出去巡夜了。

弟弟把头埋在发出草香的毛毯中酣睡着。为了不吵醒他,饭后,我无声地踮起脚,迅速地来回活动。我把深绿色的厚布衬衫缠在赤裸的肩头,蹬上平时绝不会穿的布运动鞋,扛起父亲膝间的包裹,跑下台阶。

濡湿的石板路上流淌着一层低低的雾,村庄被晨霭包围,一片寂静。鸡已疲惫地沉默了,狗也不叫。我看见一个大人倚在仓库边的杏树上,垂着头,拿着枪。父亲与那名站着警戒的男人低声交谈了一下。地窖里黑黢黢的,像伤口似的张着嘴。尽管我被一种剧烈的恐惧捕获,却还是迅速地看向采光窗。黑人大兵会从里面伸出手臂抓住我的,我想快点离开村子。为了不让脚在石板路上打滑,我小心翼翼地走着,一言不发。太阳透过浓雾,开始向我们投来充满暑热的强韧光芒。

为了踏上山脊的村公路,我们沿着那条羊肠小道——开垦在土质松软的斜坡上,上面满是粘人脚底的红土——走入杉树林。一进树林,我们再度置身于暗夜的底层。一股金属的味道在口腔中扩散,大如雨点的雾气颗粒向我落下,令我呼吸困难并濡湿了头发。我那件因污垢而衣领发黑的衬衫,于起毛处,凝结出一颗颗泛着白光的水珠。树林中,清水从脚下腐烂松软的落叶正下方流淌而过,透过布鞋,冻僵了脚趾。不过比起这个,我们更加需要费心的是不被蕨类粗犷丛生的锋利铁茎划破皮肤,以及不刺激在盘根错节间静静睁大眼睛的蝮蛇扑上来。

一走出杉树林,踏上雾气消散、环境明亮、沿途都是低矮灌木丛的村公路,我就将粘在衬衫和短裤上的雾气微粒和山蚂蟥①的果实仔细抖落。天气晴朗,湛蓝澄清。远处连绵的群山,颜色似我们从峡谷危险的废井里捡到的铜矿石,被涌现至我们面前的太阳,照耀成一片青黑色的海。而那泛白的一小部分,才是真正的海洋。

野鸟在四周大声啼鸣,高大松树的树梢在风中响动。当父亲的长靴踩到堆得高高的落叶时,地鼠便像灰色的喷泉似的,拼命从里面跳出来,把我吓得一愣,然后跑进长有红叶的灌木丛。

"去町里,会报告那个黑鬼的事吗?"我冲父亲结实的后背说道。

"嗯?会啊。"父亲说。

"町派出所会派巡警过来吗?"

"不知道要怎么办。"父亲哼哼了一句,"报告给县②厅以前都不清楚。"

"该不会一直养在村里吧。"我说,"那家伙多危险啊。"

父亲一声不吭,不再理我。我感到昨晚黑人大兵被带到村里时所产生的那种惊讶和恐惧,正在体内复苏。现在那家伙在地窖里干什么呢?想到黑人大兵一旦从地窖里出来,便决定杀光村里的人和猎犬,点火烧掉所有的房子,我就吓得浑身发抖,不愿再围绕这个话题想下去。我越过父亲,气喘吁吁地跑下长长的坡道。

---

① 豆科多年生草本植物。果实生有钩形毛,易粘附于衣物。
② 日本的"县"是与都、道、府同级的行政区划名称,不同于我国"县"的概念,相当与我国的省。

再次踏上平坦的大道,已是艳阳高照。道路两旁有一些小小的地陷,剥露出的红土接受着太阳的照耀,新鲜如血液。我们行走着,强烈的阳光照射在裸露的额头上,汗水从头部的皮肤里汩汩涌出,透过剃得短短的头发间隙,流到脸颊上。

当走入"町"时,我便把肩抵在父亲高高的腰节上。即便遇到路上孩子们的挑衅,也还是目不斜视地走着。如果没有父亲,这些孩子就会嘲弄我,向我丢石头吧。这些"町"里的孩子,就像某种生活于地下、长着决不会与人亲近形状的虫子一般。对他们,我也深感厌恶和轻蔑。在洋溢着正午阳光的"町"中,这群孩子身材瘦削,眼神阴险。如果没有那些在昏暗的店铺深处注视着我们的大人,我有信心打倒他们每一个小孩。

町公务所在午休。我们打开了公务所前广场上的水泵。在喝过水后,便在挨着一扇窗的木椅子上坐下,长时间地等待。暑热的阳光直射进旁边的窗子。老办事员终于吃完午饭出来了,他与父亲一边低声交谈,一边走进町长办公室。而我则把黄鼬皮向摆着小型计量器的窗口搬去。在那里,黄鼬皮被清点了一下,然后连同父亲的名字一起记入账簿。我仔细地盯着那位架着厚近视镜的女办事员填写的毛皮数量。

做完这件差事,我完全不知道自己还要做些什么。父亲还没出来,于是我双手提鞋,伴着走廊里赤脚走路的声响,去找在"町"里唯一的熟人——那个时常来村里传达"町"通知的家伙。村里的大人和孩子都叫这个独脚男人"文书"。不过,在村里小学分校体检时,他也会担任类似医生助手的工作。

"喂,是田鸡来了吗?"文书从屏风对面的椅子上站起身,大声地说道。即便这令我感到一丝愤怒,但我还是靠近了文书的桌子。正如我们叫他文书一样,他也称村里的孩子为田鸡。这大概是件无可奈何的事吧。能见到他,我就很开心了。

"田鸡,听说你们抓到一个黑人啊。"文书把办公桌下的义肢摇得咯嗒作响。

"是啊。"我把两手放到文书的桌上说道。桌上还放着一个用带黄斑的报纸缠着的饭盒。

"这是做了一件了不得的事啊。"

我像大人似的,冲着文书血色糟糕的嘴唇,故作庄严地点点头。尽管我想再说些有关黑人大兵的内容,却找不到语言去形容那个好似捕获物般、被带回傍晚村庄的高大黑人。

"会杀了那个黑鬼吗?"我询问道。

"不知道呢。"文书对着町长办公室,向我抬了抬下巴,"要由那边决定吧。"

"会运到町上来吗?"我说。

"小学分校停课,你们看起来好像挺高兴啊。"文书绕开我重要的提问说道,"那些女老师真懒,都不想去你们那边,就会一个劲儿地发牢骚,说村里的孩子又脏又臭招人烦。"

尽管我为脖子上的污垢裂纹感到羞耻,却还是挑衅似的笑着直摇头。桌子下,文书难看的义肢歪扭地伸了出来。纵然我喜欢看文书挂丁字拐时,用义肢和结实的右脚跳着走在山路上的样子,可对于坐在椅子上的文书的义肢,与"町"里的那些孩子一样,阴险、令人不快。

"总之,学校停课挺好的吧。"文书又一次把义肢弄得咯嗒作响,笑着说道,"在教室外面玩,总比老被人嫌脏要好吧。"

"她们也脏。"我说。

文书笑了。女老师们确实是又丑又脏的。从町长办公室里出来的父亲,在低声呼唤我。文书拍拍我的肩膀,我也拍了拍他拍我肩膀的那条胳膊,然后跑了出去。

"别让俘虏跑了啊,田鸡!"文书在我背后叫道。

"决定怎么处理那家伙了吗?"我一边回头望向暴晒于强烈阳光下的"町",一边对父亲说道。

"净给我说些不负责任的话。"父亲似乎也在骂我一般,只是语气重了一些。我被父亲不愉快的心情所震慑,沉默不语地走过那些影子,那些由"町"里行道树投下的丑陋而僵直的影子。"町"里的树也与那些路上的孩子一样,阴险且难以熟络。

当我们走上街道尽头的大桥时,父亲在低矮的栏杆上坐下,一声不吭地打开包饭盒的小包袱。我把有点脏的手指伸向父亲膝头的包袱,努力阻止自己向父亲发问。我们沉默不语地吃着饭团。

在我们快吃完饭的时候,一个颈项如小鸟般清丽的少女走上桥来。我迅速检查了一下自己的服装和仪表,自认比"町"里任何一个孩子都优秀挺拔。我向前伸出穿着鞋的双脚,等待少女从面前经过,滚烫的血液在耳中鸣响。少女定了定神,盯着我看了一眼,接着便皱着眉头跑开了。顿时,我食欲全无。为了喝水,我走下桥旁狭窄的台阶,来到河滩。一片高高的艾蒿,杂乱地生长在那里。我奔跑着踩倒踢散它们,直至水边。河水是暗褐色的,又浑又脏,我感到自己衣衫褴褛,一无长物。

当我们沿着山脊走下大道,穿过杉树林,到达村口时,黄昏已经完全笼罩住峡谷。此时的我们,小腿僵硬,面部的皮肤上也由于糊了一层油脂、汗水和灰尘而变得厚重。身上虽滞留着阳光的暑热,但山风刮来的浓雾,却令人心情舒畅。

父亲要去村长家报告。与他分别后,我登上仓库的二楼。弟弟在床上坐着睡着了,我伸出胳膊摇晃着他裸露的肩膀,手掌还感到来自他肩上瘦弱的骨感。弟弟的皮肤在我滚烫的手掌下有些轻微收缩。在他猛地睁开双眼时,充斥在弟弟目光中的疲倦和胆怯便消散而去了。

"那家伙怎么样了?"我说。

"光在地窖里睡觉了。"弟弟说。

"你一个人害怕吗?"我温柔地说道。

弟弟眼神认真地摇摇头。为了小解,我把板窗开了一条缝,然后爬上窗框。雾像有生命似的包围过来,迅速而悄无声息地潜入我的鼻孔。我的尿液飞得远远的,不仅在石板地上四溅,还被一楼伸出的凸窗反弹回来,温热地濡湿了我立着鸡皮疙瘩的大腿和脚背。弟弟像一只动物的幼崽似的,将头从我的腋下伸出,热心地俯看我小解。

我们以这样的姿势,度过了一段时间。一连串细小的呵欠涌上我们纤细的喉管,每逢此刻,我们都会流出一点毫无意义的透明泪水。

"兔唇见过那家伙了吗?"我对弟弟说道。为了帮我关上板窗,弟弟绷紧了肩上细长的肌肉。

"小孩一去广场就会挨骂的。"弟弟看似遗憾地说,"会把那家伙带到町里去吗?"

"不知道。"我说。

楼下,父亲和杂货店的女人高声交谈着走进来。"我不能把饭菜给黑人大兵送到地窖里去,"杂货店的女人坚定地说,"我一个女人是做不到的,您家儿子大概能派得上用场吧。"我直起了脱鞋时弯下的腰。弟弟则用柔软的手掌将我的腰紧紧按住。我咬着嘴唇等待父亲的回答。

"喂,快下来。"我一听到父亲的呼唤,就把鞋扔进床底,跑下楼梯。

父亲用抱在怀里的猎枪枪托,指指杂货店女人扔在土间里的食盒。我向父亲点点头,把它牢牢地提起来。我们沉默不语地从仓库出来,走在雾气笼罩的冰冷空气中,脚下的石板还残留着白天的温热。没有一个大人站在仓库侧面警戒。当我看到采光窗透出的淡淡光线,就感到疲惫一点一点地从全身上下冒了出来,如排毒一般。不过,我为自己初次得到在近旁观看黑人的机会,兴奋得牙齿直打颤。

父亲取下盖板上滴着水的夸张大锁,向里面窥探了一下,先独自一人挂着枪小心翼翼地走下台阶。我蹲下来等着,脖子周围萦绕着一层混合雾水的空气,挥之不去。背后满是无数注视我的目光,我为自己颤抖着一双结实的褐色双脚而感到羞耻。

"喂!"父亲压低声音叫道。

我把食盒抱在胸前,走下那节短短的台阶。"捕获物"蹲在被光秃秃电灯泡的微弱光线照亮的地方。野猪套把他的脚和柱子拴在一起,挂在上面的一把大锁不停地吸引着我的目光。

"捕获物"环抱两条长长的大腿,下巴摆在小腿之间。他抬起充血的双眼,目不转睛地注视着我。体内的血液迸发着涌入耳中,令我涨红了脸。我移开视线,抬头看向后背靠墙、举枪瞄准黑人大兵的父亲。父亲冲我抬抬下巴,我几乎是闭着眼走上前,把食盒放在黑人大兵面前。退回来时,体内的脏器在一种突发性的恐惧下翻江倒海,令我不得不忍住呕吐感。黑人大兵、父亲和我,都在注视着那个食盒。狗在远方吠叫。采光窗对面漆黑一片的广场上,寂静无声。

在黑人大兵的注视下,那个食盒突然开始引起我的兴趣。我看向饥饿的黑人大兵盯着的食盒,里面有几个大饭团、一堆脂肪烤到焦脆的鱼干、一些炖青菜和一瓶装在雕花玻璃广口瓶中的山羊奶。在很长的一段时间里,黑人大兵都保持着我进来时的姿势,直勾勾地盯着食盒,结果弄得我都开始被空腹感折磨得胃痛。我觉得,黑人大兵是在蔑视我们以及我们提供的贫乏晚餐,他决不会碰一下食物的,不是吗?一股羞耻感侵袭了我。如果黑人大兵到最后都没有表示进餐的意愿,那么我的羞耻感就会传染给父亲,而父亲便会被成人的耻辱击倒,开始破罐破摔地闹事,最后村里的大人都会因耻辱气得脸色发青,那么村子就会被他们的暴动占据。到底是谁想出给黑人大兵送饭的馊主意的呢?

然而,黑人大兵却突然出人意料地,伸出了长长的胳膊,用手背上长着一层硬毛的粗手指,提起广口瓶,拿到近前闻闻味道。接着,广口瓶被倾斜过来,黑人大兵张开他好似厚胶皮的嘴唇,露出像机器内部零件一般、排列得井然有序的大白牙。我看到,乳汁流到黑人大兵闪耀着蔷薇色光泽的宽阔口腔里去了。他的喉咙发出水混合空气流入排水孔中的声音,嘴唇如同被绳子扎起的熟透果肉般惨不忍睹。浓稠的乳汁从黑人大兵的嘴唇两侧溢出,顺着他露出的前颈,濡湿了敞开的衬衫。旋即流到胸口,在散发出黑色光泽的强韧皮肤上,像油脂似的凝缩,刺眼地颤动着。我感到口干舌燥并心情激动地发现,山羊奶竟是这样一种极度美丽的液体。

一阵叮当脆响,黑人大兵把广口瓶放回食盒。后来,他的动作中便不再包含一丝最初的迟疑。饭团握在他巨大的手掌中,看起来就像一个小小的点心。鱼干被黑人大兵用闪光的牙齿连头带骨地嚼碎。我和父亲并排靠在墙上,注视着黑人大兵充满力量的咀嚼,被一阵感慨侵袭。黑人大兵热心专注地吃饭,丝毫没有注意过我们,因此便让不得不努力压住饥饿的我,获得了一个令人呼吸困难的机会,一个能研究这头父亲他们捉住的出色"捕获物"的机会。不管怎么说,他确实是一头出色的"捕获物"吧。

黑人大兵形状优美的头上,覆盖着一层蜷起的短发。由它们形成的紧实小漩涡,在黑人大兵如狼般竖起的耳朵上,燃起簇簇烟灰色的火焰。他前颈到胸前的皮肤,都散发着黝黑葡萄色的光。他胖得发亮的肥壮脖子上,长着强韧的皱褶。这些皱褶每扭动一下,都牵动着我的心。黑人大兵的体臭,让令人窒息的呕吐感涌上喉部,执拗地充满我的喉头,像腐蚀性毒气似的渗透一切。它让我的脸颊发烧,一种发狂般的情感熠熠生辉……

我看着黑人大兵贪婪地大快朵颐,眼睛仿若发炎那般湿润发热。在我眼中,食盒中粗鄙的食物变成了芳香油腻、盛情款待的异国美食。假如拿走食盒时里面还剩一些残羹冷炙的话,我的手指大概会因秘密的快乐而颤抖,抓起剩饭就吞下去吧。可是,黑人大兵不仅把食物吃个精光,还在装煮青菜的盘子里用指腹蹭了一圈。

父亲捅了一下我的侧腹,我仿佛被搅乱了正做着的猥杂美梦似的,一边被羞耻和愤怒侵袭,一边走到黑人大兵面前收走食盒。随后,在父亲枪口的保护下,我背对黑人大兵登上台阶。当听到黑人大兵低沉而厚重的咳嗽声时,我一脚踩空,感觉浑身的皮肤都因恐惧而鸡皮疙瘩直立。

在仓库二楼台阶顶端,一面歪歪扭扭挂在柱子凹陷处的昏暗镜子,正摇曳着光影。当我走上台阶时,镜中的微光里浮现出一个日本少年。他正抽搐着脸颊,咬住毫无血色的发白嘴唇,全无可取之处。我精疲力竭地垂下手臂,几乎被一种想哭的情绪击垮。我们房间的木板门不知何时关上了,我忍耐着快要流泪的心情,打开门。

弟弟坐在床上,两眼发光。他目光中带着的热忱,遂又因些许恐惧冷淡下来。

"是你关上板门的吧?"为掩饰自己嘴唇的颤抖,我扭曲着傲慢的脸说道。

"是啊。"弟弟垂下眼睛,为自己的懦弱感到羞耻,"那家伙怎么样了?"

"没什么,就是在发臭。"我在奔涌而出的疲惫中说道。

对这种精疲力竭的贫乏情绪,我确实束手无策。赴"町"之行、黑人大兵的晚餐——经过漫长的一整天的持续劳动后,身体就像一块吸入大量水分的海绵,疲惫而沉重。我脱掉沾有枯草叶和毛质草籽的衬衫,弯下腰,用抹布擦拭自己赤裸的脏脚,夸示出毫无理会弟弟疑问的意愿。弟弟噘起小嘴,瞪着眼睛,担心似的盯着我。我钻到弟弟旁边,把脸埋在散发出汗水和小动物气味的毛毯里。弟弟按住大腿,在我的肩旁并膝坐下。他只是注视着我,没有要继续提问的意思,一如我发热病时那样。我也同样像发了热病一般,一个劲儿地想睡觉。

翌日清晨,我醒得晚一些。睁眼就听到一阵喧闹声,是从仓库旁边的广场上传来的。弟弟和父亲都不在房里。我睁开发烫的眼皮,望向墙壁。猎枪确实也不在了。我听着喧闹声,盯着空空如也的枪架框子,心开始激烈地跳动起来。于是从床上一跃而起,单手抓着衬衫,跑下楼梯。

大人在广场上集结成群,夹杂在他们中间的孩子,都仰起因不安而僵硬的肮脏小脸。兔唇和弟弟远离他们,在地窖采光窗旁蹲着。他们在偷窥,我气愤地想着。正打算向兔唇他们跑去,却看到文书用丁字拐轻松地支着身体,垂着脸,从地窖入口处出来。一阵激烈、阴暗的虚脱感与一种坍塌而下的失望,浸泡住我的身体。不过,随后并没运出黑人大兵的尸体,而是我父亲把套着枪套的枪扛在肩头,一边走出来,一边与村长小声说话。我长吁一口气。从腋下和大腿内侧滴下的汗,热得像沸腾的水。

"过来瞧瞧!"兔唇向呆站着的我喊道,"来看看啊!"

我趴在烫人的石板上,透过紧贴地面打开的狭窄采光窗,向内窥探。在如幽暗水底的地窖中,黑人大兵被掀翻在地,仿若一头被教训过的家畜,浑身无力地蜷身倒在地板上。

"揍他了?"我直起气得发抖的上半身,对兔唇说道。

"那家伙被绑着腿,动都不能动,还揍他?"

"欸?"兔唇为了回敬我的愤怒,噘起嘴,鼓着两腮,摆出决斗的姿势说,"揍他?"

"是揍那家伙了吗?"我喊道。

"哪能揍他。"兔唇看似懊恼地说,"大人进去不过是瞧一瞧。只是看了一下。那黑鬼一直都那样。"

愤怒冷却了下来。我内疚地摇摇头。弟弟注视着我。

"没啥。"我对弟弟说。

一个村里的孩子从我身边绕过去,想向采光窗里窥探,却被兔唇踢中侧腹,发出一声悲鸣。兔唇已将从采光窗窥探黑人大兵的权利置于自己的势力之下了。凡是侵害这一权利的人,都会令他神经过敏。

我离开兔唇他们,走向被大人们围住说话的文书。文书无视我,继续说着话,就像无视村里那些上唇沾有干鼻涕的孩子一般。这伤害了我的自尊心和对他的亲近之情。不过,现在没时间去照料自己的骄傲和自尊心。我把头挤进大人们的腰间,听文书和村长说话。

文书说,"町"公务所和派出所也无法处置黑人兵俘虏,在上报县厅并得到县厅的答复以前,黑人兵俘虏都必须放在村里看管,而且村子有这样的义务。村长反驳了文书的意见,他再三说明村里并不具备将黑人大兵作为俘虏收容的能力。另外,押送危险的黑人大兵,要走遥远的山路。以村里众人的力量,大概也很难做到。长久的雨期和洪水都使这件事变得复杂和困难。

可是,在文书命令的口吻下,在他使出一种下级官僚的傲慢口吻时,村里的大人们便懦弱地屈从了他的意见。在县里的方针确定之前,要把黑人大兵放在村里。明确这一点后,我便离开这群因不满和困惑而表情僵硬的大人,向坐在已被垄断的采光窗前的弟弟和兔唇跑去。我内心充满了深深的释怀、期待以及被大人们感染的、油然生发的忐忑。

"不会杀他了吧?"兔唇得意洋洋地嚷道,"因为黑鬼不是敌人嘛。"

"因为舍不得。"弟弟也看似高兴地说道。然后,我、兔唇和弟弟相互把头靠在一起,俯视着采光窗内部。黑人大兵依旧保持着浑身无力的躺倒姿势。由于呼吸,他的前胸还在剧烈地起伏着。看到此情此景,我们满意地呼出一口气。我们的脚在地面上倒扣着伸展开,太阳晒干了脚心。孩子们来到我们脚边,低声向我们发出不满的抱怨,可在兔唇迅速起身一声怒吼之后,他们便悲鸣着逃散开了。

我们终于看腻了一直横躺着的黑人大兵,但也没有放弃拥有这块地的特权。大枣、杏子、无花果、柿子等等——在与每个人都讲好价钱后,兔唇才让孩子们透过采光窗短时间地向内窥探一眼。孩子们窥望着,吃惊和感动令他们的脖子根通红。接着,他们便会一边用手擦拭着被灰尘弄脏的下巴,一边站起来。我背靠仓库的墙壁,低头看向被兔唇催促的孩子们,他们在太阳下炙烤着小屁股,专心致志于自己平生头一遭的体验。他们的样子,令我感到一股不可思议的满足、充实以及欢快的激昂。一条猎犬离开那群大人跑过来,兔唇将它放倒在自己裸露的膝头,给狗捉跳蚤。兔唇一边用暗黄色的指甲捏碎跳蚤,一边用夹杂着傲慢的骂声向孩子们发号施令。在大人们把文书送上山脊大道后,我们仍在继续着这项奇妙的游戏。大家长时间地窥望着。尽管时而遭受孩子们的抱怨,可黑人大兵仍旧一直动不动地横躺着,像被人激烈地踢打一顿之后的那般,只被大人们看看,便会受伤。

入夜,我再次跟随手持猎枪的父亲,提着装有菜粥的沉重铁锅,走下地窖。黑人大兵抬起那双堆着厚厚黄色眼屎的眼睛,望向我们。然后,他把带毛的手指插进滚烫的锅中,专心致志地吃起来。我凝视着这一场景,放下心来。父亲也不再用枪管瞄准黑人,而是看似无聊地倚着墙壁。我低头看向额头向锅里倾斜的黑人,他粗壮脖子的细微震颤与肌肉倏忽间的一张一弛,都令我感到他像一头柔顺、老实、温和的动物。兔唇和弟弟正透过采光窗屏住呼吸地窥望着,我抬头看了一眼,冲他们黑亮湿润的眼睛送去一个狡猾而迅速的微笑。实际上对我而言,在开始习惯黑人大兵的这件事上,得意与喜悦的种子已经破土而出了。然而,当黑人大兵的身体,瞬间反常地倾斜了一下的时候,他脚踝上缠着的野猪套,便会发出金属清脆的声音。在这种激烈的情势下,我感到恐惧的再度袭来,涌至血管的每个角落,全身的皮肤也立起一层鸡皮疙瘩。

从第二天开始,父亲已经无所谓把枪拿下肩头了。而跟着父亲给黑人大兵早晚各送一次饭的工作,也已被当作我的特权。在稍早的清晨或昼夜更替时分,只要我提着食盒与父亲出现在仓库侧方,等候在广场上的孩子们,就会一齐发出如云层般扩大、升空的巨大叹息。纵使我已对自己的这项工作完全失去兴趣,可在送饭的时候,却还是像个态度周到的专家,皱着眉头横穿广场,对孩子们看都不看一眼。弟弟和兔唇则满足于紧紧贴在我的两侧,直至走到地窖入口处。我和父亲一走入地窖,他们便马上跑回采光窗旁,向内窥望。包含兔唇在内,在所有孩子的怨嗟声中,都伴有一种高涨、欣羡、火热的长叹。尽管我已厌倦给黑人大兵送饭的工作,可仅是这种边走边感到背后满是长叹的快乐,就足以我将这项任务继续下去。

不过,午后,我却特意拜托父亲允许兔唇去一次地窖。这是为了让兔唇分担一部分原本由我独自完成的繁重劳动。地窖里,一只为黑人大兵设置的陈旧小木桶,放在柱子的阴影下。一到下午,我和兔唇便小心翼翼地从两侧提起穿过木桶的粗绳走上台阶,把那桶混合着黑人大兵屎尿、发出哗啦哗啦声音并弥散恶臭的浓稠液体,倒进公共堆肥场。兔唇以过度热忱的态度,进行着这项工作。有时,在移到堆肥场旁边的大水槽之前,他还会用木片在木桶中搅一搅,对黑人大兵的消化情况做出说明。特别对于痢疾,他会做出"这就是在菜粥里加入玉米粒的原因"云云的判断。

有时为了取木桶,我和兔唇跟随父亲走下地窖时,黑人大兵正褪下裤子露出黑得发亮的屁股,以一种近乎狗交配的姿势,跨在小小的桶上。遇到这种情况,我们便不得不在黑人大兵的身后暂时等一下。这时,兔唇会涌出一股敬畏和惊讶之情,露出做梦般的眼神。他一边听着野猪套(拴住黑人大兵的脚踝并围在木桶两侧)发出的微响,一边紧紧地抓住我的胳膊。

我们这群小孩子变得只关注黑人大兵,用他填满生活中的一切。黑人大兵如一场瘟疫,在孩子之间扩散、渗透。不过,对大人而言,他们还有自己的工作。大人与小孩子的瘟疫无关,他们无法静待来自町公务所迟来的指示。连负责监视黑人大兵的父亲,都开始出去打猎了。这样一来,黑人大兵也便失去了所有的保留条件,开始仅为充实孩子们的日常生活而在地窖中生存。

最初在白天,我们还能感到一种来自违规行为的诱惑性冲动。然而很快,我、弟弟还有兔唇便习惯了那种状态。在大人们都进入大山和峡谷的日间,监视黑人大兵,就成为必须由我们担起的任务。我、弟弟还有兔唇,也养成了坦然待在坐有黑人大兵的地窖里的习惯。那个采光窗窥视口被弟弟和兔唇放弃,交与村里的孩子们。孩子们趴在灰尘干燥、滚烫的地面上,尽管对我、兔唇还有弟弟围着黑人大兵坐下的光景欣羡得喉咙发烫,也只能轮流窥望。偶尔还有过于欣羡忘我的孩子,想跟在我们后面进入地窖。可作为这种叛逆行为的代价,他必会被兔唇揍得鼻血直流,瘫倒在地。

我们只需将黑人大兵的"木桶"搬到台阶入口处。那之后在烈日与恶臭的折磨下把木桶送往公共堆肥场的运输作业,已被我们狂妄自大地委派给指定的孩子们。喜悦,在被指定的孩子们的脸颊上放出光彩。他们一边笔直地支起木桶运走,一边尽量注意不洒出一滴。他们总觉得这些浑浊的黄色液体十分贵重。每天清晨,包括我们在内的所有孩子,几乎都会一边看向那条由山脊大道降下、位于灌木林之间的羊肠小路,一边祈祷文书不会带着令人忧虑的指令,从那里走来。

黑人大兵拴着野猪套的脚踝破皮发炎了,伤口流出的脓血粘在脚背上,皱缩得如干燥的草叶。我们也常常为他受伤发炎的桃红色皮肤担心。每当他跨上木桶,为了忍住痛苦,便会像一个嬉笑的孩童似的,露出牙齿。我们经过目光交互地长久探寻后,决定把野猪套从黑人大兵的脚踝上脱下来。黑人大兵像一头笨重的黑色野兽,眼睛经常被不知是泪水还是眼屎的浓稠液体湿润着,总是沉默抱膝坐在地窖的地板上。所以,就算取掉野猪套,他又能对我们施加怎样的危害呢?因为他不过是一头黑鬼罢了。

我从父亲的工具箱里取来钥匙,兔唇紧紧地握着它蹲下来,肩膀甚至碰到了黑人大兵的膝盖。在他取下野猪套的一瞬,黑人大兵蓦地站起来,发出类似呻吟的声音,吧嗒吧嗒地不停跺脚。兔唇吓得眼泪直流,一把将野猪套砸到墙上,逃似的跑上楼梯。而我和弟弟连站都站不起来了,只能相互抱紧身体。瞬间恢复的对黑人大兵的恐惧感,令我们呼吸微弱。不过,黑人大兵并未如老鹰一般向我们扑来,他环抱着长长的大腿坐下,用被泪水和眼屎濡湿的浑浊双眼,注视着掉在墙根的野猪套。当兔唇低头羞愧地返回地窖时,我和弟弟则报以温和的微笑迎接。而黑人大兵,老实得似家畜一般……

即便父亲当夜来给地窖的盖板扣上巨大挂锁时看到了黑人大兵已被放开的脚踝,也并未责备因不安而胸口发热的我们。"黑人大兵老实得像家畜一样"的看法,如同空气一般,悄悄潜入并消融在包括小孩、大人,乃至村中所有人的肺里。

次日清晨,我、弟弟以及兔唇去送早餐,看到黑人大兵在来回摆弄着放在膝头的野猪套。由于兔唇把野猪套砸到了墙上,所以咬合的连接处已然损坏。黑人大兵就像那个春天来村里的套索修理匠似的,以娴熟沉稳的手法,一丝一毫地检查着野猪套坏掉的部分。然后,他抬起黑亮的额头盯着我,用肢体动作表达出他的要求。我与兔唇面面相觑,无法抑制的喜悦在两颊舒展开。黑人大兵对我们说话了!就像家畜对我们说话一般,黑人大兵他说话了!

我们跑到村长家,把村里公共财产之一的工具箱从土间里扛出来,运进地窖。尽管工具箱中有一些可以当武器使用的工具,可我们仍毫不迟疑地将它交给黑人大兵。我们拒绝所有的想象,不再相信仿若家畜的黑人大兵曾是一名战争中的士兵。黑人大兵盯着工具箱看了看,转而凝视我们的眼睛。我们注视着黑人大兵,高兴得心跳加速,身体发烫。

"那家伙像人似的……"当兔唇低声对我说出这句话时,我正捅着弟弟的屁股笑得前仰后合,心情幸福且得意。孩子们惊叹的气息如雾气一般,呼呼地刮进采光窗。

提回早餐的食盒,我们也去吃饭了。当我们吃罢早饭再回地窖一瞧,黑人大兵已经从工具箱里取出扳手和小锤子,规整地摆在铺于地板的麻袋上。黑人大兵看看坐在他身旁的我们,舒缓脸颊,露出肮脏的黄色大牙。黑人大兵也会笑！对我们来说，这是一件令人震惊的事。我们注意到，我们与黑人大兵被一条极具深刻、激烈、近乎"人性"的纽带联系到一起。

稍晚的午后，兔唇被铁匠家的女人用污言秽语骂骂咧咧地带回去。尽管我直接坐在土间上的腰开始疼痛，可黑人大兵还在用手指沾着带有灰尘的旧机油鼓捣着。为了令野猪套弹簧连接的咬合处对接顺畅，黑人大兵反复实验着，发出一阵阵低沉的金属声。

我没有感到丝毫的无聊，时而看黑人大兵桃红色的手掌被野猪套的利刃压住，柔软地凹下去；时而看油腻的污垢在黑人大兵满是汗水的粗大脖子上，形成线状的印记。这一切，唤醒了我心中一种与欲望相连的微弱排斥感和一股并非不快的恶心。黑人大兵貌似在用他宽阔的口腔低低吟唱，他一边专心于自己的工作，一边鼓起两颊的厚肉。弟弟倚在我的膝头，凝视黑人大兵手指的动作，眼中闪耀出惊叹的光芒。苍蝇在我们周围成群乱飞，挥之不去，嗡嗡声响彻了整个地窖。它们振翅的声音与炎热相互缠绕，在我们的耳畔回荡。

一声极其厚重、短促的咬合声响起，野猪套夹住了一捆粗草绳。黑人大兵仔细地把野猪套放在地板上后，看向我和弟弟。他的眼神带着微笑，像一摊浓稠的液体。汗水汇成滴滴汗珠，从他黑得发亮的脸颊上流下。我和弟弟向黑人大兵回以微笑。我们确实在很长的一段时间里都微笑着，盯着黑人大兵那双温顺的眼睛，就像我们对山羊和猎犬做的那样。天气炎热，这份酷暑如同是一场将我们与黑人大兵联系起来的共同欢乐，令我们相互微笑着，完全沉浸在暑热之中……

某天清晨，下巴鲜血直流、浑身是泥的文书被运进村子。他在树林中跌倒，掉下矮崖，摔得无法动弹。是村里的大人，在去山上劳作的途中，发现了他并将他救起。文书义肢上用金属框固定的又厚又硬的皮革部分歪斜了,令义肢无法顺利地装到脚上。文书一边在村长家接受包扎,一边不知所措地注视着义肢的情况。所以,文书几乎是不打算传达"町"指令了。大人们焦躁着,而我们却在想,假如文书是为了带走黑人大兵而来,那么还不如让他一直倒在悬崖下不被人发现,最后饿死了才好。然而,文书是来解释县里指令迟迟未下一事的。我们又恢复了喜悦、活力和对文书的好感。接着,我们将文书的义肢和工具箱搬进地窖。

黑人大兵横躺在催人汗下的地窖地板上,用低沉而洪亮的声音唱着歌。那是一首吸引住我们、生动得令人难以置信的歌曲,也是一首在深处蛰伏着向我们袭来的叹息和呐喊的歌曲。我们向他展示了那节坏掉的义肢。他坐起来盯着义肢看了一会儿,便迅速开始了工作。孩子们的喜悦之声,从采光窗的窥探处迸发而出,而我、兔唇和弟弟,也都高声笑起来。

黄昏时分,文书进入地窖时,义肢已完全修好了。当他把义肢装到短小的大腿上并站起来时,我们又一次扬起了欣喜的呼声。为了试一试义肢的状态,文书跳上台阶,向广场走去。我们拽着黑人大兵的两只手臂让他站起来,仿佛这是从前就有的习惯一般,毫不犹豫地带他一起走向广场。

黑人大兵把夏日傍晚清爽湿润的空气,满满地吸入粗大的鼻孔,然后兴致勃勃地观看文书试验那条义肢,一切良好。这是他被俘后,首次接触到地面上的空气。文书跑着返回来,从口袋里掏出用虎杖叶卷的香烟,点着火后,递给身材高大的黑人大兵。那是一种不像样的香烟,冒出的烟进入眼睛会引起激烈的疼痛,味道也令人联想到野火的气味。黑人大兵刚吸一口,便弯下腰压着喉咙剧烈地咳起来。文书不知所措地露出一丝看似极其悲伤的微笑,而我们这些孩子则大笑起来。黑人大兵直起身,用巨大的手掌拭去泪水,从紧勒健壮腰身的麻质裤子里,掏出一个黝黑发亮的烟嘴,递给文书。

文书收下了这份礼物,黑人大兵似乎满意地点点头。形成葡萄色阴影的夕阳,洋溢在他们身上。我们以把喉咙喊得生疼的劲头高叫着,发疯似的大笑着簇拥在他俩身边。

我们开始经常把黑人大兵从地窖里约出来,一起在村里的石板路上散步。而且大人们也不会为此责怪我们。就算他们遇到被孩子们围着的黑人大兵,也不过是背脸避开。如同村长家的那头村里公用的种牛从路上走来时,他们走入草丛的情形一样。

即便在孩子们被各自家里的工作驱赶着忙碌起来,无法拜访黑人大兵的地下居所时,黑人大兵也还会时而去广场的树荫下打盹,时而弯腰在石板路上缓慢踱步。我们这些孩子和大人,都毫不惊奇地看着这样的他。黑人大兵与猎犬、孩子以及树木一道,正在成为乡村生活的一部分。

在父亲腋下夹着一只黄鼬于黎明时分回来的那天,我和弟弟因为要帮忙剥皮,所以一上午都必须待在仓库的土间里。黄鼬在木板钉起的简陋陷阱中上蹿下跳,让自己细长到令人难以置信的身体圆滚滚地膨胀起来。这时候,我心里一直等待着黑人大兵的到来,等待着他来这里观看我们工作。

黑人大兵一来,我和弟弟便在父亲两旁屏气凝神地促膝坐下。我们期待能为黑人大兵这个看客,展现出那只反叛灵活的黄鼬死去的全过程与优秀的"剥皮"技术。父亲手里握着一把沾满血污的剥皮刀,刀柄上还沾着油迹。黄鼬不顾一切地使出最后的手段,虽然放出了一股骇人的恶臭,却依旧被勒死了。在射出滞涩光芒的刀尖上发出细碎弹响的同时,父亲将皮剥了下来。随后,这具过度裸露、被带有珍珠光泽的肌肉包裹着的、猥亵而小巧的身体,便躺倒了。我和弟弟小心翼翼地注意着不让黄鼬的内脏掉出来,将它扔到公共堆肥场。当我们用宽阔的树叶擦拭弄脏的手指,回到仓库时,黄鼬皮上的脂肪膜和细细的血管正在太阳下闪光并被反钉在木板上。黑人大兵噘起嘴唇,发出鸟鸣似的声音,看着父亲用粗壮的手指把皮上易干的油脂刮净。板壁上晾干的毛皮,像指甲似的又干又硬,上面的血污如地图上的铁道线般奔走。看到这些的黑人大兵,发出一声赞叹。此时,我和弟弟为父亲的"技术"感到何等的骄傲!在为毛皮喷水的工作间隙,甚至是父亲,都不时地向黑人大兵投去善意的目光。这时,以父亲对黄鼬的处理工作为核心,我、弟弟、黑人大兵和父亲,如同一家人似的被连接在一起。

　　黑人大兵还喜欢去铁匠铺参观。特别是在兔唇帮着打锄头、火光映上他半裸的身体时,我们这些孩子便会簇拥着黑人大兵,走向铁匠的小屋。当铁匠用沾满煤灰的手抓起又红又热的铁片插入水里时,黑人大兵就会发出悲鸣般的赞叹声,随即招来孩子们的一阵嘲讽。铁匠对此深感得意,便不断地用这种危险的方法炫耀自己的手艺。

　　女人们也不再惧怕黑人大兵。有时,黑人大兵还能直接从女人那里得到食物。

　　已是盛夏,县厅的指令还没下来。虽有传言称,县厅所在的市已在空袭中烧毁,但这对我们村却没有任何影响。在我们村中,终日笼罩着的空气,比烧毁一座城市的火焰更热。每当我们在黑人大兵的身边一同坐下,便会发现密不透风的地窖里,开始四处充斥着一股浓烈到令人失去知觉的油腻臭味,这与公共堆肥场上黄鼬尸体所发出的臭气别无二致。即便我们一直将这件事当作笑料,大笑到流泪,可一旦黑人大兵的皮肤开始出汗,发出的那股臭味便令我们无法再待在他的身旁。

某个炎热的午后,兔唇提议把黑人大兵带到公共汲水场的泉边去。我们为之前从未注意过这件事感到吃惊,拽着黑人大兵满是污垢的手走上台阶。广场上,群聚着的孩子们高叫着围住我们。接着,我们便在太阳炙烤的石板路上跑走了。

大家都像鸟一般赤裸,我们扒下黑人大兵的衣服,成群结队地跳入泉中,大叫着相互泼水。我们沉醉在自己的新想法中。赤身裸体的黑人大兵身材高大,纵使他走入泉水深处,水面不过勉强没到腰节。可每当我们向他泼水之时,黑人大兵则会发出阵阵好似被吊死的鸡一般的悲鸣,然后伴随叫喊声,一头扎进水里,直到憋不住吐着泡泡站起来。他被水濡湿的裸露身躯,反射着强烈的阳光,闪耀得像一匹黑马的身体,充实而优美。我们喧闹起来,大叫着往回泼水。在这期间,那些一开始就聚集在环绕泉边的橡树荫下的女孩子们,也都急急忙忙地在泉水中浸住自己小小的裸体。兔唇抓住一个女孩子,要开始那淫亵的仪式。我们带黑人大兵过去,让他从视野最佳的位置观看兔唇的快乐享受。炽热的阳光照耀在我们所有人坚实的胴体上,水沸腾似的冒泡,闪闪发光。兔唇笑得浑身发红,张开手掌狠拍女孩子被光亮水珠濡湿的屁股,大声叫喊。我们哄堂大笑,女孩子却哭了。

后来,我们发现黑人大兵长有一根俊美的性器,它坦荡、英勇、雄伟得令人难以置信。我们在黑人大兵周围,嘲讽地相互碰撞着裸露的腰肢。黑人大兵一旦紧握住自己的性器,便喊叫着摆出好似公山羊求偶时的剽悍姿势。我们笑得流出眼泪,向黑人大兵的性器撩水。随后,兔唇光着身体跑开,从杂货店的院子里牵回一头硕大的母山羊。我们都为兔唇的机智拍手喝彩。黑人大兵张开桃红色的口腔大叫一声,从泉水里跳上来,与那头正胆怯叫唤着的山羊调情。我们发疯似的大笑起来,兔唇则使劲摁住山羊的脑袋。太阳令那根黑色强健的性器闪耀光辉。尽管黑人大兵做出一番努力,却无法像公山羊那般进行下去。

我们笑到下肢撑不住身体,最终精疲力竭地瘫倒在地,柔软的头颅中还潜入了一丝悲哀。我们想着,黑人大兵真是一头优秀得无与伦比的家畜,一只天才动物。我们要如何表达出那个遥远炫目的夏日午后呢——太阳濡湿于水中并闪耀在沉重的皮肤之上、石板路上的浓影、孩子们和黑人大兵的臭气、喜悦到沙哑的声音、我们何等地爱着黑人大兵——我们要怎样表达出这一切的充实和律动才好呢?

我们不禁感到,这个闪耀光辉露出强健肌肉的夏天,这个喜悦如突然井喷的油井般喷散、令我们浑身沾满黑色重油的夏天,将永不完结地继续下去,决不终了。

在我们泡完古老水浴的这天黄昏,强烈的雷阵雨将峡谷禁闭在一片雾气之中。直到入夜,雨都没停。次日清晨,我、弟弟以及兔唇,沿着墙壁,避开持续降下的雨水,送去食物。饭后,黑人大兵在昏暗的地窖里,抱膝低吟着一首歌。我们一边伸长手指,接住从采光窗溅落而下的雨点,一边沉醉在黑人大兵宽广的歌声中。那首歌如海一般严肃庄重。黑人大兵停止歌唱时,已不再有雨点溅入采光窗。我们牵起笑个不停的黑人大兵的手腕,来到广场。峡谷里的雾气急速消散,树木繁茂的叶片又厚又重,饱饱地吸进雨水,新叶似的膨胀起来。一阵风过,树木细碎地抖动,雨滴和濡湿的叶片飞散而下,形成一段短暂的小小彩虹,还有蝉从上面飞过。我们坐在地窖入口的石阶上,在暴风雨般的蝉鸣与开始恢复的暑气中,久久地呼吸着带有潮湿树皮气味的空气。

过午,文书腋下夹着雨具,从林间小道下来,径直走进村长家,而我们还保持着此前一贯的姿势。我们站起来,在滴水的老杏树上撑住身体,等待文书从土间阴暗处跳出来的那一刻,以便挥手示意。然而,文书久久没有出来,取而代之的是,那口村长贮藏间屋顶的、为了唤回正在峡谷和树林中劳作的大人们的吊钟,被敲响了。女人们和孩子们也从雨水淋湿的房子里出来,走到石板路上。我回头看了一眼黑人大兵,微笑正从他带有褐色光泽的脸上消失。我也被突然滋生出的不安紧紧地压住胸膛。我、兔唇以及弟弟将黑人大兵扔在身后,向村长家的土间跑去。

文书站在土间中沉默不语,村长无视我们,盘腿坐在板间①里沉思。我们急了,一面努力支撑着一种带有虚无预感的期待,一面等待大人聚在一起。大人们陆陆续续回来了,他们穿着干活的衣服,用鼓起的脸颊表示不满。父亲也来到土间,枪身上还绑着几只小个的野鸟。

刚一开会,文书就马上用方言表达出已决定将黑人大兵引渡至县里的意思。孩子们崩溃了。文书说:"原本应由军队来接收黑人大兵,可军队内部好像存在矛盾和混乱,所以要求村里送他到'町'上去。"大人们困惑的,仅是运送黑人大兵的工作而已,可我们却已置身于惊讶和失望的谷底。引渡黑人大兵后,村里还剩什么?夏天也变为一个蜕下的空虚外壳。

我应该提醒黑人大兵小心。我从大人们的腰间挤出去,跑回正坐在仓库前广场的黑人大兵身边。黑人大兵抬起头,看向站在他面前气喘吁吁的我,缓缓地转动着两颗呆滞的大眼珠。我无法向他传达任何信息,只得一边被哀伤和焦躁侵袭着,一边盯着他看。黑人大兵保持环膝的姿势,想要窥探我的眼睛。他张开像怀孕的河鱼肚子

---

① 板间,地上铺有木板的房间。

般圆鼓鼓的嘴唇,发白光的唾液流淌在他的齿龈之间。我一回头,看见文书领着大人们走出了村长家昏暗的土间,正向仓库靠近。

我晃动着依旧坐着的黑人大兵的肩膀,用方言大喊起来。在焦灼的情绪下,我似乎贫血了,可我还能怎么办呢?黑人大兵一言不发,只有他的那颗巨大头颅,被我的手腕摇晃得摆来摆去。我垂下头,放开他的肩。

突然,黑人大兵站起身来,仿佛一棵矗立在我面前的树。他紧紧地握住我的上臂,几乎要把我拉来似的,使劲将我摁到他身上,跑下地窖的台阶。地窖中,我在短时间内呆若木鸡,可黑人大兵却一直迅速地来回移动。他紧绷的大腿动作和臀部肌肉的收缩,吸引了我的眼球。黑人大兵落下地窖盖板,用一直放在这里修理的野猪套,对着支撑外侧门闩的铁框,把穿到内侧的环与墙上伸出的盖板支点连接起来。然后,黑人大兵叠起双手,垂着头走下来。我看向他那双由于眼屎和充血仿佛被泥塞住似的、毫无表情的眼睛,瞬间觉察到,黑人大兵就像他刚被抓来时的那样,正在变成一头拒绝理解的黑色野兽,一种带有危险毒性的物质。我抬头看看高大的黑人大兵,又看看盖板上缠着的野猪套,然后低头看向自己那双小小的赤脚。恐惧和惊愕如洪水般浸入,席卷了我的五脏六腑。我从黑人大兵身边跳开,把背紧贴到墙上,而黑人大兵则在地窖中央低着头站立。我紧咬嘴唇,竭力忍耐下肢的颤抖。

盖板上方,大人们来了。起先他们还很平静,接着便忽地如被袭击的鸡一般骚动起来。盖板上缠着的野猪套也开始晃动。这块厚厚的橡木盖板,它曾经的作用是让村里的大人们能够安心地将黑人大兵关在地窖中,可事到如今,它却为黑人大兵将所有的一切——村里的大人、孩子、树木、峡谷,都关在了外面。

惊慌大声喊叫的大人们,生硬地将额头相互碰在一起,透过采光窗,迅速交替地窥探着。我感到地上大人们的态度,正发生着急剧的转变。最初他们还大吼大叫,后来便沉默了,把威胁的枪管从采光窗里插进来。黑人大兵好似一头敏捷的野兽般扑过来,将我紧紧地搂在身上,在枪口下保全自身。这时,我痛苦地呻吟着,一边在黑人大兵的手腕中挣扎,一边理解了这一切的残酷性。我是一个俘虏,还是一个囮子①。黑人大兵摇身一变,成了"敌人",而我的伙伴,则在盖板外骚动着。愤怒、屈辱以及被出卖后焦躁的悲哀,像大火一般四处奔走,烤焦了我的身体。最重要的是,恐怖膨胀着席卷而来,塞住了我的喉咙,令我呜咽。我在粗暴的黑人大兵的手臂中,一边燃烧着愤怒,一边流下泪水,愤怒的泪水夺眶而出。黑人大兵把我当成了俘虏……

枪身被撤下去,大人们的骚动高涨。他们在采光窗的对面开始长时间的讨论。黑人大兵紧紧地使劲握住我的手腕,钻到不用担心会遭到突然狙击的墙角,一言不发地坐下来。我的手腕因疼痛而麻木。我被他拖着,跪坐在他热烘烘的体臭中,就像同他关系亲密时所做的那样。很长的一段时间里,大人们都在持续地讨论着。父亲不时透过采光窗窥探,向被当作囮子的儿子刻意地点点头。每到此时,我都会流下眼泪。后来,暮色如潮水一般开始充满地窖,接着又涨满了采光窗对面的广场。天色一暗下来,大人们在三三两两地向我投来一些鼓励的话语后,便回家去了。自那以后的很长一段时间里,父亲都在采光窗外走着,我一直在听他的脚步声,可就在突然之间,所有人类的气息都从地面上消失了。黑夜填满了地窖。

黑人大兵放开我的手腕,凝视着我。上午还满溢在我们之间亲切平常的感情,似乎又勒紧了他的胸膛。我愤怒而颤抖地移开视线,

---

① 囮子,捕鸟时用来诱捕同类鸟的活鸟。

一直低头固执地耸动肩膀，直到黑人转身把头夹在两膝之间。我被抛弃了，像一只孤独的、落入黄鼬套中的黄鼬，形单影只，绝望至极。黑人大兵在黑暗中动也不动。

我站起来走上台阶，试着用手指碰碰野猪套。它又冷又硬，一下就把我的手指和还未成形的希望萌芽都弹了回去。我不知如何是好。我不相信自己已落入穷途末路，不相信这个逮住自己的陷阱。我是一只野兔崽，是一只一直盯着夹住自己受伤脚踝的铁夹子、然后衰弱到死去的野兔崽。我强烈地谴责自己，把黑人大兵当作朋友来信任，是何等愚蠢的行为！可是，我能去怀疑那个总是笑着、又黑又臭的大个子吗？而且，我仍旧不能想象，现在于一片漆黑中不时发出尖利齿音的男人，便是那个长着巨大性器的愚蠢黑鬼。

我身上冷得发抖，牙齿响起格格声，肚子也开始疼起来。我按住小腹蹲下，随后便遭遇到一个严重的困惑。我原本就有些腹泻，精神上的心绪不宁，又加剧了这一倾向。不过，不能在黑人大兵的面前拉肚子。我咬紧牙关忍耐着，额上渗出痛苦的汗水。在那段漫长的时间里，即便我感到痛苦，也一直忍耐着。这段时间，甚至长到可以令忍耐的努力覆盖住这个被恐惧占领的空间。

可是不久，我便放弃了，向那只木桶走去，并解下裤子。我以前还大笑大闹地观看黑人大兵跨在它上面。我感到扒出来的苍白屁股，非常顺从懦弱。屈辱，从喉咙通过食道，直到胃的内壁，我甚至感到似乎一切都染成了一片漆黑。接着我站起来，返回墙角。我被击垮了，屈服了，完全陷入了穷途末路。我把肮脏的额角靠在向内侧传来地面热量的温热墙上，压抑着声音，久久啜泣着。长夜漫漫，成群的山狗在森林里吠叫着，空气变得冰冷。重重的疲劳占领了我，我颓唐地睡去了。

睁开眼时，我的手腕仍在承受着黑人大兵手掌的强压，中间部分正在失去知觉。采光窗里刮进了粗剌剌的浓雾和大人们的声音,还听到文书摩擦义肢四处走动的脚步声。很快,用大锤砸盖板的声响也掺杂其间。这种沉重有力的声音,在被饥饿驱使的胃中回响,令我的胸口疼痛。

黑人大兵突然大叫着抓住我的肩膀,令我站起来后,把我拽到地窖中央,暴露在采光窗外大人们的视线下。我不明白黑人大兵这样做的理由。采光窗外数不清的眼睛注视着我的耻辱,我像一只兔子似的被提着。倘若弟弟那双湿润乌黑的眼睛也在其中,我大概会羞愧地咬掉舌头吧。不过,猬集于窥探处注视着我的,只有大人们的眼睛。

锤声变得更加激烈。黑人大兵大叫一声,用巨大的手掌从背后扼住我的喉咙。他的指甲嵌入我颈部柔软的皮肤,令我疼痛;喉结被压迫,令我无法呼吸。我向后仰着脸,呻吟着,吧嗒吧嗒地挥舞四肢。这便是我在采光窗外的大人们面前的屈辱,苦痛的屈辱。我扭动身体,想要摆脱紧贴在背上的黑人大兵的身体,还用脚后跟踢他的小腿。可黑人大兵毛发浓密的粗手腕太坚硬沉重,而他发出的喊声,也比我的呻吟更响亮。采光窗外大人们的脸缩下去了。我想,恐怕他们屈服于黑人大兵的示威,跑去制止砸破盖板了吧。黑人大兵的喊叫声停了下来,颈部如岩石般的压迫感也减弱了。我又恢复了对大人们的爱戴和亲近。

然而,击打盖板的声音却愈加强烈。采光窗外再次浮现出大人们的脸,黑人大兵一边叫喊着,一边扼紧我的喉咙。我向后仰着,除了从张开的歪扭嘴唇中发出小动物悲鸣般的柔弱尖叫,别无他法。我也被大人们放弃了。大人们对我将被黑人大兵勒死坐视不救,还在继续击碎盖板的工作。他们打碎盖板后,便能看到我僵硬的手脚了。那时的我,已如黄鼬一般被绞杀了吧。我燃起憎恨,绝望地保持

103

着后仰的姿势,发出丢人的呻吟。一边挣扎着,一边听着锤音流泪。

数不尽的车轮转动声充斥在耳中,回荡起来。鼻血顺着我的两颊流下来。随后,盖板被打碎,那些脚趾背面覆盖着硬毛、沾满污泥的赤脚便一下蜂拥而入,地窖里充满了发狂般激动的丑陋大人。黑人大兵大叫着紧紧抱住我的身体,膝行退至墙角。他汗涔涔黏糊糊的身体紧贴着我的后背和屁股。此时,我感到一种愤怒般的热切交流将我们捆在一起。我像一只突然被人看到交配状态的猫似的,羞耻地露出敌意。那是对大人们的敌意(他们聚在楼梯入口处一动不动地注视着我的屈辱)、对黑人大兵的敌意(他用肥大的手掌压住我的喉咙,在我柔软皮肤上立起的指甲令我的皮肤鲜血淋漓),以及对所有一切的敌意,它们混合着被一一列举。黑人大兵放声大叫,令我的鼓膜都麻痹了。在这盛夏的地窖内,我快要陷入一种充实得好似身处快乐之中的、无意识的状态里。黑人大兵急促的呼吸,覆盖住我的脖子。

父亲提着劈柴刀从一撮大人里走出。我看见父亲的眼中燃烧着愤怒,像狗眼似的热烈。黑人大兵的指甲深深地嵌入我喉部的皮肤,令我呻吟。父亲向我们袭来,我一看见劈柴刀被高高抡起,便闭上了眼。黑人大兵握住我的左手腕,高举着去保护他的头。地窖里的人大叫着,我听见自己的左手和黑人大兵的头盖骨被一起打碎的声音。在我的下颚之下,黑人大兵泛着油光的皮肤之上,黏稠的血液滴滴圆润地迸散开来。我们对面的大人们一拥而上,我感到黑人大兵的手腕松了下来,自己身上则火烧火燎地疼。

在一个黏糊糊的袋子里,滚烫的眼皮、燃烧的喉咙、灼热的手掌,愈合并开始令我成形。可是,我却无法冲破那层黏人的薄膜,从袋中挣脱出来。我仿若一只早产的羊羔,被一个黏黏地缠住手指的袋子包裹住了，我的身体一动都不能动。夜晚，大人们在我周围交谈着；清晨，我感受到眼皮外面的光亮。有一只沉重的手掌，不时地压上我的额头。我发出呻吟，想要摆脱那只手，可头却动弹不得。

我第一次顺利睁开眼睛时，又是一个清晨。我躺在仓库里自己的床上，兔唇和弟弟在板窗前凝视着我。我睁大眼睛，动了动嘴唇。兔唇和弟弟大喊着下楼去了，父亲和杂货店的女人走上来。尽管我正被饥饿驱逐，可当父亲把装着山羊奶的瓶子紧贴到我唇边时，一股恶心撼动了我。我叫嚷着闭上嘴，使山羊奶洒落在喉头和胸前。包括父亲在内的所有大人，都受不了我了。那些龇牙举起劈柴刀向我袭来的大人们，令我感到古怪、难以理解和恶心。我持续地叫嚷着，直到父亲他们走出房间。

过了一会儿，弟弟把他柔软的手腕静静抚到我身上。我一言不发地闭着眼睛，听着弟弟低沉的声音。有关于"弟弟他们也加入到为火葬黑人大兵而收集柴火的工作中"的事情、有关于"文书带来中止火葬的命令"，还有关于"大人们为了延缓黑人大兵尸体的腐烂，将他运进峡谷中的废矿，如今正在设立防山狗的栅栏"的情况。

"我一直以为你死了。"弟弟用满怀敬畏的声音反复地说着，"都两天没吃东西了，光是睡，所以我一直以为这是死了。"在弟弟手掌下，我进入到如死亡般强烈诱人、令人深陷的睡眠之中。

过午，我睁开眼睛，开始看向自己已粉碎的手掌，上面卷了一层层的布。我一边看着胸前肿胀的手腕，不能想象这是自己的，一边睁着眼久久不动。房间里空无一人，令人生厌的臭味，正从窗口悄悄潜进来。虽然我明白这臭味的意味，却并未涌出哀伤。

房间变暗、空气变冷之时，从床上立起身。长久的踟蹰过后，我将缠在粉碎左手上的布的两端系起来，挂到脖子上，然后倚靠在打开的窗边，俯视"村子"。从黑人大兵沉重的尸体上喷涌而出的强烈臭味,环绕着我们的身体并在头顶上扩散,仿佛身处噩梦之中。不仅如此,黑人大兵膨胀的尸体,还在发出耳朵听不到的喊叫。无论是石板路、房子,还是支撑一切的峡谷,都被它们填满了。进入黄昏,天空的橙色,从内部孕育出催人泪下的灰色,狭长低矮地覆盖住峡谷。

大人们偶尔挺着胸膛沉默不语地急匆匆走下峡谷。我觉得大人们让我感到恶心,令我感到害怕。每当此时,我会将头回至窗中。在我沉睡期间,大人们似乎完全变成了某种其他的怪物。我身上的每个角落都像塞满了湿沙子,沉重且精疲力竭。

我冷得发抖,咬住干巴巴的嘴唇,凝视着石板路上的每一颗石子。一开始,它们都带着淡金色的影子,柔和地扩散开来。然后,轮廓全部涨大,转为一种令人胸闷的葡萄色。后来,它们便沉入不透明紫色的微弱光芒之中了。有时,我皲裂的嘴唇会被咸津津的泪水弄湿,火辣辣地疼。

孩子们的呼喊声透过黑人大兵尸体的臭味,从仓库后面,响亮地迸发开来。我仿若大病初愈般,小心翼翼地用力迈出颤抖的双腿,走下阴暗的楼梯,沿着毫无人影的石板路,向孩子们的叫喊声靠近。

在青草茂盛、通往谷底小河的斜坡上,孩子们聚在一起大声地叫着。他们的狗也在来回奔跑着,吠叫着。在斜坡下灌木丛生的谷底,大人们仍旧在存有黑人大兵尸体的废矿里,继续修建防山狗的坚固栅栏。从那里,传来了沉重的打桩声。即使大人们在沉默不语地继续他们的工作,可孩子们还像发疯似的,活泼叫喊,来回奔跑。

我倚在一棵老毛泡桐的树干上,凝视孩子们的游戏。他们正把黑人大兵坠毁的飞机尾翼当成雪橇,顺着草地滑降而下。他们跨在那棱角尖锐、轻快得令人惊叹的雪橇上,像幼兽似的从草地上滑下去。草地上,到处都是突出的黑色岩石。当雪橇看似要撞上它们时,少年的赤脚便会踢在草地上,改变雪橇的方向。当一个孩子将雪橇拉上来时,那些被通过的下行雪橇压倒的小草,便会缓慢站起来,令勇敢少年们的航迹变得模糊不清。孩子们和雪橇就是如此轻盈。孩子们大叫着滑降而下,狗吼叫着追向他们,随后,孩子们再把雪橇拉上来。在孩子们的身上,一种毫无压力、油然而生的悸动情感,如同预示着要施展魔法的火焰和粉末,噼里啪啦地奔走四散。

兔唇在牙齿之间咬着一根草茎,开始从孩子群中向我跑来。他靠在好似鹿脚的橡树干上,仔细端详我的脸。我冲他背过脸去,装出热衷雪橇游戏的样子。兔唇饶有兴趣地仔细注视着我吊在脖子上的胳膊,发出娇滴滴的声音。

"发臭了啊,"兔唇说,"你那已经潮湿变形的手掌,严重发臭了啊。"

我与兔唇闪烁着好斗心态的眼睛四目相对。他打开腿,调整好应战的姿势,防备着我的攻击。可我却无视兔唇的一系列动作,并没向他的喉咙猛扑过去。

"那不是我的臭味,"我用沙哑无力的声音说道,"是黑鬼的臭味。"

兔唇震惊地凝视着我。我紧咬嘴唇避开兔唇的目光,低头看向青草叶子上鼓起的泡泡。那些青草又细又小,埋住了兔唇赤裸的脚踝。兔唇表示轻蔑地晃晃肩膀,使劲吐出一口唾沫,大叫着跑回他的雪橇伙伴身边。

我已不再是小孩了——这个好似天启的想法充斥着我。与兔唇的浴血奋战、月夜中打小鸟、雪橇游戏、山狗崽,这一切都是孩子的行为。我正在切断自己"与那种世界联系的方式"。

我筋疲力尽,冷得发抖,却还是弯腰坐在依旧残留着白昼温暖的地面上。当我放低身体,恣意生长的夏草便将那个大人们在谷底沉默进行的工程遮盖住,反倒令玩雪橇的孩子们突然好似黝黑的牧神般耸立起来。这些年轻的牧神和那些狗,如躲避洪水的难民一般四处奔跑。夜晚的空气在他们之间,变得越来越浓重、紧实、清冽。

"喂,你恢复精神了?田鸡。"

我的头被一只干热的手掌从背后摁住,可我既没打算回头看,也没打算站起来。文书黑色的义肢稳稳地立在我裸露的小腿旁,我把脸对着斜坡上孩子们的游戏,只用余光窥视了一眼他的义肢。即使是文书来到我身边,也会令我焦躁。

"不去玩雪橇吗?田鸡。"文书说,"我还以为这是你出的点子呢。"

我固执地沉默着。一阵义肢的格格响后,文书坐了下来。他从上衣里掏出黑人大兵献给他的烟嘴,塞进他自己的香烟。一份令柔嫩鼻黏膜感到辣感的刺激与一种兽性的感情,被点燃了。它们发出的强烈味道,那种野火点燃灌木丛的芳香,从那里升腾开来。我和文书被笼罩在同一片淡青色的烟霭之中。

"战争进行到这一步,也够要命了啊。连孩子的手都敲碎了。"文书说。

我深吸一口气,沉默不语。战争,那满是鲜血、长时间的大规模战斗,应该还在继续着。照理说,此次战争决不会波及我们村庄,尽管它在遥远的国度仿若一场洪水,席卷了羊群和修剪过的草坪。然而,它却过来一边令父亲举起劈柴刀,使他的身体沉醉于战争的血液之中,一边把我的手指和手掌敲得粉碎。然后,村子突然被战争完全覆盖,我在这片喧闹中无法呼吸。

"好像要接近尾声了呢。"文书严肃地说道,就像与大人交谈时那样,"就算想联系市里的军队,也一团乱地联系不上,不知要怎么办才好。"

锤音继续在谷底响着。峡谷中的树木葱郁到遮住视线,无法看到树木下方的枝叶,而死掉的外国兵的臭气,便犹如那些巨大的树木下枝,将一直这样固着下去。

"还在热情地工作呢,"文书竖起耳朵听着锤音说,"你父亲他们也不明白如何是好,所以也在磨磨蹭蹭地打桩吧。"

我们沉默地听着从孩子们的叫声和笑声的间隙里传来的沉重锤音。少顷,文书开始用娴熟的指尖卸下义肢。我注视着他的动作。

"喂!"文书对孩子们喊道,"把雪橇运到咱这边来!"

孩子们吵嚷着把雪橇拉过来。当文书单腿蹦跶着向围着雪橇的孩子群中间挤去时,我抱起文书卸下的义肢,跑下草地。义肢非常沉,单手抱在胸前有些困难,令人气愤。

茂盛的青草上开始噙着露珠,濡湿了我的赤足。干枯的草叶贴在脚上,令人发痒。我一直站在草地的斜坡下,抱着义肢等待着。已经入夜,只有草地上孩子们高亢的叫喊声,在摇动着那层愈渐浓厚、几乎不透明的阴暗空气薄膜。

一片格外高亢的叫嚷和笑声之后,是一阵草被轻盈压过的声音。然而,雪橇却并没有冲破黏人的空气,滑到我的面前。虽然觉得自己仿佛听到了一声闷闷的撞击声,但我还是以刚才的姿势,凝视着昏暗的空气。一段短暂的平静后,不久,我便看到无人乘坐的飞机尾翼,骨碌骨碌地旋转着滑下来。我扔掉义肢,跑上湿润的草地。

一块被露水沾湿的乌黑岩石表面,四周围绕着青草。文书仰面朝天面带微笑地躺在这块裸露的岩石旁,两手软弱无力地张开着。我蹲下身,看见浓稠的鲜血正从文书微笑着的脸上的鼻孔和耳朵里流出。孩子们从黑暗的草地上奔过来。他们的嘈杂声,逆着峡谷里吹来的风,愈加高涨。

我怕被孩子们团团围住,便丢下文书的尸体,在草地上站起身来。突如其来的死亡,死者的表情,一时悲伤,一时微笑——我忽然对这些习惯起来了,如同村子里的大人们习惯了它们一样。人们大概会用为黑人大兵收集的柴火来火化文书吧。我用噙着泪水的眼睛抬头看向夕阳残照的狭长泛白的天空,走下草地,寻弟弟去了。

李硕 译

人　羊

　　站在初冬深夜的马路上,雾气的微粒仿若坚硬的粉末,拂过面颊和耳垂。将法语初级语法的家庭教师用书塞入外套口袋,我出于寒冷地蜷起身子,等待雾中如船般驶近、通往市郊的末班巴士。
　　乘务员结实的脖颈上有一个像兔子性器似的凸起,带有女性情色而温柔的意味。她向我指了指巴士后排座椅一隅的空位。向那边走去时,我踩到一名男子垂落的雨衣一角,打了个趔趄。他膝上摊着一沓小学试卷,一副年轻教师的模样。极度的疲乏和困倦,令我难以保持身体平衡。后排座椅被一群回市郊营房的醉酒外国兵占据,我含糊地低下头,在狭小的缝隙里坐下。我的腿紧靠着外国兵肥胖坚实的屁股。车内湿润温暖的空气,夹杂着疲劳脆弱的心安,舒缓着面部的肌肤。我打了一个小小的呵欠,流出好似甲虫体液的白色眼泪。
　　把我挤到座位角落的外国兵们,由于醉酒,情绪高昂。他们很年轻,几乎都长着牛一般湿润的大眼睛和短额。一名把脂肪肥厚的红脖子紧勒在黄褐色衬衫中的士兵膝头,坐着一个身材矮小的大脸女人。尽管被其他士兵嘲弄,他还是热心地对女人那只毫无光彩、像碎木片似的耳朵窃窃私语。
　　面对士兵鼓起的水润嘴唇,同样已醉酒的女人反感地时而移动肩膀,时而摇晃着头。看到此情此景的士兵们,仿佛发疯一般,高声地哄笑着。坐在车厢两侧临窗长椅上的日本乘客,则将视线从士兵们的骚动中移开。看样子,那个外国兵膝上的女人似乎不久前刚与他发生过争吵。我把身体靠在坚硬的座椅背上,垂着头,避免脑袋撞到玻璃窗。巴士开始疾驰,寒冷再次悄无声息地沾染上车内的空气。我渐渐沉入自己的内心之中。

忽然一声尖锐的笑。女人自外国兵的膝头站起,一边对他们破口大骂,一边跌倒似的靠上我的肩。

"因为人家呢,是东方人嘛,你算什么啊。真缠人啊。"女人用日语叫道,她那软乎乎的身体压住了我,"真是一群随便的家伙啊。"

让女人坐上膝头的那个外国兵,像猴子似的向两肋张开已然空空如也的长腿——毋宁说是露出困惑不解的表情,注视着我和女人。

"你这个畜生,当着这么多人对人家做了什么啊。"女人向沉默不语的士兵们烦躁地摇头大叫。

"你在人家的脖子上做了什么啊,真脏呀。"

乘务员面色僵硬地背过脸去。

"你们扒光了,连背上都有毛呢。"女人固执地叫道,"人家想和这个孩子睡啊。"

坐在车前部的日本乘客——穿皮夹克的青年、民工模样的中年人以及公司职员们,都目不转睛地盯着我和女人。虽然我想向那位蜷着身体、立起雨衣领子的教员投以受害者的微笑,那种软弱无力、轻描淡写的微笑,却对上了教员满怀责备的目光。我觉察到,比起那个女人,外国兵们也开始将注意力集中到我身上,困惑和羞耻令我身体发热。

"喂,人家想和这个孩子睡呢。"

我想避开女人的身子站起来,可她用又干又凉的胳膊缠住了我的肩膀,令我无法离开。女人露出深褐色的牙龈,一面向我脸上喷出

带着酒气的唾沫星子,一面大声喊道:

"你们去骑牛屁股吧,人家要和这个孩子,喂!"

正当我直起腰推开女人的手臂时,巴士猛烈地倾斜了一下。我仅有短暂的一瞬能抓住窗玻璃上方的横杆以防跌倒。而女人,则保持着手搭在我肩膀上的姿势,被甩了出去。她大叫着仰面摔在车厢地板上,细短的双脚吧嗒吧嗒地乱蹬。即使看到她袜腰以上的腿不自然地肿着,并且还因寒冷起了一层鸡皮疙瘩,颜色发青,我也不能有任何行动。这场面,犹如一只摆在肉铺贴瓷砖柜台上的湿漉漉光溜溜的鸡在出人意料地扭动身体。

外国兵中的一人迅速站起来,帮着扶女人。接着,那个外国兵一边支起女人的肩,一边对我怒目相向。女人急剧失去血色,喘息着咬住冻僵的嘴唇。我已组织好道歉的话,可一旦被那些外国兵的目光注视,话便黏在喉中,难以顺利说出来。我摇摇头想坐到座位上,肩膀却被外国兵健壮的手臂抓着提起来。向后一仰,就看到愤怒与醉意在外国兵栗色的眼中迸发出仿若小型焰火似的闪光。

外国兵在叫着什么。不过,我却无法听懂这种齿音较多、语气骇人的语言攻击。外国兵在一瞬的沉寂中窥探了我一下,随后号叫得更加粗野。

我狼狈不堪,注视着外国兵晃动着的结实头颅与突然隆起的喉部皮肤。他们说的话,我一个字都不懂。

外国兵抓住我的前襟,一边摇晃,一边叫喊。我忍受着学生服的衣领勒入喉部皮肤的疼痛,无法让他那只长着金色茂密粗毛的手臂从胸部松开。我摇摇晃晃仰起的脸上,溅满了唾沫星子,可外国兵还在疯狂持续地叫喊着。后来,我被突然甩了出去,头撞上玻璃窗,倒向后排的座椅。就这样,我仿若一头小兽,蜷起了身体。

外国兵发出像高声命令般的喊叫,嘈杂声急速平息下来。四周仅充斥着引擎的转动声。我保持着躺倒的姿势,扭动脖子,回头一看。一个年轻外国兵的右手,正牢牢地握着一把散发出强韧光辉的匕首。武器在他的腰间轻微颤动,令身旁女人贫弱的脸僵硬起来。我缓慢地扶起身体,转向他们。车上的日本乘客和其他外国兵都沉默地注视着我们。

外国兵缓慢地、一字一顿地重复着一句话。但我仅能听到由自己耳内传来的血液沸腾的声音。我冲他摇摇头。外国兵焦躁地,以清晰到生硬的发音,又重复了一遍。在听懂那句话的意思后,我的内脏被突如其来的恐惧所震撼。"向后转,向后转!"不过,他想要干什么呢?我听从外国兵的命令,向后转过身。后部宽敞的玻璃窗外,雾像船只驶过的水面一般打着旋,风吹过后,又流散开来。外国兵用强有力的声音叫喊着,而我却并不理解话的含义。外国兵重复地喊着那句语感下流的俚语,令我周围的外国兵们像发作似的激烈大笑,响彻车厢。

我仅把头扭到背后,看向外国兵和女人。女人的脸上又恢复了活泼淫荡的表情。而外国兵则向我做出夸张的威胁动作。他大喊着,像一个热衷于一时兴起想法的孩子。我呆站原地,感到恐惧冷却下来。不过对外国兵一时兴起的想法,却未能理解分毫。我缓慢地转头,冲外国兵背过脸去。他不过是要和我开个恶劣的玩笑吧。虽不知如何是好,可最起码没啥危险吧。我盯着窗玻璃外流散的雾思考着。就这样站着,就行了吧,他们会把我放走的。

然而,外国兵强壮的手臂却紧紧地抓住我的肩膀,如剥兽皮一般,扒下我的外套。几个外国兵哄堂大笑,我的身体却被胳膊搇着,动弹不得。他们解开我的腰带,粗暴地拉下我的长裤和内裤。为了撑住将要滑落的长裤,我保持着两膝向外张开的姿势。与此同时,我的两只手腕被拉向两侧,一只强有力的胳膊搇住了我的脖子。我像一只四足动物似的弓着背、垂着头,在外国兵的叫声中露出赤裸的屁股。我挣扎了一下,可脖子和两只手腕都被牢牢地摁住了。不仅如此,双脚上还缠着裤子。我被夺去了行动的自由。

屁股冰凉,撅在外国兵眼前。我感到屁股的皮肤上立起了一层鸡皮疙瘩,颜色逐渐发青。一块坚硬的铁,轻轻地抵在我的尾椎骨上。每当巴士震动,疼痛引起的痉挛便会在整个后背上扩散。从年轻外国兵的表情中,我明白,是刀背顶在那里。

在被扭压着的额头前,我看到自己被冻僵的阳物。狼狈过后,灼热的羞耻感浸润了我的全身。接着,我便像童年生气时那样,燃起了沉郁焦躁的愤怒。可是,当我挣扎着想要摆脱外国兵的手臂时,换来的也只不过是屁股一下下的抽动。

外国兵忽然唱起歌来。在他们的喧闹声之外,我的耳朵还听到对面的日本乘客在哧哧地偷笑。我整个人都被击垮压碎了。当手腕和脖子上的压迫感放缓时,我连直起身子的气力都没有了。粘在鼻翼两侧的泪水,一点点流下来。

士兵们重复地唱着一支童谣般的简单歌曲。像是为了打拍子似的,他们啪啦啪啦地击打着我由于寒冷已经开始失去知觉的屁股,并高声大笑。

"打羊,打羊,BANG,BANG!"

他们用伴有乡音的外语,热情反复地唱着。

"打羊,打羊,BANG,BANG!"

手持匕首的外国兵向车厢前部走去,余下外国兵中的数人,也过去给他助威。于是,这引发了日本乘客战战兢兢的不安。外国兵大叫起来,是那种警官整肃队列时带有权威性的长时间持续的大叫。甚至连俯下身的我,也明白他们正在进行的把戏。当我的脖子被抓着转向前面时,"羊群"正排队站在巴士中间的通道上。为了经得住巴士的震动,他们叉开双脚使劲站住,弯着腰扒出赤裸的屁股。我是一头接在他们队尾的"羊"。外国兵们狂热的歌声响彻了车厢。

"打羊,打羊,BANG,BANG!"

每当巴士晃动时,我的额头就会咯噔咯噔地撞向眼前长有黄褐斑的瘦削屁股,那是公司职员冻硬了的屁股。一个急切的左转弯,巴士停了下来,令我的头一下栽在职员肿胀的小腿上,而他正在绷紧肌肉提袜子。

我觉得听到了匆忙打开车门的声音。乘务员一边发出像孩子似的清脆高亮的悲鸣,一边奔跑着逃入暗夜的雾色中。我弓着身体,听那稚嫩而尖锐的叫声逐渐远去。没有一个人去追赶它。

"你住手吧。"外国兵的女人将手搭在我的背上低声说道。

我像狗一样转头向上看,看到她扫兴的表情后,又低下了头,继续与排在前面的"羊群"保持同一姿势。女人仿佛自暴自弃一般,放开嗓门,开始与外国兵合唱他们的歌。

"打羊,打羊,BANG,BANG!"

终于,司机也摘下了工作手套。他以厌烦的表情解下裤子,扒出自己滚圆肥大的屁股。

几辆汽车从我们的巴士旁驶过,还有一些骑自行车的家伙,边骑车边向被雾气遮住的窗玻璃内窥望。今晚不过是一个极度平凡的冬季深夜。只不过,我们将赤裸的屁股暴露在冰冷的空气中。实际上,我们在很长的一段时间里,都保持着那种姿势。后来,唱倦了的外国兵们突然就带着女人下车离开了。他们撇下了我们这些扒出屁股的人,如同丢下被暴风雨吹倒的秃树一般。我们慢慢挺直后背,同时努力忍耐着腰和后背上的疼痛。我们曾在如此漫长的一段时间内是"羊"。

我的旧外套像一只浑身沾满泥土的小动物似的掉在地板上。我一边看着它，一边提起裤子，系上腰带。我慢吞吞地捡起外套，抖掉灰尘，垂着头走回后排座椅。被严厉教训过的屁股在裤子里发烫。我感到裤子里的屁股疼得火烧火燎的，疲惫令我连外套都懒得穿上。

那些被当作"羊"的人们，都慢吞吞地提起裤子，系上皮带，返回座位。"羊们"都垂着头，浑身颤抖地咬住血色难看的嘴唇。而那些未被当作"羊"的人，反而一边注视着"羊群"，一边不时用手指摸摸血液上涌的脸颊。大家都沉默不语。

坐在我旁边的职员在掸裤脚上的尘土。接着，他用颤抖得有些神经质的手指，擦拭了一下眼镜。"羊们"几乎都成群地坐在后排座椅上。教员与未受害的人兴奋得将脸聚在一起，在巴士的前半部看向我们。司机也与我们并排坐在后排座椅上。我们就这么沉默地等待着。然而，什么都没发生。那个乘务员姑娘也没有归来。对我们而言，什么都不用做。

于是，司机又戴上白手套返回驾驶室。车一启动，巴士前部便恢复了活力。前部的乘客们在小声窃窃私语的同时，注视着我们这些受害者。我发现特别是那个教员，他颤动着嘴唇，用灼热的目光盯着我们。我把身体埋入座位。为了逃开他们的视线，垂下头闭上眼睛。在我身体的深处，屈辱如岩石一般结块，一粒粒的毒芽开始不管不顾地冒出来。

教员站起身，向后排座椅走过来。我一直低着头。教员将身体牢牢地撑在玻璃窗的横轴上，俯下身与职员说话。

"那帮家伙做的事真过分啊。"教员用热情的声音说道。他一副慷慨激昂的样子，光明磊落又热情洋溢，似乎代表了那些巴士前部的乘客，那些没有受害的人。

"对人不能做这样的事啊。"

公司职员一言不发地低着头,凝视着教员雨衣的下摆。

"我为自己刚才默默观看的行为感到可耻。"教员和善地说,"你那儿,不疼吗?"

职员颜色糟糕的喉结一下下地动了起来:"这么说吧,咱的身体不疼,不过是被人扒了光腚。你能别理咱了吗?"只是,职员的嘴唇一直死死地咬着。

"我也不懂那帮家伙为什么那么专注于这种事。"教员说道,"我都不能想象,将日本人当作牲畜一般对待并以此为乐是件正常的事。"

一名未受害的乘客起身从巴士前部的座位走过来,站到教员身边。他用同样光明磊落且热情洋溢的眼神窥探着我们。后来,所有脸颊兴奋得发红的家伙们,都从前面的座位走过来,与教员他们排在一起。他们相互挤压身体聚在一块,俯视着我们"羊群"。

"这种事经常在巴士上发生吗?"一名乘客说道。

"报纸上没登过,所以我也不知道……"教员回答,"不是头一回了吧。像是熟练的手法呢。"

"要是扒女人的屁股,还能理解。"一个脚穿坚固长靴、修路工模样的男人,以着实气愤的声音说,"让男人脱裤子,这是要干啥啊。"

"真是一帮讨厌的家伙。"

"没法儿对这事一声不吭,视而不见啊。"那个像修路工的男人说道,"如果一声不吭的话,不就给他们惯出毛病了吗?"

站着的乘客们提高满怀怒气的嗓门商谈着。他们像猎兔时围住兔子的猎犬似的包围着我们。而我们"羊群",则温顺地低头坐着,默默承受他们的话语。

"应该跟警察说明一下情况呀!"教员仿佛在呼吁我们,用格外高的声音说,"那样马上就能知道他们部队所在的兵营了吧。我认为,就算警察不行动,聚起来的受害者也能推动社会舆论。我觉得,应该还存在其他这样的案例,一定是由于受害者直到现在都在沉默地屈服,所以才无法让这件事情浮出水面。"

教员的周围,响起了那些未受害乘客们强有力的表示赞同的喧闹声。然而,我们这些坐着的人,却保持沉默地垂着头。

"报警吧,我做证人!"教员用充满活力的声音说道,手掌搭上职员的肩头。其他乘客的意志都被他一人代表了。

"我也做证。"另一个乘客说。

"走吧!"教员说,"喂,你们不要像哑巴似的不吭声,请站起来!"

我们"羊群"成了哑巴,出人意料地变哑了。而且,我们之中并无一人打算做出开口说话的努力。我的喉咙干燥得像长时间唱歌以后的那般,声音在发出之前便消融了。屈辱在身体深处像铅块似的沉重聚合,令我懒得动一下身体。

"我觉得不应该一声不响地忍耐。"教员焦躁地对一直垂着头的我们说道,"我们也万不该沉默地看着。必须要扔掉这种逆来顺受的态度!"

"一定要让那帮家伙也体会一下!"其他乘客一边点头赞许教员的话,一边说道,"我们也会支持的!"

可是,坐着的"羊"中,谁也不想回应他们的鼓励。大家都沉默地低着头,好像听不见似的。他们的声音被透明的墙隔开了。

"被迫出丑并受辱的人必须要团结!"

急剧而来的愤怒,令我浑身颤抖。我抬头看向教员。"羊群"躁动起来了。接着,一头蹲在角落、身穿红色皮夹克的"羊",面色发青表情僵硬地一下站起来,撞向教员。尽管他揪住教员的前襟怒目而视,唾沫星子还从微张的嘴唇附近喷出,却依然无法说出只言片语。教员毫无反抗地垂着两只手,脸上露出吃惊的表情。周围的乘客也吃惊地一言不发,没有一个人想去制止那个男人。男子仿佛放弃了谩骂似的摇摇头,向教员的下巴狠狠地击出一拳。

不过,当男子要向瘫倒在地的教员扑过去时,职员和另外一头"羊"却抱住了他的肩膀。男子的身体迅速失去力量,无精打采地坐回座位。待沉默不语的职员他们一坐定,"羊群"就像精疲力竭的小动物似的,默默地耷下脑袋。站立的乘客们,也内疚得一言不发地回到前部座位。即便在他们内部,群情激奋的感情也忽的冷却下来。随后,他们似乎开始积攒起了糟糕心情留下的粗刺刺的残渣。倒在地板上的教员站起来,用仿佛带着些许悲痛的目光注视着我们,然后仔细地掸起雨衣。他已不想再和谁说话,却仍旧时不时地回过残留着斑驳红潮的脸,看着我们。令我感到丑陋的是,自己竟想通过观看教员被打倒在地,来将自身的羞辱含混过去。这种想法加深了我的痛苦,令我的身体精疲力竭。可实在太冷了。我紧咬嘴唇忍耐睡意,任由身体伴随着巴士的震颤。

巴士停在市区入口的加油站前。除去职员和我,"羊群"的所有成员都与其他乘客在那里下车。司机并未打算代替乘务员收票,所以有几个人在下车离去之前,把小而薄的车票团成团扔到乘务员的座席上。

巴士开始再度飞驰时,我被微小的恐惧所捕获。我明显感到教员想与我搭话。虽然自己已经疏远了教员那纠缠不休的眼神,却依旧可以察觉得到。我不知要如何避开他才好。我冲教员背过脸扭过身,想透过后部宽大的玻璃窗看向车外。不过,覆盖在玻璃上的满满一层细密的雾气颗粒,如一面昏暗的镜子,模糊地映照出车内的一切。从那里,我果然看到了教员的脸,他在热切地注视着我。一种难以忍受的烦躁袭扰了我。

我几乎是奔跑着在下一站的停靠点下了巴士。通过教员面前时,我扭过头,如避开高危传染病一般,定要摆脱教员穷追不舍的视线。马路上的空气中有雾的沉淀,像密度稀薄的水。我一边将外套的领子堆在喉头抵御寒冷,一边目送激起缓慢雾气漩涡的巴士远去。一种悲惨的心安生长开来。在巴士苍白的尾部,浮现出职员用手擦着玻璃要看看我的样子。我感到一种好似与亲人别离般的震撼。他是与我一同将赤裸的屁股暴露在空气中的伙伴。不过,我为这种下贱的亲近感感到不耻,移开了落在窗玻璃上的目光。为了家中温暖的客厅里等待着自己的母亲和妹妹们,为了回到她们的面前,必须要让自己重新振作起来。我盘算着绝不能被她们觉察到自己内心深处的屈辱。于是挺括好外套,裹紧身体,决定像一个心情开朗的孩童,开始毫无意义的奔跑。

"喂,你……"一个潜藏在身后的声音响起,"喂,等我一下啊。"

即将急速离去、令人讨厌的"受害感",被这个声音再度拉回至我的面前。我筋疲力尽地垂下肩膀。不用回头,我也知身后是身穿雨衣的教员的声音。

"等我一下啊。"为了湿润冻干的嘴唇,教员伸出舌头舔了一下。随后,他过分亲昵地又叫了一遍。

我被一种预感,一种难以逃开这个男人的预感填满了,只得无力地等待他继续说下去。教员微笑着让自己的身体洋溢出威慑感,那是一种能包裹住我全身的奇妙威慑感。

"你该不会要打算一声不吭地把这件事忍下去吧?"教员非常谨慎地说,"别的家伙都指望不上了。只有你不会忍气吞声,而是继续战斗下去的吧?"

"战斗?"我惊讶地凝视着教员的脸。他薄薄的皮肤下潜藏着一种快要再次燃起的情感。这种情感对我一半是安抚,一半是强迫。

"我会协助你战斗的!"教员上前一步说道,"不管到哪里,我都会站出来做证。"

我含糊地摇摇头,回绝了他的提议。刚要走开,教员便用他充满激励的手腕,插进我右侧的臂弯。

"事不宜迟,去给警察说说吧。派出所就在那里。"

教员不顾我惊慌失措的抵抗,以坚定的步伐仿佛拖着我似的向前走,并附上一个短暂的笑容。"那里最好能暖和点啊,我租住的地方一点热乎气儿都没有。"

尽管我心中焦躁得反感,可我们挽着胳膊的样子,看起来却像一对亲密友人。横穿马路后,我们踏入那间于雾气中浮现出狭小光晕的派出所。

派出所里,一位年轻的警官正俯身面向一本写满粗大字体的笔记本。炽热的火炉烤着他年轻的后颈。

"晚上好。"教员说。

警官抬起头注视着我。我不知所措地抬头看向教员,他却像防止我从派出所逃走似的堵在门口看着我。警官将他充血且带有睡意的眼睛从我这里移开,转而定睛看向教员。当警官再次看回到我身上时,眼神则显露出紧张的神色。他似乎从教员那里接到了信号。

"哎!"警官保持注视我的姿势,催促教员。

"发生什么事了?"

"是与兵营的外国兵有关的事。"教员为了试探警官的反应,缓慢地说道,"这个人是受害者。"

"有关兵营的?"警官紧张了起来。

"一些人被外国兵施与了暴行。"

警官紧张地绷紧眼睛,迅速环视了我的全身。我知道,他是想在我的皮肤上找到击打伤和刀伤。不过,伤痕是滞留在皮肤之下的,而且我并不想让它被他人染指。

"请等一下,因为我一个人也不太明白。"年轻的警官仿佛忽然被不安笼罩住,起身说道,"我觉得要慎重对待兵营的问题。"

当警官走入藤条编织的隔断深处时,教员便伸出胳膊,碰碰我的肩。

"咱们也要慎重一下吧。"

我低着头,默默地感到脸上冻僵的皮肤在火炉的烘烤下,令人发痒地舒展开来。

中年警官跟随年轻警官走进来时,还在揉蹭着眼睛努力从睡眠中清醒过来。然后,他转头盯着我和教员,示意我们坐下。他头上的肌肉,疲倦而松弛。我无视中年警官的示意,并未落座。教员则像为了监视我一般,刚坐了一下椅子,又慌慌张张地站起来。当警官们一就座,便形成了审讯的氛围。

"听说你被兵营的士兵打了?"中年警官说。

"不,不是被打。"教员收紧下巴说道。他的下巴上还带有被红皮夹克男子打过后留下的青黑色斑点。"是更加恶劣的暴行。"

"到底怎么回事?"中年警官说,"暴行指的是……"

教员用鼓励的眼神盯着我,可我仍沉默不语。

"欸?"

"在巴士里,这些人的裤子让醉酒的外国兵给扒下来了。"教员语气强硬气愤地说道,"然后光着屁股……"

羞耻摇晃着我,如热病发作一般。我握紧了外套口袋里开始颤抖的手指。

"光着屁股?"年轻警官露出疑惑不解的表情说。

教员犹豫地注视着我。

"受伤了吗?"

"是用手啪嗒啪嗒地打了一顿。"教员果断地说。

年轻警官为了忍住笑,脸颊上的肌肉一抽一抽的。

"到底是怎么一回事啊?"中年警官用充满好奇的目光窥探着我,说道,"不是闹着玩吧?"

"欸?"我们一齐惊讶道。

"即便说是光着屁股被啪嗒啪嗒地打了一顿,"中年警官打断教员的话,说,"也不会死的吧。"

"是不会死。"教员激动地说,"但是,那可是在拥挤的巴士里被扒光屁股的,还像狗一样弯着腰!"

我在羞耻中浑身发热地低着头。即便如此,我也明白警官们被教员的语气压倒了。

"被威胁了吗?"年轻警官像为了安抚教员似的说。

"他们用了一把长长的匕首。"教员说。

"确定是兵营的外国兵啊。"年轻警官用饱含热情的声音说,"请详细说说看。"

于是,教员就把巴士中发生的事件详细地说了一遍。我垂下头听着。在警官们好奇的眼神里,我感到自己被再次扒掉了长裤和内裤,弯腰奉上了自己像鸟一般、冒出粒粒毛孔的赤裸的屁股。

"真是犯下了严重的罪行啊。"中年警官说道。他竟不再打算隐藏自己淫贱的笑容,露出了黄色的牙龈。"其他人就这样默默地看着吗?"

"我……"教员咬紧牙关,用沙哑如呻吟似的声音说,"并不是以平静的心情观看的。"

"你的下巴被打了啊。"年轻警官将视线从我这里转移到教员的身上说道。

"不,不是外国兵打的。"教员不快地说。

"姑且给我们提交一下受害登记表吧。"中年警官说,"然后,我们会认真地讨论一下这个事件的处理方法,否则会很棘手。"

"这不是什么棘手的问题吧。"教员说,"明显是以暴力羞辱他人,绝不能忍气吞声。"

"在法律上,会如何定论呢?"中年警官打断教员的话,说:"说一下你的住址和姓名。"

"我是……"教员说。

"在你之前,先让受侵害的当事人说一下。"

我惊讶地猛烈摇头。

"欸?"年轻警察聚起前额上短浅的皱纹说道。

我想着,一定要顽强地隐瞒好自己的名字。我为何要跟着教员来派出所呢?如果就这样被疲劳碾碎,就这样无力地、原原本本地顺从了教员的意志的话,我便是借自己所受的屈辱来大肆打广告做宣传了吧。

"说出你的住址和姓名啊。"教员用胳膊环住我的肩膀说,"然后就会起诉了。"

纵使身体避开了教员的胳膊,但我仍不知要如何向他说明自己并没有起诉的意愿。我忽然间变作了哑巴,紧紧地咬住嘴唇。火炉的味道令我产生了轻微的呕吐感,而内心却在烦躁不安地祈祷着这一切能快点结束。

"受害者不止这个学生。"教员仿佛改变了想法似的说,"以我作为证人的形式来报告这个事件行吗?"

"连受害的当事人都沉默了,这种含糊的证言就更不可能被接纳了。就算是报纸,应该也不会将它作为报道对象的。"中年警察说,"又不是杀人行凶之类的案件,就是啪嗒啪嗒地打打光着的屁股,然后唱唱歌。"

年轻警官忽然冲我背过脸去忍住笑。

"喂,你怎么了?"教员焦急地说,"你为什么一声不吭?"

我想要低着头走出派出所,可教员却绕过我的去路,坚定地叉开腿拦住我。

"喂,我说你啊。"他用好似提起诉讼的诚恳声音说道,"有必要让某个人为这次的事件做出牺牲。虽然你想沉默着忘却,可你还是要下决心完成这项牺牲的任务,成为牺牲的羔羊。"

"成为羔羊……"我被教员激怒了,但他仍旧努力热心地注视着我的双眼,浮现出看似恳切善良的表情。我愈加顽固地缄口不言。

"你别不说话呀,我够没面子了啊。喂,怎么了嘛。"

"明天也行。"中年警官一边注视着沉默对峙的我们,一边站起来说道,"请你们二位把话说清楚以后再来吧。虽然我也不清楚到时候还能不能决定起诉兵营的士兵……"

虽然教员对警官反驳了几句,可警官还是把厚厚的手掌搭在我和教员肩上,如送熟客一般将我们向外推。

"明天也不迟吧? 那时,你们要事先准备得更加充分。"

"那我今晚……"教员急忙说道。

"今晚我不是已经大概听了一遍了吗?"警察发出的声音略有些感情用事,"而且,直接受害者并没有起诉的意思吧?"

我和教员走出派出所。变得浓重且带有光泽的雾气局促地围住了派出所的灯光。

"你打算忍气吞声了吗?"教员貌似不甘心地说道。

我一言不发地走向雾围之外,走入那寒冷黑暗的夜色。我筋疲力尽又昏昏欲睡。回到家,与妹妹们沉默着吃完那顿迟来的晚餐,我就能像把自己的屈辱都抱在胸前似的,弓着背盖上被子睡一觉了吧,而且天亮的时候,也会有些许的好转了吧……

可教员却寸步不离地跟了上来。我加快了步伐。教员充满力量的脚步声在我身后的不远处变得迅速。我回过头去,与教员在简短的时间内相互凝视着对方的脸。教员露出灼热又烦躁的眼神。雾气的微粒沾在他的眉毛上,闪闪发光。

"你为什么在警察面前保持沉默?为什么不告发那些外国兵?"教员说,"你能沉默地忘却吗?"

我从教员脸上移开视线,开始趋身快步走开,下定决心要无视从身后跟上来的教员。我走着,未曾拂去过令面孔僵硬的冰冷雾气微粒。马路两侧的所有商店都熄灯打烊了。只有我和教员的脚步声在被雾气掩盖无人往来的街道中回响。为了走进我家所在的那条小巷,在离开马路时,我迅速地冲教员回过头。

"如果你打算向所有人掩盖自己的耻辱,你就太卑怯了。"教员似乎在盼我回头似的说,"这种态度,就完全屈服于外国兵了。"

我显露出自己根本没有听教员说话的想法后,跑进了小巷。而教员则快步追了上来。或许他想要跟进我家,查清我的姓名。我瞄了一眼自家门灯的光,从前边走过去。当我在小巷尽头拐弯再次回到马路上时,教员也便放缓了脚步,继续跟着我。

"我只要你告诉我姓名和住址。"教员在我的身后喊道,"因为我以后还要就今后的作战方针联系你。"

我被焦躁和愤怒侵袭了。不过,他还能拿我怎么办呢。我外套的肩膀被雾打湿,变得沉重,脖子碰上去感觉凉凉的。我一边发抖,一边沉默地走着。我们就这样长时间地走着。

一来到市内繁华地段附近,便看见暗娼从暗处伸长了脖子,像野兽似的等候着我们。为避开暗娼,我走上行车道,接着横穿至对面一侧的人行道上。天很冷,下腹激烈的收缩令我无法应对。踟蹰过后,我开始在水泥墙的一角小解。教员也与我并排站着,并在他小解时对我喊道:

127

"喂,我只要你说出你的名字啊。我们不能把那件事埋藏在黑暗中。"

暗娼透过雾霭凝视着我们。系好了外套上的扣子,我开始沉默不言地往回走。教员与我并肩行走时,暗娼向我们投来了简洁下流的话语。鼻黏膜被雾气刺激得发疼打颤。我被疲劳和严寒击垮了。腿肚子僵硬,脚在鞋里肿得生疼。

即便是谴责教员或是赌上腕力,我也一定要拦截这个蛮横无理的追捕。然而,我已筋疲力尽得像哑巴似的失语了。只能对与我持续并肩行走的教员绝望地发怒。

当我们再次靠近我家所在的小巷前时,夜色更浓了。我被自己强烈的愿望捕获住,好想躺倒在被子里把身体托付给睡眠啊。我走过那里,却无法忍受走向更远的地方。突然涌现而出的感情,势头迅猛地抓住了我。

我咬住嘴唇,猛地撞倒教员,跑进黑暗狭窄的巷子。两侧栅栏里的狗都狂吠起来。我伸出下巴大口喘气,一边从喉咙里漏出悲鸣般的声音,一边持续地奔跑。即使侧腹开始疼痛,我也还是摁着它继续跑。

小巷的拐角处,街灯令雾气散发出微弱光芒。可在那里,我被身后强壮的手臂抓住了肩膀。教员仿佛要抱住我似的贴上身体,大口呼气。我张开的嘴和鼻孔里也喷出了白色的呵气,融入雾中。

我筋疲力尽地想,大概今晚要一直被这家伙纠缠,不得不持续行走于冰冷的街道之中了。我的身体沉重且充满无力感,焦躁的悲哀在体内扩散。我用尽最后的力气甩开教员的胳膊。然而,教员却用他高大魁梧的身躯耸立在我面前,绝不接受我要逃走的想法。我与教员就这样绝望透顶地对峙着。为了防止自己流露出失败和悲哀的表情,我不知如何是好。

"你这家伙,"教员发出疲惫且沙哑的声音,"是打算无论如何都要隐瞒自己的姓名了吧。"

我仅是一言不发地怒视教员,就用尽了周身所有的意志和力量。

"我要查清你的名字。"教员说道。他感情高涨,声音颤抖,两只饱含愤怒的眼睛里忽然噙满了泪水。"我要把你的名字和你受到的屈辱都公布出来!我还要让那些士兵和你们这些人都颜面尽失!不弄清你的名字,我决不离开!"

李硕 译

突然变成的哑巴

　　一辆载着外国兵的吉普车,在晨雾中疾驰而去,一个少年,把网来的小鸟用铁丝穿过翅膀穿成一圈,搭在肩上,正在巡视谷地尽头处自己的猎场。他发现了那辆吉普车,就屏息着眼巴巴地望了一会儿。

　　等吉普车驰过一个高冈,穿进洼地,再爬上一个高冈,来到这个谷地里的村庄,还需要一些时间。少年气喘吁吁地奔进村子,当他脸色苍白地回到家里时,正赶上他那在这个小村子里当村长的父亲,忙着要下地。

　　警钟响起,全村的人们都集合到半山腰里可以俯览整个谷地的村长家门前。年轻的妇女们都必须躲在山上烧炭的小屋里;男人们必须把可能被误认为武器的东西,都搬到田间的小屋去;同时,千万不得同外国兵发生争执。这些注意事项,早已反复地不知道讲了多少遍了,只是那些外国兵始终不曾开到这个谷地的村庄里来过。

　　孩子们紧张得在这谷地里短短的村道上窜来窜去;大人们,不论是耕作的,管理蜜蜂的,还是给牲口搅拌饲料的,也都没有心思干活了。直到日上三竿,那吉普车才以飞快的速度平静地开进了这谷地里的祠庄。

　　吉普车在一所放了暑假的分校前的广场上停住,五个外国兵和一个日本翻译官从车上走下来。他们用广场上的抽水机把那永远浑浊得发白的水抽上来,润了润嗓子,擦了擦身子。村里的大人和小孩远远地围住他们,一个劲儿地望着。妇女们,即使是年老的,也都蹲在昏暗狭窄的堂屋里,决不向门外迈出一步。

外国兵们擦干了汗,返回吉普车跟前。这时,村里的大人和小孩形成的包围圈扩大了。他们第一次看到外国兵,不免感到惶惑不安。

翻译官声色俱厉地大喊了一声。这是人们在这天早上听到的第一句话:"村长在哪里?把他给我找来!"

一直夹杂在人群当中看着外国兵到来的村长,从人群里走出来。少年看见父亲挺起胸膛,磊落大方地准备回答翻译官,心里很感动。

"我就是!"少年的父亲说。

"今天,我们要在这个村庄里休息到傍晚凉爽以后再走。我们不会给你们添麻烦。这几位外国人,吃饭的习惯不同,所以不必招待。即使招待了,也是白费,懂了吗?"

"你们可以到分校里边去休息。"父亲大方地说。

"大人们都回去干活吧,我们也该休息了!"翻译官说。

一个褐色头发的外国兵走过来,附在翻译官的耳边,嘀嘀咕咕地说了些什么。

"他说:'谢谢大家出来迎接!'"翻译官说。

褐色头发的外国兵高兴地脸上露出了微笑。翻译官虽然要大家走开,可是人们为了想看看外国兵,谁都不肯马上离去。不论大人和小孩,都盯住这些外国兵看着,叹息着。

"大人们都回去干活吧!"翻译官又说了一遍。

"大伙儿回去干吧!"少年的父亲说。

人们这才依依不舍地散去,但还是一边走,一边回头望着,好像只要有一个小小的机会,就想再回来一次似的。而且他们对那个翻译官似乎不抱什么好感。等到大人一走,孩子们立刻感到外国兵可怕起来了。他们从吉普车往后退了几步,继续瞧着。

一个外国兵从井里打上一桶水倒在吉普车上,刷起车身来;另一个外国兵走到分校的窗户跟前,梳着闪闪发亮的金黄色头发;也有的在擦枪。孩子们屏住呼吸,望着这一切。

翻译官特地走近这些少年,板着面孔向四周环视了一下,然后就钻进了吉普车的驾驶席。这样一来,孩子们就可以毫无顾忌地眺望这些远来的客人了。孩子们觉得这些外国兵既老实,又有礼貌;他们的身躯是高大的,样子是神气的。孩子们渐渐地缩小了包围圈。为了看得更清楚些,他们逐渐地向士兵们靠拢,心里也不太觉得害怕了。

一过中午,天气热起来,外国兵们都钻进谷地溪流里去了。那里有几处很深的地方,可以游泳。孩子们用惊异好奇的眼光,凝望着脱得精光的外国兵。士兵们都有着雪白的皮肤和闪闪发亮的金黄色汗毛。他们互相往身上泼水,尖细的声音怪叫着。

孩子们虽然热得满身大汗,但是依旧乖乖地坐在岸上,看着外国兵。正在这时,翻译官走过来,也脱光了衣服。他的皮肤是黄褐色的,而且连一根汗毛也没有,浑身滑溜溜的,给人一种肮脏的感觉。他跟那些外国兵不同,紧紧地按着下腹部,泡在水里。孩子们对翻译官的举止,有些看不起,就放声大笑起来。外国兵们也好像不大理睬翻译官。只是在翻译官上前去泼水时,几个外国兵就立刻把他包围起来,于是他也只得叫苦连天地往后退却。

当那些外国兵怪声怪气地叫着,擦干了一丝不挂的身体,穿好上衣和裤子,奔跑着回到分校,而孩子们也追在他们后边赶回来时,翻译官却并没有跟大家在一起。他是过了一会儿才赤着脚慌慌张张地回来的。石子路晒得烫人,弄得他两脚不敢着地,那副狼狈相,不禁使外国兵和孩子们都哈哈大笑起来。

但是,翻译官的表情却十分严肃,哪里笑得出来。他好像把刚才遇到的情况对外国兵讲了一遍。外国兵听罢,又是一阵狂笑。随着这笑声,孩子们也高兴得纵声大笑起来。翻译官走近正在笑着的孩子们,他显得很不高兴,用申斥的口吻对孩子们说:"你们知道老子的鞋哪里去啦?"他恨得把两只光脚跺来跺去,"老子的鞋丢啦!"

孩子们快活地笑起来。翻译官那又黑又小的脸上,紧锁着眉头,那副嘴脸实在令人感到滑稽。

"不许笑!"翻译官盛气凌人地大吼了一声,"你们有没有人淘气,把我的鞋拿走啦?嗯,有没有?"

孩子们不再笑了,只管往肚子里咽唾沫,仰脸望着翻译官。翻译官就像遭到一次严重的打击似的,哭丧着脸,向孩子们说:"嗳,你们有人看见了没有?"

依旧没有人回答。大家的视线都落到翻译官那双细长而又苍白的光脚上。它们和村里人不穿鞋的脚完全不同,而是显得那么纤弱,多少有些令人讨厌。

"都不知道吗?"翻译官大发脾气地说,"全是一些窝囊废!"

外国兵为了避开炎热的太阳,都躲在分校的屋檐下,瞭望着翻译官在跟孩子们打交道。翻译官身上穿的黑衣服和下面的两只光脚,形成了绝妙的对比。看来,他们是在那里欣赏他的洋相。

"把村长给我叫来!告诉他马上来!"翻译官十分傲慢地说。

村长的儿子离开了伙伴们,沿着陡斜的石子路,穿过树林跑上坡去。父亲坐在昏暗的土间里,正和母亲一道挑选干燥的竹皮,一小把一小把地捆扎着。这样的活儿,对于膀大腰粗的父亲说来,是很不相称的。不过,在这个村子里,要想经常做一些跟男人相称的活儿,应当说是不可能的。但是,相反地,有时妇女却要干男人们的活。

"啊?"父亲用沙哑的声音回答了少年。

"翻译官把鞋弄丢了,正在发愁,"少年说,"所以,他要你去一趟。"

"管他呢!"父亲不耐烦地说,"那个臭小子的鞋,谁去管他!"

然而,父亲还是站起来,跟着少年,眯起眼睛来到了阳光耀眼的门外,一块儿向谷地走去。

村里的人们都聚集在广场的吉普车周围,正在倾听翻译官诉说他那双鞋的事。等村长满头大汗地赶到,翻译官又冲着他理直气壮地重复着那一套:

"就在我游泳的时候,鞋叫人偷去了。在你村子里发生的事情,你就有责任!给我把鞋找回来!"

少年的父亲在回答以前,回头看了看村里的大人们,接着又慢慢地转过脸来,向翻译官摇了摇头。

"什么?"翻译官说。

"我跟这件事没有关系!"父亲说。

"东西是在你的村子里丢的,"翻译官仍然坚持自己的意见,"你的村子就有责任!"

"是不是叫人偷去了,还没有弄清楚,"父亲说,"也许叫河水给冲走了。"

"我连衣服带鞋子一起脱在沙滩上,这是千真万确的事,决不会叫水冲走。"

父亲再一次转过身去,向所有的小孩和大人们说:"你们有人偷鞋了吗?"问罢,又向翻译官说,"好像没有。"

"你哄谁?"翻译官暴跳如雷。他那薄薄的嘴唇,瑟瑟地抖着,"你不要捉弄我!"

父亲没有吭气。翻译官企图拿大帽子来压人,"那鞋是军用的,你们知道盗窃或隐藏军用物资,会有什么样的后果吗?"

翻译官转身举起胳膊向后边做了一个手势,于是,那些大高个儿金黄色头发和栗子色头发的外国兵,从分校里走出来,把翻译官和父亲团团围住。父亲被那些高大魁梧的外国兵完全遮住了。那些外国兵显出了事到如今的神色,每人肩上都背了一支短而结实的枪,那枪托擦着腰部,发出咔吱咔吱的响声。

外国兵们形成的包围圈散开了,随即露出了父亲的面孔。他大声说:"还是先到河边找找看,请大家帮一下忙!"

翻译官和父亲在前面打头,后面跟了一群外国兵和村里的大人小孩。他们直奔溪流而去。孩子们紧张地跟在后面,有时胡乱地踏进长满羊齿的草地里。说来,在短短的河岸上进行寻觅,只不过是一桩极其简单的工作。但是,除了翻译官以外,谁也没有认真干这个工作。

一个满脸雀斑、非常年轻的外国兵,端起枪来,做好射击姿势,对准了一棵桐树的树枝。枝头上停着一只身体鼓得圆圆的灰色小鸟。它是刚刚从对岸飞落在这里的。小鸟一动也不动。然而,外国兵却没有开枪射击它。当他放下枪,把目光投向岸上,开始寻找鞋子时,村里的大人小孩都大大地松了一口气。村里人对外国兵已经不感到紧张了。

可是,这时候翻译官从距离河岸较远的草丛中拾到了他的鞋带,并且咆哮说,这鞋带是被一把锋利的刀子切断的。这顿时又使村里的人们恢复了先前那种恐惧和沉闷的气氛。孩子们都退缩到篁竹、杂草和羊齿丛生的草地里去了。

翻译官大声嚷了一句外国话,那个褐色头发、大块头的外国兵,迈开大步走到他跟前。翻译官指着被切断的鞋带,告诉他发现鞋带的地方离河岸有多远。父亲不耐烦地皱着眉头,虽然一直在听翻译官哇啦哇啦地讲,但因为不懂外国话,心里也只是在想着别的事情。外国兵缓慢地点了点头,向村里的人们环视了一下。接着,翻译官向父亲怒喝道:"你们村里有贼,这个贼是谁,你是知道的吧?叫他出来坦白!"

"我不知道,"父亲说,"这个村子里没有人做过贼。"

"胡说!你以为骗得过我吗?"翻译官骂街似的叫嚷着,"盗窃军用物资是要枪毙的,懂得吗?"

父亲没有回答。翻译官横眉竖眼地瞪着他。这时候,褐色头发的外国兵用很平常的声调对翻译官说了些什么。翻译官不高兴地向他点了点头。接着,他们向分校前的广场走回去。翻译官赤着脚,在晒得滚烫的路上走着。那样子相当滑稽。他一蹦一跳地走着,不时地擦着脖子上的臭汗。

到了分校前的广场,翻译官指手画脚地对褐色头发的士兵讲了一阵,然后,显然是为了威胁村里所有的人,他说:"我们准备强行搜查你们的家!"他加重语气说,"隐藏鞋的,要逮捕。但是,现在要是能自动地把鞋拿出来,有承认错误的意思,就可以不追究。"

村里的人们丝毫也没有表示动摇。翻译官越来越焦躁了,他说:"嗳,小朋友们,你们当中有没有人看见谁把我的鞋藏起来了?要是有,就来告诉我,我给你们奖品。"

孩子们一声不响。翻译官又跟外国兵指手画脚地讲了一阵。外国兵无可奈何地点了点头,回到校舍里面去了。翻译官晃动着满头大汗的脑袋说:"要挨门逐户进行搜查。谁要是盗窃了军用物资,隐藏不说,就要处罚谁。"他又命令说:"随我来!我要从北头进行搜查,你们都要在现场看着。在没有找到鞋以前,谁也不许自由行动!"

人们都不肯跟着他走。翻译官又提高嗓门嚷道:"你们磨蹭什么!"他气势汹汹地对村里的人们说:"我叫你们随我来!难道你们不打算跟我合作吗?"

他的声音没有得到丝毫反应,很快地消失在灼热的空气里。村里的男人们把不断冒汗的两只胳膊交抱在胸前,一动也不动。翻译官愤怒地扭动着身子,瞪着一双冒火的眼睛,环视着四周,气得他浑身直打哆嗦。

"随我来!挨家搜查!"

"走,我们去看着他搜!"父亲说。

于是,人们跟着翻译官向谷地的北端走去。这正是太阳直射在谷地上最炎热的时刻。暴跳如雷的翻译官赤着脚,滑稽地迈着步子,极力忍受着滚烫的石子路给他带来的痛苦往前走。孩子们目送着他,哈哈大笑起来。外国兵们似乎也非常为难地笑出声来。于是,孩子们很快地又恢复了对外国兵们的亲切感。

翻译官不搜查完,外国兵们就不能动身,于是他们时而在吉普车周围无聊地走来走去,时而又回到校舍里面去。孩子们望着这些外国兵,度过了一段快乐的时刻。外国兵们看见一个穿日本民族服装的小姑娘,觉得稀奇,一会儿给她照相,一会儿又在小笔记本上记下了些什么。但是,由于搜查的时间过长,最后,他们对这一切也感到索然无味了。

翻译官非常固执地进行了搜查。外国兵们连鞋也不脱就走进了分校里的地板房,一会儿躺下,一会儿坐起等着他。看来,他们也是无可奈何的样子。有个年轻士兵不断地扭动着下巴颏,偶尔往干燥得尘土飞扬的地面上啐一口粉红色的唾沫。

当大人们跟在翻译官后面看他挨门逐户地进行搜查时,孩子们都聚集在分校前的广场上,他们不是看吉普车,就是看那些无精打采的士兵们。他们热心地、毫不厌倦地凝望着。那个年轻的士兵把自己嚼着的那种装在纸包里的口香糖扔过来。孩子们笑眯眯地、兴奋地大嚼起来。但是糖粘到牙齿上,就像皮子一样,咬也咬不断。孩子们把它都吐在地上,但是,心里却十分满意。

不知不觉之间,太阳藏到云里,环抱着谷地的群山,顿时变得黑魆魆的。一阵风刮过,把栗子林里的野草吹得摆来摆去。这已是黄昏时刻了。疲劳不堪的翻译官终于带领着村里的人们,闷闷不乐地、一声不响地返回广场。他那一双赤着的脚,被汗水和泥土弄得好像裹了一层黑布,显得非常粗大和难看。

他似乎向等在分校里面的外国兵们说明了情况。外国兵们不再纵声大笑了。看来,他们也等得不耐烦,动了肝火。他们拿起枪来,走到广场上。翻译官就倚仗这些外国兵给他撑腰,把脸转向村里的人们。

"请你们协助一下,"他哀求似的说,"协助我,就等于协助外国驻军。日本人今后如果不协助外国驻军,就无法生存下去。你们不是战败国的人民嘛!你们即使被战胜国的人给屠杀了,也不能说一个'不'字。不协助就等于发疯!"

人们默默地瞅着翻译官。他焦躁地指着少年的父亲,又用先前那种强迫命令的口气大叫大嚷地说:"老子丢了的东西找不回来,我们就不离开这个村子。只要老子对士兵们说,这个村子里藏有拿武器的反抗者,他们就会留下来进行搜索。只要士兵们在这里一驻下,你们那些藏在山里的老婆闺女可就要遭殃啦!"

翻译官仿佛要试探村里的人们有没有动摇的表示,把嘴狠狠地闭住,瞪眼看了看众人。

"嗯?你们不打算协助我吗?"

"大伙儿都说谁也不知道你的鞋;也许是叫河水给冲跑了。"少年的父亲还是竭力忍耐着说,"因此,也谈不到什么协助不协助。"

"混账!"翻译官露出一排牙齿,狂叫一声,突然从正面向父亲的脸上打去。

父亲用手紧紧地托住了结实的下巴颏,脸上毫无惧色。嘴唇被打破,一滴滴的鲜血滴在地上。少年仰面望着父亲,见他那被太阳晒得黝黑的脸颊上慢慢地泛起了红色。少年心里感到了深深的不安。

"混账东西!"翻译官气呼呼地说,"你是村长,就有责任。你要是不把偷东西的人的名字说出来,我就对士兵们说你是贼。然后把你抓起来,交给外国驻军的宪兵队去!"

少年的父亲从容不迫地转过身,背向翻译官,朝前走去。少年感到父亲是真生气了。翻译官大吼一声,企图把父亲叫回来,可是父亲不理睬他,只顾自己往前走。

"站住!小偷,你敢跑!"翻译官怒喝起来,接着又用外国话吼叫着。

那个年轻的外国兵端起枪跳出来,做出射击的姿势,也用外国话吆喝着。父亲回头看了一下,骤然惊恐地向前奔去。翻译官大喊一声,但听得那年轻的外国兵手里的枪砰的一响,父亲张开双臂,身子仿佛跳跃似的晃了一下,就一头倒在地上了。等人们赶到他身边,那个少年早已跳过去扑在倒下去的父亲身上了。父亲的眼睛里、鼻子里、耳朵里,都淌着鲜血。他已经死了。少年抽抽噎噎地哭着,把脸紧贴在父亲那滚烫的脊背上。他搂着父亲,独自把父亲完全占有了。人们转过身,透过黄昏时分浓郁的空气,凝视着茫然地伫立在那里的翻译官和外国兵。翻译官离开外国兵向前迈出了两三步,狂乱地喊了一声,但是村里的大人和小孩,没有一个人回答他。他们只是默默地把眼光死盯着这个翻译官。

夜深了。父亲魁梧的尸体躺在草席上。只有少年和他母亲守在一旁。母亲像男人似的坐在地板上，两只胳膊抱着膝盖，一动也不动。少年从面临谷地的窗户，向下面探望着，他也一动不动地坐在那里，保持着沉默。

　　从山谷底下的溪流，不断地涌上来浓雾。少年定睛看去，发现有几个大人，顺着村里的石子路走上来，夜雾跟在他们身后慢慢地向上移动着。这几个大人一声不响，慢慢地爬上来，就像背着很沉重的东西似的，坚实有力地迈着步子。少年咬紧嘴唇，心里突突地直跳，眼巴巴地望着这一切。他们走得确实很慢，然而稳稳妥妥地爬上来。少年感到自己简直要晕倒了。突然，母亲跪着爬过来，向窗外望了一眼。他感到母亲发现了这些大人。母亲用胳膊搂住他的肩膀，少年在母亲的怀抱里感到很拘谨。

　　这些大人刚刚消失在榉树林中，现在，突然又出现在少年家的通到堂屋的木板门前了。他们一声不响地推开了门，聚集在一起，默默地望着少年。少年感觉到把他搂在怀里的母亲在开始发抖。他立刻受到了感染，自己也跟着颤抖起来。

　　但是，他终于挣脱了母亲的胳膊，立起身来。他赤脚走下堂屋。大人们围住了他，一同向前走去。大人们顺着被夜雾打湿的下坡路，一直向前走去。恐惧和雾气的寒冷使少年浑身直打哆嗦，他急急忙忙跟在后面走。

　　这一条路，在开采石灰石的小采石场前的平地那里，分出一个岔道来。跨过一座土桥，就来到通往河流深处的石头台阶上。一到这里，大人们就紧张起来，他们歪着不曾剃去胡须的、枯瘦而阴险的脸，低头俯视了少年，一声不响地死盯着他。

　　少年为了不让自己发抖，紧紧地抱住了身体，独自朝分校前的广场奔去，他感到大人们好像在背后盯着他。吉普车在柔和的月色中静静地停在那儿。少年走到车前站住。士兵们都在分校里边睡大觉。少年含了一嘴黏糊糊的唾沫,眼巴巴地盯着吉普车。

从驾驶席上爬起来一个人影,他打开车门,探出了半个身子。

"谁?"这是翻译官的声音,"来干什么?"

少年没有搭腔。他抬起眼睛,看了看翻译官的黑糊糊的脑袋。

"难道你知道我的鞋藏在什么地方吗?"翻译官说,"你想拿到奖品,来告诉我鞋藏在哪里,是吗?"

少年的脸颊变得僵硬。他使出全身力气仰着脸。他一声不响。翻译官轻快地从车上跳下来,拍了一下少年的肩膀。

"你是个好孩子。来,领我去。不要担心,我对大人们保守秘密。"

两个人肩并肩地顺着少年方才走过的路往回走去。少年极力控制着自己,以免被人觉察出他在发抖。

"奖品,给你什么好呢?"翻译官喋喋不休地说着,"喂,你喜欢什么?我替你向士兵们要点糖果好不好?你看到过外国的带画的明信片吗?奖给你外国人看的杂志也可以。"

少年不言不语,屏住呼吸走着。赤着的脚踩在石子上,感到疼痛。尤其是那个翻译官,更感到疼痛难忍。但是他高高兴兴地嘴里讲个不停,一蹦一跳地跟着走。

"你是哑巴吗?"翻译官问道,"别看是哑巴,却很懂事哩。不过,你们村里的大人们,可真是大混蛋。"

他们来到采石场前。过了土桥,顺着被夜雾打湿的滑溜溜的石头台阶走下去。从土桥下的黑暗处,突然伸出一只胳膊来,把翻译官的嘴给堵住了。跟着就有几个大人把翻译官团团围住,他们一个个都是浑身硬毛,石头般坚硬的肌肉隆起来,身上一丝不挂。翻译官被这几个赤身的大人紧紧抱住,完全动弹不得,接着就被他们拖进河里,慢慢沉到水底下。这几个大人,谁要是感到呼吸困难,谁就离开翻译官,把脑袋伸出水面呼吸一下,然后再潜到水里,把他紧紧地抱住。他们轮流地重复着这个动作,一直持续了很久。最后才把翻译官一个人留在河底里,大家走上了台阶。他们冻得浑身发抖,一个个都打着寒战,把身上的水抖掉一些,就这样穿上了衣服。这几个大人一直把少年送到坡路的尽头,然后才默默地沿着原路回去。少年仿佛被他们的脚步声追赶着似的,奔进了拂晓的树林。

他推开了房门。柔和的淡灰色的晨雾从敞开的房门溢进来,使得背朝堂屋默默地坐着的母亲发出了一阵咳嗽。他也咳着,伫立在堂屋中央。母亲回过头,用怪可怕的眼神看了他一眼。他一声不响地走进那间地板房,就在被父亲巨大的身体占去了一半的那张草席的一角躺了下来,冷得浑身起着鸡皮疙瘩。母亲的视线落在他那消瘦的脊背和细细的脖子上。他呜咽着,没有哭出声音。他已经精疲力竭,感到四肢无力和悲伤;然而,最使他受不了的,还是那种强烈的恐怖的感觉。母亲用手抚摸着他的脖子,但他却发疯似的甩开了她的手,紧紧地咬住嘴唇,泪水夺眶而出。紧靠房后的那片夹杂着栗子树的灌木林里,传来一阵鸟儿的喧闹声。

早晨,一个外国兵在河流的深处发现了翻译官挺直两条苍白的腿漂浮在水面上。他喊醒伙伴们,叙述了事情的经过。他们想找村子里的人把翻译官打捞上来。但是,在他们周围,不但看不到一个孩子走近来,连在远处瞭望他们的孩子也找不到一个。

大人们,有的在地里干活,有的在修理蜂箱,有的在割草。尽管这些外国兵比比画画的企图让村里的人们了解他们的意思,但人们却把这些外国兵当作一棵树或是一块石头一样,根本不加理睬,依旧干自己的活儿。大家都默默地继续干活,就像忘记了有外国兵到村子里来了似的。

终于有一个外国兵浑身脱个精光,跳进河里,把尸体拽过来,抬进了吉普车。直到中午,外国兵们一直在车子周围,不是坐下,就是走来走去。看来,他们简直焦急得要死。

他们忽然掉过车头,顺着进村时走过的那条路驶回去。村里的人们,包括孩子们在内,没有一个人去注意他们,还跟往常一样,依旧在做自己的事情。村头的路边上,有一个小姑娘在抚摸一只小狗的耳朵。眼睛最蓝的一个外国兵把一包糖果扔给她,但是那女孩子和小狗连看也不看一眼,继续做他们的游戏。

刘德有 译

从翻译短篇小说《突然变成的哑巴》说起

——我所认识的大江健三郎

刘德有

战后初期,在日本文坛上曾出现过几位属于最年轻一代的作家,他们就像闪烁着光辉的几颗明星,惹人注目。其中最耀眼的一颗也许就是大江健三郎。一九五七年正在求学中的大江给《东京大学新闻》投稿的小说《奇妙的工作》,因风格新颖,入选为获奖作品。这部小说,由于著名评论家平野谦在《每日新闻》的《文艺时评》专栏上撰文赞扬,引起了文坛的注意和重视。翌年——一九五八年大江更以小说《饲养》获得芥川文学奖,从此登上日本文坛,声名鹊起。

我最早与大江健三郎见面,是在一九六〇年六月。那一年,日本全国掀起了反对岸信介内阁修改《日美安全条约》的群众斗争。迅速蔓延日本列岛的这一群众运动,此起彼伏,声势浩大,一浪高过一浪。就在这一斗争的高潮中,日中文化交流协会派出以野间宏为首的日本作家代表团访问了中国。作为后起之秀参团来华的,有大江健三郎和开高健。陈毅副总理在中南海会见全团时,我担任了翻译。这是我第一次见到大江。

我记忆中的大江健三郎戴了一副黑框眼镜,他给我的印象好像是一位大学生。我知道他生于一九三五年,曾在东京大学法文系读书。如上所述,他在大学学习时就开始了文学创作活动。他早期的作品就已接触到日本的社会矛盾,具有一定的积极倾向。在《饲养》之后,他连续写了几部长篇小说。大江在进行创作的同时,对于《日美安全条约》、原子弹氢弹以及要求美国归还冲绳等日本当时面临的政治、社会等热点,也颇为关心。他还就这些问题经常发表一些文章。像许多人一样,我第一次接触他的文字时有一种感觉:风格特异,遣词别致。读起来不免有佶屈聱牙之感。

"文革"结束后,一九八一年九月十五日上午,我正在外文出版局办公,意外地接到人民文学出版社文洁若同志打来的电话。她说:"你先前翻译的大江健三郎的小说《突然变成的哑巴》现已出版,收录在外国文学出版社刚刚出版的《日本当代小说选》里。《小说选》分上、下两册,我马上给你寄去。"

放下电话,我感到有些茫然。许多年前我翻译大江健三郎小说之事,早已在我脑海中淡漠了。经她这一提醒,我忽然想起大约在二十年前——确切的日期已不记得,可能是一九六二或一九六三年,我确实曾应约翻译过大江健三郎的短篇小说《突然变成的哑巴》。记得那时,我住在外文局院内西侧筒子楼宿舍二层,一间不大的屋子。每天下班回家后,躲在那间小屋里,利用业余时间进行翻译。当然,星期天也不休息,争取尽快译出。稿子译好后,第一时间寄给了出版社。那时,出书的周期很长,因此,没有期望会很快出书。后来从一九六四年秋天起,我去东京做常驻记者。时间一久,也就不再去想这件事了。就这样,过了两三年,刮起了"文化大革命"的狂飙,人们的价值观来了一个大翻个,像此类外国小说自然都包括在被横扫之列。不用说,我那篇译稿的命运是可想而知的了。

"文化大革命"持续了十年之久。到了一九七八年十二月,党的十一届三中全会拨乱反正,才使中国的出版事业跟其他事业一样出现了转机和生机。

我收到出版社寄来的《日本当代小说选》上、下两册,心想前后经历了近二十年的漫长岁月,终于使大江健三郎的小说与其他日本作家的作品一道在中国面世,这真是不容易啊!我把书拿到手以后,产生了无限感慨。我想,一部翻译作品经过二十年的曲折后才出版,不能不说是"咄咄怪事"。但不管怎样,它能与中国读者见面,终究是一件好事,令人感到兴奋。

《突然变成的哑巴》是大江健三郎一九五八年的作品。这篇小说,我读原文后丝毫没有佶屈聱牙的感觉,反而感到文字流畅,好懂。而且,这篇小说是以反对美军占领日本为题材的,我感到这在当时确实难能可贵。

在战后初期,大江健三郎通过他的作品,竟然敢于直接抨击美国对日本实行军事占领,而且刻画了一个依仗美国占领军的势力、狐假虎威骑在本国人民头上作威作福的日本翻译官的丑恶嘴脸,并且最后以群众团结起来处死这个翻译官作为小说的结局。应当说小说的主题触及的是一个十分敏感的问题,在当时是需要一点勇气的。后来,我听一位日本读者发表感想说,作者大江通过这样一个曲折的故事,是想说明"日本人民讨厌事事都唯美国是从。那部作品的主题十分明确和突出:日本不能一味追随美国,应当独立自主"。

不消说,当时翻译这部小说时,出版社和我本人都没有事前跟作者打招呼。如今,中国已加入保护文学艺术作品的《伯尔尼公约》,因此翻译外国作品时均按国际惯例,要事前征得原作者的许可,并要支付一定报酬。但在上世纪五十至六十年代,中国翻译外国作品,极少与原作者打招呼。自然,那次我受出版社之托翻译《突然变成的哑巴》的事,大江本人是完全不知情的。记得五年后的一九八四年十一月,王兆国同志在钓鱼台国宾馆宴请日中文化交流协会派出的以著名作家井上靖先生为首的代表团。大江健三郎是这个代表团的成员。宴会时,他的席位被安排在我的右手。席间,我们谈起了他的小说《突然变成的哑巴》。我向他诚挚地致歉,表示未经作者许可就进行了翻译,实在是不好意思。大江不仅没有介意,反而说,他先前访问美国时曾看到《突然变成的哑巴》的中文译本,使他兴奋不已,云云。我告诉他,我完全不知此事,而且那个版本是否就是我翻译的,也很难说。尽管如此,大江还是像"他乡遇故交"似的,满心欢喜。那一天,在同桌陪客的日本驻华使馆政务参赞阿南惟茂先生(后出任大使),对《突然变成的哑巴》有中文译本这一点,也表示了极大的兴趣。

十年后的一九九四年,大江健三郎获得了诺贝尔文学奖,十二月七日在斯德哥尔摩瑞典皇家文学院领奖时,发表了那篇著名的题为《あいまいな日本の私》(我在暧昧的日本)的讲演。这一题目,显然是有意模拟川端康成一九六八年在同一讲台演讲的题目《美しい日本の私》(我在美丽的日本),而且"反其意而用之",把"美丽"改为"暧昧",委婉地对川端康成的讲演内容提出了异议。

大江健三郎在讲演中说:"第一位站在这里的日语作家川端康成,曾在此发表题为《我在美丽的日本》的演讲。这一演讲极为美丽,同时也是极为暧昧(vague)。……川端或许有意地选择那种'暧昧性',这一点,在他讲演的标题中预先就给人们做了提示。川端的意图,通过日语的'美しい日本の'中的'の'这个助词所发挥的功能,体现了出来。""我们可以认为,这个标题首先意味着'我'从属于

'美丽的日本',同时也可以理解为他在提示:把'我'与'美丽的日本'置于同等的位置。""通过这一标题,川端表现了独特的神秘主义。"大江举例指出,川端在演说中引用了中世纪禅僧的和歌来阐述自己的理念,但那禅僧的和歌"主张通过语言是不可能表现真理的,因为语言是封闭的"。一句话,暧昧的语言,使人们不知所云。川端的讲演要求人们只能"放弃自我,参与到封闭的语言中去,非此不能理解或产生共鸣"。

然而,大江健三郎的讲演却与川端康成截然不同,他冷静地回顾和思索严酷的历史,产生了深刻的危机意识。他把目光转向真实的历史和现实,以毫不暧昧的语言指出:"暧昧的进程,使日本在亚洲扮演了侵略者的角色。""日本不仅在政治方面,而且在社会和文化方面,越发处于孤立的境地"。他清楚地意识到自己是生活在"现在这样时代的人,作为被这样的历史打上痛苦烙印的人来回顾往事",是无法和川端康成一同喊出"我在美丽的日本"。

大江还认为,因为自己"现在生活在并非由于文学和哲学的原因,而是由于电子工业或汽车生产技术的原因被世界认知其力量的"日本文明之中,"而且,在不很遥远的过去,(日本)那种破坏性的狂信,曾践踏过国内和周边国家人民的理智。我,作为一个拥有这样历史的国家的公民",认为只能去谈论与川端的"暧昧(vague)"不同的那种"暧昧(ambiguous)的日本之我"。大江还语重心长地强调指出:自从日本在上次大战中战败以后,"日本和日本人在极其悲惨和痛苦的境况中又重新出发了。支撑着日本人走向新生的,是民主主义和放弃战争的誓言,这也是新生日本人的根本的道德观念"。大江进一步指出:"日本为了重新出发而制定的宪法,其核心就是发誓放弃战争,这是很有必要的。作为走向新生的道德观念,日本人痛定思痛,选择了放弃战争的原则。"这就是大江健三郎对川端演说的解读和他所持的与川端康成不同的鲜明立场。

说到"暧昧",大江在讲演中还指出:"据我观察,持续了长达一百二十年的近代化过程的日本,如今,从根本上说已被撕裂成暧昧(ambiguous)的两极。""能把国家和人都撕裂开来的这种强大而又锐利的暧昧性(ambiguous)正以多种形式在日本和日本人身上表现了出来。日本的近代化,被定性为一味地向西欧学习。然而,日本却位于亚洲,日本人同时还坚定地一直守护着传统文化。这种暧昧的(ambiguous)进程,使它本身在亚洲扮演了侵略者的角色。而本来应面向西欧全方位开放的日本现代文化,却并没有因此而得到西欧的理解,或者至少可以说,理解被滞后了,从而遗留下阴暗的一面。在亚洲,日本不仅在政治方面,在社会和文化方面,也陷于孤立的境地。"

大江健三郎的上述这些话,是积极的、正面的。我认为,尽管他的讲演题目是《暧昧的日本之我》,但至少在以下三点态度极为鲜明:

一、日本军国主义过去发动的侵略战争,曾给亚洲各国人民带来了深重的灾难,也给日本人民带来了莫大的痛苦。

二、日本新宪法的核心是放弃战争,这对日本来说是必要的,应予以坚持。

三、今后,日本应坚持和平,决不应再走侵略道路。

我们注意到,大江把日本过去侵略亚洲的原因,归结为日本一百多年来近代化的暧昧(ambiguous)进程,即一面向西欧学习,一面固守传统文化这一走向两个极端的暧昧(ambiguous)进程。当然,我们可以视为这是大江本人的一种看法。众所周知,日本军国主义发动那场侵略战争,无疑是有它深刻的政治、经济、社会和思想背景的。

说到这里,我感到难能可贵的是大江健三郎以他鲜明的态度阐述了上述正义主张。大江的这些思想贯穿在他一生的活动之中。这就是为什么在进入二十一世纪的今天,大江健三郎面对日本有人妄图修改和平宪法,特别是修改宪法中阐明放弃和否定战争手段的第九条,把日本逐步拖入战争深渊这一严峻形势,能以一个无畏的斗士的姿态,勇敢地站在保卫日本和平宪法特别是宪法第九条斗争的第一线,进行着不懈努力的原因。应当说,从当年反对修改《日美安全条约》到如今的保卫日本和平宪法,从争取亚洲和平到主张中日友好,大江健三郎的思想倾向与脉络,可以说一以贯之,矢志不移,真是可敬、可佩!

然而,最令我感到敬佩的是大江基于自己的政治信念,曾拒绝接受日本政府要颁发给他的文化勋章。这表现了他的气节与骨气。文化勋章是由日本天皇向在文化科学领域中做出特殊贡献的人颁发的体现国家荣誉的最高奖。记得,那是在一九九四年十月大江健三郎继川端康成之后被宣布获得诺贝尔文学奖时,日本政府慌了手脚,连夜开会决定要把文化勋章授予他。岂料大江不仅不为所动,反而在报上撰文,明确表示拒绝接受。此举在日本历史上极为罕见。由此可见,大江思想的一贯性和他的硬骨头精神。

写到这里,再回过头来说说我自己。在我同大江健三郎的接触中一直感到愧疚的是:虽然我与大江相识半个多世纪,但与他谋面的机会却极少极少。想来,一九六一年春在东京举行亚非作家紧急会议时,我作为随团的一名译员在会上曾与他见过几次。后来,我在日本做常驻记者虽然长达十五年之久,但其间恰好赶上被称为"十年浩劫"的"文化大革命",很多工作不能正常开展,当然,主动会见作家之类的活动,在那种严酷的条件下,也只能"免"谈了。

尽管如此,大江健三郎却十分重感情,重友谊,他一直记着我这个当年的小小翻译人员。二〇〇六年春,我用日文写了一本书——

《日本语与中国语》,从文化比较的角度谈论日语与汉语的异同和趣闻轶事。出版单位——讲谈社的编辑要我恳求大江健三郎写几句"推荐的话",以便印在腰封上。我鼓足勇气给大江写了一封长信,请求他能满足出版社的这一要求。说老实话,信发出后,我一直悬着一颗心,不知他能否答应这一非分的请求。有一天,我忽然接到讲谈社负责编辑的信,说大江寄来了"推荐的话"。我喜出望外,简直不敢相信这是真的。腰封上的"推荐语"是这样写的:

大江健三郎氏推荐!

刘德有先生是我年轻时就认识的一位中国出色的知识人。

从古典到现代,围绕着日中两种语言所展开的论述,引人入胜。

基于他在政治活动的现场积累的经验,书中提出了切实的建言。

对他,我由衷地表示敬爱。

"推荐语"中充满了溢美之词,令我汗颜,我深感受之有愧。

就在这一年的九月,大江健三郎应邀来北京讲演。为了当面向他表示撰写"推荐语"的谢意,我专程到讲演会场——长富宫饭店,并把老妻事前画的一幅国画装裱好,作为礼物带去。在休息室——芙蓉间等了片刻,大江便匆匆地走了进来,他热情地与我握手,并说收到了我给他写的感谢信。落座后,大江说:你写的那本《日本语与中国语》很受读者欢迎,博得一致好评。他又说:我本人对新词语很感兴趣。我从你那本书看到中国的词语和语法的一些变化,因此我建议你再写一本续集,谈谈自清朝以来,经过鲁迅的时代,一直到现代中国,中国语词语和语法的演变情况。听了大江的一番话,我理解这是他对我的鼓励,要我在研究中日文化语言比较方面继续努力。我对他的好意由衷地表示感谢。

会见时，我把赠送给他的礼物——画轴展开，上面画有两只小鸡在嬉戏。大江高兴地指着画中的小鸡说："我有两个小孙子，家中的气氛就像这幅画中的小鸡一样。"这时，我感到仿佛他那两个活泼天真可爱的小孙子出现在他眼前。他眯缝着双眼，沉浸在幸福之中。顿时，一种感觉油然而生："当年风华正茂的青年作家，如今已是一位慈祥的老爷爷了！"

一周后，我惊喜地收到大江托人带来的"封笔"大作——《别了，我的书！》的中文译本（许文龙译）。打开扉页，上面用钢笔工整地写着：

刘德有先生

我期待着先生出版一部新的研究中国语的既能引人入胜，又具学术性的续篇。我怀着多年来对您的敬爱，并为刘夫人的绘画感到喜悦。

二〇〇六秋北京 大江健三郎（印）

短短几句话，充满了对中国普通人的美好感情和对我的殷切期望。

从扉页上书写的那几句亲切寄语，我发现大江健三郎对印章情有独钟。听说他来中国访问时，每每随身携带几方图章。这次在扉页寄语的落款上他盖的是一枚方形小章，上面只刻了一个篆字——"健"。

二〇一四年三月一日于北京林萃公寓